U0136250

說文部首字源考

李中正主編　熊國英執行主編

蘭臺出版社

著名中國古瓷與歷史學家、教育家李正中與古文字學者、中國象形字藝術家熊國英合影

著名中國古瓷與歷史學家、教育家。

李正中 簡介

祖籍山東省諸城市，民國十九年（1930）出生於吉林省長春市。

北平中國大學史學系肄業，畢業於華北大學（今中國人民大學）。

歷任：天津教師進修學院教務處長兼歷史系主任（今天津師範大學）。

天津大學冶金分校教務處長兼圖書館長、教授。

天津社會科學院中國文化研究中心主任、研究員。

現任：天津理工大學經濟與文化研究所所長、特聘教授。

天津文史研究館館員。

天津市漢語言文學培訓測試中心專家學術委員會主任。

香港世界華文文學家協會顧問。

（天津理工大學經濟與文化研究所供稿）

爲加強海內外學術交流，應邀赴日本、韓國、香港、臺灣進行講學，其作品入圍德國法蘭克福國際書展和美國 ABA 國際書展。

古文字學者　中國象形字藝術家

熊國英 簡介

熊國英，字鶴年。號大熊；亦署「煮字澆畫生」。自幼隨父母學習國畫和書法。後從金振之、陳椿元等學習書畫篆刻及古漢字，並得到啓功、歐陽中石等大家指點。曾任《招商時報》社長兼總編輯。現任：中國象形藝術研究會會長、中國文聯書畫交流中心象形字藝術專業委員會主任。

在從事美術書法工作的五十多年間，經歷了全面繼承和「一點突破」兩個階段。前期以「形」求「神」，打下深厚的書畫基礎；後期從《訓詁學》、「岩畫」、陶文、甲骨文、鐘鼎文入手，遵循「書畫同源」之理論，深入研討用象形字創作書畫的新途徑，將古漢字奠基書《說文解字》做了大量修正。編寫出500萬字的《中國古象形字源流》，2006年山東齊魯書社出版了普及本《圖釋古漢字》。榮獲全國優秀古籍圖書獎。臺灣買走了版權。中國圖書館和國內外多家大學館藏了這本圖書。2010年修葺出版了《石鼓文》字帖，將故宮僅存的272字的版本修復到近600字。再現唐宋存字本的風貌；一部由許嘉璐作序，歐陽中石題寫書名，廖靜文書寫扉頁的《中國象形字大典》在天津古籍出版出版後，從中央到地方均給與很高評價。經50餘年的苦心鑽研，創造出全新的書畫形式——「象形字書畫」、「墨彩書法」和完全跳出「永字八法」窠臼的「珊瑚體書法」等。從遠古文化源頭開拓出一條書畫創新的道路。因此被文化部藝術人才中心入編《中國書法十大名家》。其創新理念獲2011年「世界重大學術思想一等獎」。從而奠定了在國際上的學術地位。

熊國英對民族文化情有獨鍾。出生百天便被父母送到保定「延壽寺」出家，成爲佛門俗家弟子。8歲拜張作霖部國術師師長、著名武術家肖公卓先生學習內家拳，研習《易經》及道家陰陽五行之理論。是璀璨的華夏文化塑造了他內外雙修的鋼筋鐵骨。他最自豪的一句話：咱是中國人！

序

漢字是中華文化的瑰寶，是中華民族對於人類的偉大貢獻。它記錄了中華民族在不同時代對客觀世界的瞭解，也記錄了中華民族自身的發展歷程及其與其他群體的相互關係。這是一筆內容極其豐富而且仍在不斷增加的寶貴文化財富。這一財富在歷史上爲中華民族以及其他人類群體的成長提供了用之不盡的營養。今天它仍在發揮這一作用，將來必將繼續如此。而爲了充分利用這筆寶貴的文化財富，其重要的條件是必須首先對漢字本身有深刻的瞭解，徹底搞懂每一個漢字的準確含義。爲了準確掌握和理解漢字的含義，則需要在有關漢字的文字學書籍的學習上多下功夫。東漢人許慎所撰《說文解字》正是這類書籍中的一種，而且是極爲重要的一種。此書本文十四卷，又敘目一卷。今存宋人徐鉉校定本。每卷分上下，形成總卷數三十整。其中收字九千三百五十三，又重文一千一百六十三。此書首創部首編排法，據文字形體及偏旁構造凡設五百四十部。對所收各字皆有解說，不僅說其字義，而且論其形體構造及讀音，並依據象形、指事、會意、形聲、轉注、假借等六種造字和用字的方法進行深入分析。它是中國第一部系統分析字形和考究字源的字書，也是世界上最古字書之一，是準確瞭解、把握漢字方方面面的極爲重要的一把鑰匙。爲了便於利用這把鑰匙，長期以來，先後有許多文字學專家對此書進行過深入的專門研究。或解說其優長，或闡述其所釋各字的含義，或從愛護的角度出發，指出其存在的缺點，皆爲讀者提供了很大的幫助。

著名學者茲有古文字大家李正中、熊國英二位先生，在多年深入研究的基礎上，通力合作，新近共同完成了《說文部首字源考》一書。此書在前人研究的基礎上，加進了許多其本人的新研究收穫，使關於《說文解字》的學術研究，被推向新的高度。該書的重大貢獻，是以《說文解字》的五百四十個部首爲主，按照甲骨文、金文、籀文（古文）、石鼓文、小篆、隸書逐字論列其含義。難能可貴地彌補了許慎之書未能收入由甲骨文、金文等承載著的大量原始資訊的缺陷，糾正了其在字義解釋和部首設置等方面的許多錯誤。另外，此書對於若干一時無條件徹底搞清的問題，本著寧缺毋濫、存疑待考的原則，絕不妄加猜測，隨意解說，學風極爲嚴謹，體現了學術的嚴肅性。這也是在學風浮躁不乏存在的今天，應予特別指出的。

本書之出版，對於讀者學好漢字，從而能更好地閱讀利用漢字寫成的寶貴文化典籍，可以提供極大的幫助；糾正了《說文解字》的大量缺失，成爲這一寶貴文字學專著的功臣；展示了嚴謹的學風，有利於當今學風的改進；如此等等。的確值得祝賀。茲特爲序，與讀者一起分享難得的快樂。

南炳文

2014 年 1 月 15 日於南開園

前言

《說文解字》這部偉大的漢字典籍問世近兩千年來，在中國的訓詁學、考古學、文字學、史學等多學科發揮了無可取代的作用。至今仍是研究甲骨文、金文等遠古文字的必修讀本。《說文解字》作者許慎的名字與他的著作一樣受到了中國乃至世界漢字文化圈的高度重視和敬仰。

由於許慎所處的歷史時代據秦始皇「焚書坑儒」時間不長。東周的「六國文字」（秦國以外的金文、簡牘）多被毀壞。更遙遠的甲骨文早已深埋地下一千五百多年。許慎所能看到的文字只有秦小篆和已經變形的隸書。特別是由於無法看到由甲骨文、金文承載著大量原始資訊的源頭字，而僅僅根據數量不多的戰國殘留的「籀文」、「古文」及秦本土文字小篆進行解析，必然出現源流無稽，丟本存末，形義不符的缺點和錯誤。近百年來，特別是自十九世紀末甲骨文大量出土以來，學界的前輩和當代同仁就以不同的方式在完善補充著這些疏漏。我們也正是在這種「尊古不泥古，敬賢不避瑕」的治學思想指導下開始了對《說文部首字源考》（簡稱《字源考》）的編寫工作。

《字源考》以大徐本爲主。分《部首篇》和《正字篇》兩部。《部首篇》以《說文解字》的五百四十個部首爲主。按照甲骨文、金文、籀文（古文）、石鼓文，小篆、隸書逐字將其源流與演變過程做一詮釋。對需要深入闡述淵源和印證其所從關係的，用該部首所率字頭爲「字例」進一步闡述。如「月部」所率的「有」字，本來從「肉」，如不作「字例」說明，則會誤導新學。再如：「孛」即「勃」之初文和本字。無須另作「字例」，直接附於「孛」字一併說明。

同時，許慎爲使文字分部歸類，便於後人學習查閱而首創了「部首檢字法」。開創了文字學研究的新紀元。但由於上述歷史原因，在五百四十個部首中，也不可避免地出現了一些不盡人意的瑕疵。其中比較突出的有：字源相同，一個部首分成多部首的。如「木、林、森」三個字完全可以歸入「木」部，但《說文》分成三個部首；又如：「中、艸、茻」、「 冖、冃、冃 」、「 𦣻、首、頁」等凡此種種多達數十部。另外，僅有部首，沒有正字可率的如「丏」、「久」、「耑」等就有三十個。僅有一個從屬字的部首竟達百分之六十以上。

同樣因佔有資料不足，許慎在「六書」分類上將數量眾多的「會意字」或「會意兼形聲字」歸入「形聲字」。使這些字義出現誤釋。如運輸的「輸」字，甲、金文均是左車右俞（獨木舟）形，因許慎所依小篆的「俞」寫作「**俞**」，已無獨木舟的形狀。所以將形義符的獨木舟當做聲符，釋為「從車，俞聲」的形聲字。丟失了「車」和「俞（獨木舟）」同為運輸工具的資訊。

許慎著書的年份正值陰陽五行說盛行之時，當某字不能解析形義時，不得不以五行學說勉強附會。這也是近百年來當代學者非議之重心。尤其是對天干地支的字形解釋招致微詞最甚。連一些道德學問高深的前輩也發出了「多詭誕，不可信」的微詞。為反映這些學者的看法，本編引用了署名「雪茶齋主人」等多名當代學者的眉批作點評。

以上諸端，不僅使我們看到編寫《字源考》的必要性，也提醒我們注意到古文字的研究是由古聖賢發端，經千百年來無數學者辛勤探求並由當代更多專家傳承沿續著的一項民族文化工程。因此我們要以更加謙虛謹慎的態度對待古人前人，本著寧闕勿濫，存疑待考的態度與同仁探索交流。因此，《字源考》訛誤之處懇請學界師友不吝賜教。

李正中　熊國英

二〇一三年秋定稿於天津古月齋

說文部首字源考目錄

說文解字卷第三上

說文解字卷第三下

說文解字卷第四上

說文解字卷第四下

說文解字卷第五上

說文解字卷第五下

說文解字卷第六上

說文解字卷第六下

說文解字卷第七上

說文解字卷第七下

說文解字卷第八上

說文解字卷第八下

說文解字卷第九上

說文解字卷第九下

說文解字卷第十上

說文解字卷第十下

說文解字卷第十一上

說文解字卷第十一下

說文解字卷第十二上

說文解字卷第十二下

說文解字卷第十三上

說文解字卷第十三下

說文解字卷第一上

一部

一（一）

【原文】一 yī 惟初太始，道立於一，造分天地，化成萬物。凡一之屬皆从一。弌，古文一。於悉切

【評語】以道家思想開篇卻也堂皇，但用天地之大解釋最小數字有隔靴搔癢之感。

【字源】「一」是最小的整數。《說文》：「一，唯出太始，道立於一……」其實，一是原始記數符號和算籌（用竹木做的小棍）。甲骨文、金文、小篆等均是一橫劃。即是成爲今文的隸書「一」（漢《校官碑》）也僅以「蠶頭雁尾」的筆劃作了書法藝術上的處理，仍是一橫形。「說文古文」寫作「弌（說文古文）」。是用一枚樹橛表示「一」；也是在樹木上刻一痕跡表示一的最古老記數方式。後金文、小篆又借「一壺」義作一的大寫。小篆在「壺」（壹）內加「吉」作聲符。

丄部

丄（丄）

【原文】丄 shàng 高也。此古文上，指事也。凡丄之屬皆从丄。上，篆文上。時掌切

【評語】始於低而升於高者。

【字源】「上」指高處或向高處去。《說文》：「上，高也。」甲骨文和金文（1）寫作「二（乙 2243 反）、二（牆盤）」，在下邊一長橫上加一短劃，指這裡是「上」。金文（2）寫作「上（蔡侯盤）」，在「丄」中間加一短橫，表示上的位置。小篆（1）省作「丄」；小篆（2）「上」使豎畫彎曲，

加一橫劃指事。隸書（漢《趙寬碑》）及秦簡以直磔寫作「上、上」。雖跳出古文字，但字形變化不大。

示部

示（示）

【原文】示 shì 天垂象，見吉凶，所以示人也。从二。（二，古文上字。）三垂，日月星也。觀乎天文，以察時變。示，神事也。凡示之屬皆从示。𥘅，古文示。神至切

【點評】供桌、靈台耳。惟「事神也」可信。

【字源】「示」是個部首字。本是神主牌位和供桌。古今形制變化很大，但作用相同。多由木石製成。至今民間尚有使用。古人求天神、地祇和先祖顯示神靈，指示凶吉。故《說文》稱：「示，天垂象，見吉凶，所以示人也。……神事也。」甲骨文寫作「[illegible]（一期乙 8670）、[illegible]（一期綜圖 21.2）、[illegible]（一期遺 628）、[illegible]（四期合集 34075）、[illegible]（二期京 3297）」。前三字比較具象，像牌位形；後兩字當是神柱形。「說文古文」寫作「𥘅」，是《說文》「三垂，日、月、星」的附會和甲骨文（4）的訛筆。小篆寫作「示」，遂定形。隸書（漢《孔彪碑》）以其獨特的橫波寫作「示」，成爲今文。凡已「示」作部首的字多與祭祀、神靈等有關。

三部

三（三）

【原文】三 sān 天地人之道也。从三數。凡三之屬皆从三。弎，古文三。从弋。穌甘切

【點評】三自一始，何須另建部首。

【字源】「三」是數字二與一的和。《說文》：「三，天地人之道也。从三數。」甲骨文、金文、小篆雖時間跨越千年，但均寫作三橫畫。古人最初用樹枝（或竹片）截成短棒作算碼。三字正是三個短棒的形狀。「說文古文」加「弋」（讀 yì）寫作「弎」，「弋」正是下削尖，上有叉的木橛（詳見「弋」釋），以此會意「三個木橛」。金文（3-4）和小篆（2-3）寫作「[illegible]（衛盉）、[illegible]（中山王鼎）、[illegible]（說文）、[illegible]（說文）」，是假借星宿名「參」（讀 sān，又 cān）作數字大寫。隸書「[illegible]」（漢《校官碑》）以「蠶頭雁尾」的一長畫，使「三」跳出古文字行列。

王部

[illegible]（王）

【原文】王 wáng 天下所歸往也。董仲舒曰：「古之造文者，三畫而連其中謂之王。三者，天、地、人也，而參通之者王也。」孔子曰：「一貫三爲王。」李陽冰曰：「中畫近上。王者，則天之義。」[illegible]，古文王。凡王之屬皆从王。雨方切

【點評】惜哉，諸君未見甲金文。臆說也。

【字源】「王」是古代最高統治者的稱號。《說文》：「王，天下所歸往也。」因帝王掌握著對臣民的生殺大權，甲骨文、金文及「說文古文」寫作「[illegible]（一期甲 243）、[illegible]（一期佚 383）、[illegible]（二期合集 23106）、[illegible]（大豐簋）、[illegible]（盂鼎）、[illegible]（說文古文）」都是斧鉞形狀。因斧鉞是王權的象徵，用以代表王。金文後期與小篆字形近似，是古文字由畫向寫過渡的典範字。隸書（漢《禮器碑》）寫作「[illegible]」，以特有的一筆「蠶頭雁尾」將「王」帶出象形字的陣營。（下見「皇（煌）」字例）

皇 煌（皇、煌）

【原文】皇 huáng 大也。从自。自，始也。始皇者，三皇，大君也。自，讀若鼻，今俗以始生子爲鼻子。胡光切

【點評】不知其源，妄言其流。焉能不請鼻子出場。

【字源】「皇」是「煌」的本字。《說文》將其分爲兩個字，並稱：「皇，大也。」「煌，煌輝也。」其實「皇」字的金文作「（王孫鐘）、（召卣）、（圅皇父匜）」，上邊是皇冠形（也是日射光芒形，皇冠的造型即喻示太陽），下邊的「王」是表示王權的斧鉞形（參看「王」釋文）。小篆將上邊的皇冠誤作「自」，字義遂入歧途。同時另加「火」表示光芒，成「煌」字。

玉部

王（玉）

【原文】玉 yù 石之美。有五德：潤澤以溫，仁之方也；**䚡**理自外，可以知中，義之方也；其聲舒揚，尃以遠聞，智之方也；不橈而折，勇之方也；銳廉而不技，絜之方也。象三玉之連。丨，其貫也。李陽冰曰：「三畫正均如貫玉也。」凡玉之屬皆从玉。，古文玉。魚欲切

【點評】美石爲玉可也，餘廣告詞耳。與識字無涉。

【字源】「玉」在古文字中是個部首字（後歸到「王」部）。本指美麗的石頭。最初指包括用貝殼、動物牙角等材料製成的裝飾物。甲骨文寫作「」正是用繩子穿起來的串飾形狀，後省去兩端的繩頭。爲區別於「王」字，金文、楚簡、「說文古文」等在「王」字中間加小點或弧筆寫作「（詛楚文）、（江陵楚簡）、（說文古文）」。小篆寫作「」以均衡的三橫區別於「王」字的上密下疏結構。隸書（漢《史晨碑》）以特有的磔畫寫作「」徹底改變了象形字字形。

玨部

玨（玨）

【原文】玨 jué　二玉相合爲一玨。凡玨之屬皆从玨。瑴，玨或从㱿。古岳切。

【字源】「玨」字甲骨文寫作「玨（鐵 127.2）、玨（鄴 3 下.42.6）」，象兩串玉的形狀。與《說文》所說：「二玉相合爲一玨」完全吻合。屬會意字。至西周時出現「從壁（○），㱿聲」的形聲字「瑴（咢侯鼎）」。小篆分爲「玨」（玨）、「瑴」（瑴）兩個字

气部

气 汽（气、汽）

【原文】气 qì　雲气也。象形。凡气之屬皆从气。去既切

【點評】精準簡潔。

【字源】「气」是水蒸發的現象。《說文》：「汽，水涸也。」「气，雲气也。」「气」字甲骨文、金文（1）均寫作「三（前 7.36.2）、三（大豐簋）」。上下長橫表示河床，中間一點表示水已蒸發。因爲甲骨文、金文及楚簡的「水」寫作「水（英 2430）、水（魚鼎匕）、水（信陽楚簡）」，由許多點組成，僅剩一點自是乾涸之象。所以「气」與「迄」義（完，止）相通。小篆爲強化水蒸發爲气的概念，另加一「水」（水）旁，寫作「汽」。隸書（漢《魯峻碑》）等寫作「气、气、氣」，已是今文。

注：筆者以為甲骨文寫作「三」上下兩橫表示天地，中間短橫是指事符，指出天地之間看不到的東西是空氣。另：小篆有一「氣」字，指饋送米食。後來也借指雲氣，但非本義。

士部

士（士）

【原文】士 shì 事也。數始於一，終於十。从一从十。孔子曰：「推十合一爲士。」凡士之屬皆从士。鉏里切

【點評】以其昏昏，使人昭昭。大謬。

【字源】「士」本指成年男子。甲骨文寫作「丄（合集 28195）」，像男性勃起的生殖器。此字也寫作「Ω（一期合集 6354）」，最初與「土」是同一字。金文、小篆寫作「士（䲃簋）、士」。用性成熟表示男已成年。古文字中「士」通「事」。除指作事（工作）外，隱指性事。至今民間尚稱性未成熟的男孩是「不懂事」。因男子成年後方可任事。故《說文》稱：「士，事也。」小篆也寫作「仕」（仕），雖專指讀書做官的成年人，但時與「士」混用。隸書（漢《郭有道碑》、《景君碑》）分別寫作「士、仕」。

丨部

丨（丨）

【原文】丨 gǔn 上下通也。引而上行讀若囟，引而下行讀若逻。凡丨之屬皆从丨。古本切

【點評】先民造字之初恐無此寬泛延伸之想。

【字源】「丨」非常直觀，棍棒之棍而已。「丨」的形狀作爲部首或獨立的字素出現較晚，除甲骨文中表示數字「十」以外未見單獨出現。既是《說文》用作部首也僅有「中」、「㫃」兩個字。且均表示是用作旗杆的棍子。因此很快被淘汰出部首的行列。

說文解字卷第一下

屮部

屮 艸（屮、艸）

【原文】屮 chè 艸木初生也。象丨出形，有枝莖也。古文或以爲艸字。讀若徹。凡屮之屬皆从屮。尹彤說。丑列切

【字源】「屮」、「艸」在古文字中都是部首字。「屮」是初生的小草。甲骨文寫作「屮（一期合 302 反）」（讀 chè，是剛長出地面的小草形）；「艸」（草）是草本植物的總稱。艸字後來只作部首，俗稱「草字頭」。而「草」字原本指一種叫作「麻櫟」的喬木的子實。可以用來染黑色（黑古稱皂色。皂與「早」同形）。「皂」加「艸」成「草」。草字的金文也寫作「屮（屮盉）」或「艸（古陶）」。都是草葉的形狀。秦《石鼓文》將「早」置於「茻」（讀 mǎn g，草叢，草莽）之中而寫作「草」；由此成爲形聲字。小篆省去下邊的「艸」而寫作「艸、草」。至此，「艸」與「草」成爲兩個字。而「卉」在《說文》中也稱爲「艸之總名」。楚帛書、小篆寫作「卉、卉」。確像一叢草形。古人造字以三爲多，用三個「屮」表示很多草當是泛指草木。引申花卉。

艸部

屮 艸（屮、艸）

【原文】艸 cǎo 百芔也。从二屮。凡艸之屬皆从艸。倉老切

【點評】屮、艸、卉、茻同源異寫，統歸艸部可也。

【字源】（見「屮」、「艸」部）

蓐部

𦺇（蓐）

【原文】蓐 rù 陳艸復生也。从艸，辱聲。一曰：蔟也。凡蓐之屬皆从蓐。𦵔，籀文蓐。从茻。而蜀切

【點評】艸類形聲字，何須建部。

【字源】「辱、蓐」二字均與農業生產有關。儘管一些典籍稱「蓐」是過冬之草再生，或稱「辱」義不詳，但筆者認爲這是因誤農時而遭到指責、羞辱並相關聯的兩個字。「蓐」字甲骨文寫作「𦵔（乙 8502）、𦵔（前 5.48.2）」。上邊是草木形，表示農業種植；中間是「辰」字，表示辰星出現的季節是農忙時節。也是蚌殼形，古人常用蚌殼作農具（參看「晨、農」釋條）。「說文籀文（1）」寫作「𦵔」，雖字形略異，但結構相同。均由「艸、辰、手」三部分組成。「辱」字小篆寫作「𨑾」，是去掉「蓐」上邊的草木（表示沒長出莊稼）。因此會意不按農時勞作者當感到恥辱。在農田私有化的地方，凡莊稼生長不如別人時均會被人恥笑。

茻部

茻（茻）

【原文】茻 mǎng 眾艸也。从四中。凡茻之屬皆从茻。讀與冈同。模朗切

【點評】已有「中、艸」何須「茻」？

【字源】「茻」是個會意兼象形字。分體爲「中」、爲「艸」，合體爲「眾艸」，即很多艸或稱茂盛草叢。甲骨文、金文中均未見獨立的「茻」字。用來表示野莽更不如甲骨文「𦱩（一期存 1.1440）、𦱩（一期存 2.495）」生動直觀豐滿。既是僅僅率領的「莫、莽、葬」三個字也完全可以併入「艸」部。

說文解字卷第二上

小部

㣺、𡮐（小、少）

【原文】小 xiǎo 物之微也。从八，丨見而分之。凡小之屬皆从小。私兆切

【點評】物之微也，足矣。從八，丨，自亂乾坤。

【字源】「小」是個部首字。「小，物之微也。」甲骨文寫作「𡭔（一期甲 3083）」，用沙塵般的小點表示少小。金文爲與「小」字區別，將最後一筆加長或彎曲。小篆就此寫作「𡮐」。「小」則以一筆之差寫作「㣺」。「少」是數量小，年幼。（甲骨文「少、小」不分）《說文》：「少，不多也。」又因沙是可見物質中較小者，又多隨水流而下，故金文和小篆另加「水」旁寫作「[illegible]（訇簋）、[illegible]」成沙字。隸書（漢《趙寬碑》、《張景碑》等）分別將三個字寫作「小、少、沙」，從此成爲今文。

八部

)(（八）

【原文】八 bā 別也。象分別相背之形。凡八之屬皆从八。博拔切

【點評】至精至確。

【字源】「八」字本義是分別、分開。《說文》：「八，別也。」後借爲數字。《左傳》：「八世之後，莫之與京。」「八」字是自甲骨文、金文、小篆、隸書直至今日簡化字，基本沒有變化的少數字形之一。各種字體都是用一左一右的兩筆來表示「分」義。其實「八」正是「分」的本字，在「八」被借爲數字後，爲強化「分」義，另加「刀」字，表示用刀切開，成左右相背之狀。既然是二人分手，必然背道而行，所以《說文》稱：「象分別相背之形」，參看「分」字釋條。

釆部

（釆、番）

【原文】釆 biàn　辨別也。象獸指爪分別也。凡釆之屬皆从釆。讀若辨。，古文釆。蒲莧切

【點評】精準無誤。

【字源】最初字形源自人類觀察野獸的足跡來判斷動物的種類。即「釆」字。金文、「說文古文」及小篆寫作「（釆卣）、（盉作父乙卣）、（說文古文）、」，確像動物的腳爪踏痕。「釆」字十分容易被認作摘采的「采」。應十分注意上面筆劃的細微不同。「釆」也是「番」的初文。「說文古文」中有一「」字，釋作「番」，《說文》稱：「獸足謂之番。」細看正是「」（又，手爪形）和「釆」的組合，會意獸足當無問題。後來金文、小篆下加田地的「田」寫作「番」；金文的「（番生簋）」（番）和小篆的「」均是「釆」踏農田之象。漢帛書、隸書寫作「、」。《說文》釋作：「番，獸足謂之番。」此外小篆畫蛇添足地又制一「」字，幸未多用。

半部

（半、判）

【原文】半 bàn　物中分也。从八从牛。牛為物大，可以分也。凡半之屬皆从半。博幔切

【點評】物中分也。從八從牛。字義已明，餘可刪略。

【字源】「半」是二分之一。金文和小篆的「半」字，都是在牛字上邊加一「八」字。「八」字甲骨文、金文、小篆字形相同，都是一撇一捺，左右分開的形狀，是「分」字的初文。「牛」字甲骨文寫作「（一期合 268）」或「（一期甲 202）」，前者是牛的全形，後者是牛頭正面的「簡筆」。金文寫作「（師袁簋）」；小篆的半字寫作「」。由「八」與「牛」組成的

「𠦒」，正是表示將牛從中分開的會意字。後加「刀」作「判」，仍是用刀分開；引申分辨、評判。《說文》：「判，分也。」隸書分別寫作「半、判」。

牛部

牛（牛）

【原文】牛 niú 大牲也。牛，件也；件，事理也。象角頭三、封尾之形。凡牛之屬皆从牛。語求切

【點評】獨體象形。大牲已明其物。餘添足耳。

【字源】「牛」是個部首字。是體形較大的草食反芻類哺乳動物。甲骨文寫作「牛（一期合 268）、牛（一期甲 202）、牛（一期甲 2916）」。其一像牛的全身側面形，角、尾、肢、背腹畢現；二像簡略肢身，突出牛角的正面牛頭形。從兩種寫法看到了牛字由畫到寫的演變過程。金文、《侯馬盟書》、楚簡及小篆再無大的變化，分別寫作「牛（昌鼎）、牛（師袁簋）、牛（侯馬盟書）、牛（江陵楚簡）、牛」。隸書（漢《張景碑》）以平直的筆劃徹底改變了象形字的特徵，寫作「牛」，成爲今文。

犛部

犛（犛）

【原文】犛 máo 西南夷長髦牛也。从牛，𠩺聲。凡犛之屬皆从犛。莫交切

【字源】「犛」即」犛牛。也寫作「髦牛」。是西南高原地區特有的牛種。因其毛長而得名。「犛」字未見甲、金文。《說文》設爲部首。小篆寫作「犛」。沿小篆字形上溯：「犛」字上邊是手持棍棒打麥脫粒的「𠩺」字。甲骨文、金文寫作「𠩺（佚 147）、𠩺（師𣪘鼎）」。此字後加形符「牛」等成「犛」。

告部

（告、祰）

【原文】告 gào 牛觸人，角箸橫木，所以告人也。从口从牛。《易》曰：「僮牛之告。」凡告之屬皆从告。古奧切

【點評】釋「告」偏失。與「祰」通。

【字源】「告」是「祰」之初文，爲祭祀形式中的「告朔」。甲骨文、金文、三體石經、小篆字形變化不大，順序寫作「（一期乙 6476）、（二期前 5.20.8）、（告田罍）、（五祀衛鼎）、（亞中告簋）、（三體石經）、」。上邊是「」（牛，牛頭的正面形。代表牛），下邊的「」（口）是盛祭品的器具，也表示說話（祈禱），正是以牛爲牲物進行告祭的形狀。金文的不同字形，是秦未統一文字前的普遍現象。後來小篆另加與祭祀有關的「示」旁，作「」字。並稱：「祰，告祭也。」這才是 「告」的本義。隸書（漢《張景碑》等）以直筆方折寫作「告、祰」，成爲今文。

口部

（口）

【原文】口 kǒu 人所以言食也。象形。凡口之屬皆从口。苦厚切

【點評】人所以言食，動物亦然。

【字源】「口」是人和一些動物用來飲食和發聲的器官。引申人數，如三口人；比喻像口形的物體，如門口、洞口、窗口等。甲骨文、金文、小篆等字形近似，順序寫作「（一期合 123）、（粹 220）、（一期甲 277）、（戈卣）、」。都是口（嘴）的形狀。隸書以直筆方折取代了篆書的弧筆圓折，寫作「口」，成爲今文。「口」是古今字中變化最小的字形之一。

凵部

⋃（凵）

【原文】凵 kǎn/qiǎn 張口也。象形。凡凵之屬皆从凵。口犯切

【點評】「張口」無主語，人耶？物耶？

【字源】「凵」是個典型的象形字，即坑坑坎坎的「坎」字的初文。金文、簡牘寫作「◡（凵父乙爵）、◡（包山簡）」，與小篆寫作凵相同。形如坑坎的剖面圖。甲骨文中陷阱的陷「[illegible]（一期乙 8716）」和丞救的丞「[illegible]（一期鐵 171.3）」均反映出坑坎的形狀。但在小篆中僅此一字，用作部首無字可帶，實無必要。

吅部

吅（吅）

【原文】吅 xuān 驚嘑也。从二口。凡吅之屬皆从吅。讀若讙。況袁切

【點評】形義尙明。用作部首可歸口部。

【字源】「吅」是「喧」的初文。指眾人大喊，聲音嘈雜。甲骨文、小篆字形無別，寫作「ㅁㅁ（一期乙 5823）、吅」。均用二口表示多口，會意喧嘩。小篆中另有「讙」（讙）字表示此義。《說文》：「讙，嘩也。从言，雚聲。」屬形聲字，不多用。後用「口」作形符，加聲符「宣」成「喧」字，使用至今。

哭部

哭（哭）

【原文】哭 kū 哀聲也。从吅，獄省聲。凡哭之屬皆从哭。苦屋切

【點評】即知「從吅」組字，何必另建部首？

【字源】「哭」字出現較晚。戰國時始見於小篆、陶文和簡牘，寫作「[古文字]（說文）、[古文字]（陶四 7 戰國）、[古文字]（雲夢日甲·戰國）」。上邊是表示喧囂的「吅」字；下邊是犬豕類動物形。造字者或感覺到動物狺吼聲近似人的嗚咽聲釋作哭。

走部

[古文字]（走）

【原文】走 zǒu 趨也。从夭止。夭止者，屈也。凡走之屬皆从走。子苟切

【點評】若「屈」前加「臂脛」，義更確。

【字源】「走」本義是奔、跑。後多指步行。金文、《石鼓文》分別寫作「[古文字]（令鼎）、[古文字]（盂鼎）、[古文字]（休盤）、[古文字]（召卣）、[古文字]（中山王鼎）、[古文字]（石鼓）」。都有一擺動兩臂大步奔走的人形，此即「夭」字。下邊的「[古文字]、[古文字]、[古文字]」是不同形的「止」（表示腳、趾）；有從「彳」（讀 chì）者，也是表示道路、行走的字符。不同的寫法正是秦未統一文字前的普遍現象。小篆規範了筆劃，寫作「[古文字]」。隸書（漢帛書等）寫作「[古文字]、[古文字]」，成爲今文。

止部

[古文字]（止）

【原文】止 zhǐ 下基也。象艸木出有址，故以止爲足。凡止之屬皆从止。諸市切

【點評】許夫子無緣甲骨文，僅以先秦小篆釋義，訛誤可諒。

【字源】「止」本義是腳，腳趾。甲骨文寫作「[古文字]（一期拾 10.5）、[古文字]（一期林 2.9.7）、[古文字]（一期乙 9070）、[古文字]（三期甲 2486）」，正像腳、趾形。五趾省爲三趾其創意與手用三指相同，是藝術的概括手法。金文、《石鼓文》和小篆字形相同，寫作「[古文字]（古伯簋）、[古文字]（石鼓）、[古文字]」。至漢代隸書（《曹

全碑》、《華山廟碑》等）另加一「足」旁，專指腳趾。分作「止、趾」兩個字。

癶部

[illegible]（癶、登）

【原文】癶 bō 足剌癶也。从止少。凡癶之屬皆从癶。讀若撥。北末切

【點評】「足剌撥」者甚是；「從止少」乖謬。

【字源】「癶」字作爲部首是甲骨文、金文「登」字的省筆。「登」字甲骨文寫作「[illegible]（一期前 5.24.8）」或「[illegible]（一期合 35）、[illegible]（四期粹 1318）」，上邊是表示兩腳的「癶」（bō）；下邊是手持木棍協助撥壓（路上的雜草）。金文寫作「[illegible]（中山王鼎）」加一站立的人形（立字），強化了「登」是人站立動作的含義。筆者認爲：「登」是「撥」字的初文，古時雜草橫生，蟲蛇遍地，行人上路邊走邊用木棍分開兩旁雜草，驚走蟲蛇。此現象至今在原始草林中仍常見。《說文》稱：「以足蹋夷艸」表述的很準。只是因爲許慎夫子未見到甲骨文字形，不知「癶」字實爲兩隻腳形而誤釋「從止少」。無論形義皆不通。

步部

[illegible]（步）

【原文】步 bù 行也。从止少相背。凡步之屬皆从步。薄故切

【點評】「相背」是小篆字形，非甲、金文也。

【字源】「步」指用腳行走、步行。甲骨文寫作「[illegible]（一期甲 388）、[illegible]（一期鐵 22.2）」，用一前一後兩個「止」（止是「趾」的初文）表示步行；甲骨文或加「行」字符，強化「步」有行走義。金文寫作「[illegible]（子且午尊）、[illegible]（步白癸鼎）」，用兩個腳印表示腳步；或加「行」符，與甲骨文相同。小篆寫作一反一正兩個「止」成「步」。各體字形雖異，但都用「止（趾）行」來

表示「步」義。此外，從戰國《楚帛書》、《秦簡》到漢帛書、《衡方碑》和唐《葉慧明碑》的不同字形「[古文字]（楚帛書）、[古文字]（青川櫝.戰國）、步、步」可以看到由古文字向今文演化的軌跡。

此部

[篆文]（此）

【原文】此 cǐ 止也。从止从匕。匕，相比次也。凡此之屬皆从此。雌氏切

【點評】足止之處爲此，大意尚通。

【字源】「此」的本義是「人所止之處」，即人現在所處的這個地方。「此」字的甲骨文、金文、小篆寫作「[古文字]（一期庫 1091）、[古文字]（三期存 1.1759）、[古文字]（三期甲 575）、[古文字]（此尊）、[篆文]」，雖字形略有不同，但都是「從止從匕。」「止」是「趾」的初文，這裡代表腳；「匕」是「人」的反寫（甲骨文的「人」正寫反寫無別），都表示人。人腳所到之處，正是「此」的會意。隸書（漢《校官潘乾碑》）將小篆的「[篆文]」（止）寫作「止」；「[篆文]」（匕）寫作「匕」。從而脫離了古文字，成爲今文。

說文解字卷第二下

正部

[篆文] [篆文]（正、征）

【原文】正 zhèng 是也。从止，一以止。凡正之屬皆从正。[古文字]，古文正。从二；二，古上字。[古文字]，古文正。从一、足；足者亦止也。之盛切

【點評】正、征同源

【字源】「正」是（方向）正直、不偏斜。甲骨文（1-2）寫作「𠙵（一期遺 458）、𠙵（一期合 278）」上邊的「口」表示城郭、區域，下邊是「止」（止，趾。表示腳），合起來就是腳對正城門口或某一方域走去。此時亦爲征途的「征」字。甲骨文（3）和金文（1-3）將甲骨文的「口」塡實寫作「●、━」，或省作一横，字義未變。「說文古文」寫作「𤴓、𤴔」，反映出戰國時期文字的混亂狀態。小篆加表示行走的「彳」（讀 chì，是行的省文）和「辵」，分別寫作「正」（正）、「徰（征、延）」兩個字。《說文》：「延，正行也」。字形雖略有不同，但仍可看出與甲、金文的傳承關係。隸書（漢《楊震碑》等）寫作「正」，以特有的波磔筆劃徹底改變了古文字形，成爲今文。

是部

是（是）

【原文】是 shì　直也。从日正。凡是之屬皆从是。𣆶，籒文是从古文正。承旨切

【點評】日中直照爲是。與甲、金文相合。

【字源】「是」字歧說眾多，略。筆者認爲是「正、直、正對」義。甲骨文寫作「𣆶（一期合集 20441）」，上邊是「日」，可謂紅日當頭；下邊是兩「止」（止即腳、趾）。會意日光從頭頂直射而下，人影僅剩雙腳，正午，直對義明顯。金文、「說文籒文」、《石鼓文》等分別寫作「是（毛公鼎）、𣆶（說文籒文）、是（石鼓）」，在保留「日」字當頭的基礎上，逐步將兩「止」變成「一止」，即「正」字。小篆確定爲「是」；隸書以特有的一磔寫作「是」。從此成爲今文。

辵部

辵（辵）

【原文】辵 chuò 乍行乍止也。从彳从止。凡辵之屬皆从辵。讀若《春秋公羊傳》曰「辵階而走」。丑略切

【點評】「從行從止」字義已明。不必以《傳》添足。

【字源】「辵」本指人在行走。甲骨文寫作「[古文字]（一期後下 14.18）、[古文字]（一期合 139 反）」，像一隻腳（止、趾）走在「[古文字]」（行，路口）；金文省去「行」的一邊，寫作「[古文字]」；小篆寫作「[古文字]」。字形與金文近似，均由一隻腳和表示路口、行路的「彳（chì）組成。從此成爲表示行走的專用部首，直至隸變楷書後才逐步變爲今天的「辶」。

彳部

[古文字][古文字]（彳、亍）

【原文】彳 chì 小步也。象人脛三屬相連也。凡彳之屬皆从彳。丑亦切 。亍 chù 步止也。从反彳。讀若畜。丑玉切

【點評】彳、亍之意：走走停停。彳、亍之形：大道通行。

【字源】「彳」與「亍」同爲路口形。合而成「行」是十字大道形。用四通八達的道路表示行路。「彳」、「亍」二字在甲骨文、金文中未單獨成字，僅以字素形式出現。如「[古文字]（揚簋）」（徒）、「[古文字]（一期前 5.26.5）」（逆）、「[古文字]（一期粹 1191）」（通）等。直到戰國時才成爲單字並被列爲部首。「行」字甲骨文、金文等寫作「[古文字]（一期後下 2.12）、[古文字]（二期粹 511）、[古文字]（三期甲 1909）、[古文字]（行父辛觶）、[古文字]（虢季子白盤）」。正是十字路口的形狀。《矦馬盟書》、小篆等字形變化不大，爲追求線條流暢，寫作「[古文字]、[古文字]、[古文字]、[古文字]」。隸書（漢《劉熊碑》）等寫作「[古文字]、[古文字]、[古文字]」。已是今文。

廴部

[古文字]（廴）

【原文】廴 yǐn 長行也。从彳引之。凡廴之屬皆从廴。余忍切

【點評】小篆建部多有增繁，此一例也。

【字源】「辶」是「彳」字的變形。在甲骨文、金文中未單獨成字。作爲形義符表示行走。如甲骨文「延、延」（二字同源）寫作「𢓊（一期前 3.21.4）、𢓊（續 1.3.2）」；金文寫作「𢓊（盂鼎）、𢓊（大保簋）」。均爲「彳」（路口）和一隻足形，會意行走。小篆將甲骨文、金文的「彳」字改爲「辶」（辶）仍可看到與「彳」的傳承關係。

㢟部

㢟 延（㢟、延）

【原文】㢟chān　安步㢟㢟也。从辶从止。凡㢟之屬皆从㢟。丑連切

【點評】㢟、延相同，添丿何成形聲？

【字源】「㢟」和「延」本是同一字。表示人在路上行走。甲骨文寫作「𢓊（前 6.22.5）、𢓊（甲 528）」用一隻腳和一個路口表示人在走路。金文寫作「𢓊（盂鼎）、𢓊（康侯簋）、𢓊（王孫鐘）、𢓊（魚鼎匕）」，字形雖有不同但字素仍然是路口和一隻腳的變形。小篆誤將金文（王孫鐘）作爲飾筆的一「丿」（撇）當作聲符加在「㢟」字頭上，另成一個「延」字。並釋爲「從㢟，丿聲」的形聲字。從此，小篆分別寫作「㢟」（㢟）、「延」（延）兩個字。

行部

行（行）

【原文】行 xíng/háng　人之步趨也。从彳从亍。凡行之屬皆从行。戶庚切

【點評】本義道路，引申行走。

【字源】「行」在古文字中是個重要的部首字。用四通八達的道路表示行路。甲骨文、金文等字形近似。順序寫作「行（一期後下 2.12）、行（二期粹 511）、行（三期甲 1909）、行（行父辛觶）、行（虢季子白盤）」。正是

十字路的形狀。《侯馬盟書》、小篆等字形變化不大，爲追求線條流暢，寫作「、」。隸書（漢《劉熊碑》）寫作「」，已是今文。

齒部

（齒）

【原文】齒 chǐ　口齗骨也。象口齒之形，止聲。凡齒之屬皆从齒。，古文齒。昌里切

【點評】甲金文獨體象形，至善也。金文小篆增止成形聲，添足也。

【字源】「齒」是個部首字。指口內的牙齒。古人稱門牙爲齒，大牙爲牙。甲骨文的「齒」是象形字，寫作「（一期南南 2.81）、（一期拾 10.4）、（一期前 6.32.1）、（一期後下 5.3）」。雖齒數齒形不同，但都是口中露出的牙齒形狀。「說文古文」將甲骨文字形橫寫作「」，仍可歸爲象形字。金文、古鉢文寫作「（中山王壺）、（古鉢）、（古鉢）」在臼齒上加聲符「止」字，從此成爲形聲字。小篆在規範筆劃時，中和了甲、金文的字形，寫作「」爲「齒」字最後定型。隸書和《馬王堆帛書》將小篆的弧筆圓折改爲直筆方折寫作「、」。從此脫離了古文字而成爲今文，今簡化字寫作「齿」。

牙部

（牙）

【原文】牙 yá 牡〔壯〕齒也。象上下相錯之形。凡牙之屬皆从牙。，古文牙。五加切

【點評】牡齒有誤，當爲壯齒或臼齒。

【字源】「牙」本指人和動物的大牙、臼齒，引申齒狀物。金文寫作「（十三年興壺）、（師克盨）、（屖敖簋）」，像兩個匕首的「匕」相互交錯，表示咬齧刺割之意。屬象形兼會意字。小篆、漢帛書、漢簡等寫作「、

、」。雖不如金文直觀，仍可看出互齧遺痕。「說文古文」寫作「」，在「牙」下加一「臼」字，意在表示臼齒。隸書寫作「」，成爲今文。

足部（疋部）

（足、疋）

【原文】足 zú 人之足也。在下。从止口。凡足之屬皆从足。即玉切　疋 shū/yǎ 足也。上象腓腸，下从止。《弟子職》曰：「問疋何止。」古文以爲《詩•大疋》字。亦以爲足字。或曰胥字。一曰疋，記也。凡疋之屬皆从疋。所菹切

【點評】足疋異寫同源，字形易判。

【字源】「足」和「疋」在古文字中本是同一字，《說文》：「疋，足也。」、「足，人之足也」。「疋」字側重指包括腿在內的腿腳。甲骨文寫作「（一期甲 2878）、（一期佚 392）、（一期庫 182）、（一期乙 1187）」。上部是腿，下邊是掌趾。正是腿和腳的形狀；「足」字主要指踝以下的腳部。甲骨文寫作「（一期佚 943）」，正像腳掌和腳趾形。「足」甲骨文也寫作「（一期前 4.40.1）」（注：此字也是「正」字，表示腳正對一個方向走去）。金文承接此字寫作「（師晨鼎）、（免簋）、（善鼎）」。小篆將「足、疋」分別寫作「」和「」。區別僅在「口」部是否封口。隸變後，足寫作「」（《郭有道碑》），疋寫作「」。隨著「足」字地位的鞏固和通行，「疋」義逐漸轉移，多用作部首並增加了其它字義。

疋部（足部）

（疋、足）

【原文】疋 shū/yǎ　足也。上象腓腸，下从止。《弟子職》曰：「問疋何止。」古文以爲《詩•大疋》字。亦以爲足字。或曰胥字。一曰疋，記也。凡疋之屬皆从疋。所菹切

【字源】見「足」部釋文

品部

品（品）

【原文】品 pǐn　眾庶也。从三口。凡品之屬皆从品。丕飲切

【點評】品乃祭祀禮器之多，非人口。圓區可證。

【字源】「品」本是古代祭祀時以用器物的多少來表示被祭人的地位。故後來的官爵俸祿也分若干品。《說文》稱：「品，眾庶也。从三口。」這裡僅指眾多，是古人以三爲多的概念習慣。甲骨文、金文、小篆寫作「品（一期甲 241）、品（四期粹 432）、品（穆公鼎）、品」，佈局略異，字素相同。即是隸書「品」（漢《華山廟碑》）也僅以直筆方折改變了篆書的圓筆弧折，結構完全相同。

龠部

龠（龠）

【原文】龠 yuè　樂之竹管，三孔，以和眾聲也。从品侖。侖，理也。凡龠之屬皆从龠。以灼切

【點評】精準無誤。

【字源】「龠」本指竹管樂器。甲骨文寫作「龠（二期京 3255）、龠（一期存下 74）、龠（一期存 1.477）、龠（一期續 5.22.2）」。其中「冊」像編管形。爲區別於編簡，在「丨」上加「口」，表示圓管。造字方法與「員」相同（參看「員」釋）。金文寫作「龠（散盤）、龠（臣辰卣）」，或隨甲骨文，或加「亼」（讀 jí，集合，聚攏），表示綜合各種聲音使其和諧。小篆定型爲「龠」。隸書寫作「龠」，成爲今文。

冊部

𠕁（冊）

【原文】冊 cè　符命也。諸侯進受於王也。象其札一長一短，中有二編之形。（篇，古文冊，从竹。）凡冊之屬皆从冊。䇲，古文冊从竹。楚革切

【點評】竹制爲簡，木制爲牘，皆可稱冊。

【字源】「冊」在古文字中是個部首字，指書簡。古代文書，編簡。特指帝王的詔書和任命。《說文》有比較全面的解釋：「冊，符命也，諸侯進受於王也。象其札一長一短，中有二編之形。（篇，古文冊，从竹。）」甲骨文、金文、小篆的字形基本相同，分別寫作「卌（一期甲 237）、卌（一期前 7.12.4）、卌（四期人 2263）、卌（旂觥）、卌（趩簋）、𠕁」。都是用皮條或兩道繩子編制竹（木）板而成簡冊的形狀。從出土實物看：商代的「冊」是用一長一短的竹木板排列的；漢代則長短一致。「說文古文」在「冊」上加一「⺮」形字符寫作「䇲」，是「冊」的異寫，表示冊多由竹制。後雖經隸變（見漢《馬王堆帛書》寫作「冊」、魏《王基斷碑》寫作「冊」），但依稀可見繩編竹板的痕跡。

說文解字卷第三上

㗊部

㗊 嚻（㗊、囂）

【原文】㗊 jí/léi 眾口也。从四口。凡㗊之屬皆从㗊。讀若戢。又讀若呶。阻立切

【點評】不諳古文，難表深義。

【字源】「㗊」字在甲骨文中不多見。最初寫作「㗊（一期存上 980）」、表示地域，筆者認爲是部落群。由四個表示居民區的「口」組成。居民高度集中，人口眾多自然聲音噪雜。此字甲骨文也直接寫作「㗊（一期屯 2118）」，用四個口組成。這是小篆寫作「㗊」（㗊）的源頭。用四個「口」表示喧囂的還有個「囂」（讀 xi ā o）字。《說文》：「囂，（眾）聲也。」金文寫作「囂（囂伯盤）、囂（中山王鼎）」，用突出人頭部的「頁」和四個「口」組成，描繪出人搖頭晃腦、大喊大叫的生動情景。小篆時變成兩個字：「囂、嚻」。後者省去兩個口。可惜隸書未能據此省略，仍寫作「囂」。

舌部

舌（舌）

【原文】舌 shé 在口，所以言也、別味也。从干，从口，干亦聲。凡舌之屬皆从舌。食列切

【點評】象形兼會意字。與「干」無涉。

【字源】「舌」是個部首字。指人和其它動物口中辨別滋味，幫助咀嚼和發聲的器官。甲骨文、金文、古陶文、小篆字形略異，但表達方式相同。順序寫作「舌（一期乙 4550）、舌（一期福 26）、舌（一期前 4.13.5）、舌（舌鼎）、舌（古陶）、舌」。像蛇類動物口中吞吐舌信的形狀。舌周圍的小點表

示口液或舔到的物質。舌也指像舌狀的物體，如帽舌、舌形筆、鈴舌等。隸書以直筆方折寫作「舌」。

注：「說文古文」、金文中有「㖞（春秋.𦧇同子句）」字，與「舌」義近形殊，隸變後混同。

干部

干（干）

【原文】干 gān　犯也。从反入，从一。凡干之屬皆从干。古寒切

【點評】「从反入，从一」不著邊際。

【字源】「干」是象形字。本義是用樹枝作的狩獵或打仗的武器。最初僅是樹杈，後在杈的頂端縛以石塊或繩套；又在分叉處縛以重石或網罩，既可進攻又有盾的防護作用。後人在講「干戈」時，戈爲矛，干即盾。《說文》：「干，犯也。」即進犯，引申干（gàn）仗、干（gān）涉。甲骨文寫作「干（鄴三下 39.11）、干（一期甲 2926）」，確像樹杈頂端縛有石塊形；金文（1-2）寫作「干（㝬簋）、干（毛公鼎）」，將石塊縛於分叉處；金文（3-4）及秦簡、小篆寫作「干（幹氏叔子盤）、干（幹邑布）、干、干」，顯然是字形的線條化，字義相同。隸書（《曹全碑》等）寫作「干、干」，逐漸失形，成爲今文。

谷部

谷（谷）

【原文】谷 jué　口上阿也。从口，上象其理。凡谷之屬皆从谷。㖼，谷或如此。臄，或从肉，从豦。其虐切

【點評】上古無痕，自擾乾坤。

【字源】「谷」字在小篆中作爲部首是個不成功的個例。上無甲骨文、金文傳承，下少隸楷沿用。所舉或體字例「𠩁、臄」十分勉强。用作上齶曲卷列入「口」部十分自然。用作部首實難領導「㐁」字音義。（下見「㐁」字例）

㐁（㐁）

【原文】㐁 tiàn 舌貌。从谷省，象形。㐁，古文㐁，讀若三年導服之導。一曰竹上皮。讀若沾。一曰讀若誓。弼字从此。他念切。

【點評】㐁、谷 對照可知二字風牛馬不相及。

【字源】「㐁」（讀 tiàn）本是竹席。甲骨文寫作「㐁（一期甲 1066）、㐁（一期合 340）」。確像編有花紋的竹席形。「說文古文」、小篆寫作「㐁、㐁」。開始由「畫」向「字」轉化。

只部

只 隻 祇（只、隻、祇）

【原文】只 zhǐ　語已詞也。从口，象气下引之形。凡只之屬皆从只。諸氏切

【字源】「只」和「隻」本來是完全不同的兩個字。「只」源自神祇的「祇」。甲骨文、金文寫作「祇（綴 154）、祇（綴 154）、祇（召伯簋）、祇（牆盤）、祇（郾侯簋）」，像一反一正兩隻盛器抵放的形狀。是祭祀時表示上承天神、下覆地祇（天地神）的意思。因字形複雜不易書寫，戰國時演化爲兩個字。一、小篆作「從示，氏聲」的形聲字「祇」（祇）。二、小篆將甲、金文字形的下邊一個盛器簡化了中間的三橫一豎而成「只」（只）。簡牘寫作「只（上博周易・戰國）」，結構與小篆近似，但爲了不忘「只」也指天神，所以將其中一筆頑強地指向上。《說文》稱：「只，語已詞也。」這是後來的假借義了。「隻」字與「獲」最初是同一個字。本指獵獲。泛指捕獲、俘獲，取得。《說文》：「獲，獵所獲也。」甲骨文寫作「隻（一期乙 301）」。像用「又」（右手）抓住一隻「隹」（鳥）的形狀（此字演化到小篆時作「隻（只）」）。

《說文》：「只，鳥一枚也。」金文寫作「𠂆（夨伯隻卣）、𠂆、𠂆」，仍是抓獲一隻鳥的形狀。小篆另加「犬」，分爲「𤞑」（獲）、「隻」（只）兩個字。隸書（漢《校官碑》《畫像石》）分別寫作「隻、獲」，已是今文。

㕯部

㕯（㕯）

【原文】㕯 nè　言之訥也。从口从內。凡㕯之屬皆从㕯。女滑切

【點評】口內不言，形義俱佳。

【字源】「㕯」最初是一種祭祀方式。即言不出口，默默禱告。甲骨文、古鉢文及小篆字形近似，分別寫作「㕯（一期前 1.36.6）、㕯（三期粹 146）、㕯（古鉢）、㕯」。由「內、口」組成。可會意有話沒說出口，在口內念叨。此字後分化爲口在外的「吶」和口變「言」的「訥」。

句部

句 鉤（句、鉤）

【原文】句 jù/gōu　曲也。从口丩聲。凡句之屬皆从句。古矦切，又，九遇切

【字源】「句」本讀 gōu，是「丩」（讀 jiū）字的增筆，也是「勾」的本字。是古人看到植物的須蔓扭曲盤勾之狀而造字的。甲骨文、金文、小篆順序寫作「句（一期乙 2844）、句（鬲從盨）、句」，都是彎勾互掛之形。中間加「口」爲了區別「丩」字。《說文》：「句，曲也。」又加「金」旁成「鉤」，表示金屬材料製成的「鉤」。反映出當時冶金技術的普及和金屬的普遍使用。小篆寫作「鉤」。隸書（漢《史晨碑》等）寫作「鉤、勾、句」。

丩部

（丩、糾）

【原文】丩 jiū　相糾繚也。一曰瓜瓠結丩起。象形。凡丩之屬皆从丩。居虯切

【點評】字明義顯，勾、丩同源。

【字源】「丩」是「糾」和「勾」的初文。本義爲混亂絞合在一起的絲索，互相纏繞。又像瓜蔓糾纏狀，蔓須的勾狀，也是「勾」字的原形。「丩」甲骨文寫作「（一期乙 3805）、（三期甲 940）、（四期後下 26.5）」。《說文》：「丩，相糾繚也。一曰瓜瓠結丩起。」後加表示絲繩的「糸」，成「糾」字。《說文》：「糾，繩三合也。从糸、丩。」引申爲糾纏，纏繞。

古部

（古）

【原文】古 gǔ　故也。从十口。識前言者也。凡古之屬皆从古。，古文古。公戶切

【點評】精準無誤。

【字源】「古」指過去很久的時間和事物。因遠古沒有文字，過去的事靠口頭一代傳給一代。所以甲骨文（1）寫作「（一期甲 1839）」，用「口、中」會意，表示言傳口授；甲骨文（2）寫作「（一期甲 475）」，用「串、口」會意。金文（1）寫作「（盂鼎）」，將甲骨文的「中」塡實成「」，是「中」變「十」的過渡；金文「（牆盤）、（中山王壺）」橫筆逐漸變細成「一」，與《石鼓文》、小篆寫作「、」無別，與《石鼓文》、小篆無別。金文（3）將「口」寫作「甘」（甘是口中品味），略顯蹩腳，也能勉強。「說文古文」寫作「」字形特殊，用「」（燈燭）去照「」（居所、房屋）中的「」（古）字，或可會意尋幽覓古。隸書（漢《乙瑛碑》）隨小篆結構變圓爲方，寫作「」成爲今文。

十部

十（十）

【原文】十 shí　數之具也。一爲東西，丨爲南北，則四方中央備矣。凡十之屬皆从十。是執切

【點評】未見甲金字形，唯有啓靈四方。

【字源】「十」是數字九加一的和。古人記數方法有多種，或以竹木爲籌（即用木棒、竹片的增減記數），或結繩記事（以結的形狀表示數的多少）。甲骨文和金文（1）的「十」寫作「丨（三期佚 225）、丨（我鼎）」，像籌碼豎置形（一至四爲橫置，五交叉，十豎置）。金文（3-4）寫作「十（守簋）、十（鄂君舟節）」，當是繩中打結的形狀。「十」字初爲一直畫，繼而中間加肥，直至成爲圓點，最後改點成橫。小篆寫作「十」即是其證。由於筆劃簡單，隸書「十」（漢《郭有道碑》）也無可省改。是古今字中變化最小的字之一。（下見「廿」字例）

廿（廿）

【原文】廿 niàn　二十并也。古文省。人汁切

【字源】「廿」、「卅」、「卌」分別是二十、三十和四十的合寫數詞。

《說文》：「廿，二十並也。」「卅，三十並也。」《說文》無「卌」字。古代算籌用「丨」表示「十」，甲骨文、金文最初寫作「廿（一期前 7.25.4）、廿（宰椃簋）、卅（一期佚 225）、卅（四期粹 430）、卅（昌鼎）、卌（一期乙 921）、卌（一期佚 43）、卌（四期屯南 636）、卌（昌鼎）」，正是兩個、三個和四個「丨」合在一起的形狀。金文、《石鼓文》也寫作「廿（盂鼎）、廿（頌鼎）、卅（大鼎）、卅（毛公鼎）、卅（石鼓）」。此形當來自遠古的「結繩記事」。單個的一結成一小結，十個小結結成一大結，幾個大結連起來就是幾十。隨著「十」逐步寫作一橫一豎，小篆將三個或兩個「十」合在一起寫作「廿、卅」。隸書（秦漢簡牘）寫作「廿、卅」。

卅部

（卅）

【原文】卅 sà　三十并也。古文省。凡卅之屬皆从卅。蘇沓切

【點評】四十之內何不盡入十部？

【字源】「廿」、「卅」、「卌」分別是二十、三十和四十的合寫數詞。《說文》：「卅，三十并也。」甲骨文、金文最初寫作「（一期佚 225）、（四期粹 430）、（昌鼎）正是三個「丨」合在一起的形狀。金文、《石鼓文》寫作「（大鼎）、（毛公鼎）、（石鼓）」。隨著「十」逐步寫作一橫一豎，小篆將三個「十」合在一起寫作「」。隸書（秦漢簡牘）寫作「」

言部

（言）

【原文】言 yán　直言曰言，論難曰語。从口，䇂聲。凡言之屬皆从言。語軒切

【點評】會意非形聲。

【字源】「言」是說話、口講。「言」的初文與「舌、音」等字同源。甲骨文寫作「（一期乙 766）、（一期粹 47）」，既像說話時舌從口出，也是倒置的鈴形（古酋長聚眾時先搖鈴，而後發言）。「」是鈴體，「」是鈴舌。因眾人（特別是部落裡的奴隸）的生死全在酋長一張口，所以又將「舌」寫作「辛」（給奴隸和罪人行刑的尖刀）。金文、小篆都是口出尖刀（辛）的形狀。至今民間仍有「刀子嘴」之說。隸書（漢帛書、《禮器碑》）寫作「」，用平直的筆劃取代了篆書的圓弧筆劃，成爲今文。

誩部

（誩、競）

【原文】誩 jìng　競言也。从二言。凡誩之屬皆从誩。讀若競。渠慶切

【點評】一言曰直；二言曰競；三言曰疾。均屬言部，何如歸一。

【字源】「誩」是「競」字的音同義近的後起字。「競」字甲骨文、金文、小篆寫作「（一期前 5.41.5）、（一期佚 985）、（夫鐘）、（仲競簋）、」字形雖略有差別，但上邊的字元均爲「言」；下邊的字元爲「兄、人、立」等人的形狀。反映出二人競先發言的情景。隨著「競」字表現範圍的擴大（如競賽、競技等）單純表示「競言」的字就省略爲「誩」了。

音部

（音）

【原文】音 y ī n　聲也。生於心，有節於外，謂之音。宮商角徵羽，聲；絲竹金石匏土革木，音也。从言含一。凡音之屬皆从音。於今切。

【點評】音、言同源。增言釋義十分必要。善！

【字源】「音」是樂聲、語音。與「言」同出一源。甲骨文寫作「（一期後 7532）」，像倒置的鈴形。用鈴響聲表示聲音。金文、《矦馬盟書》、小篆等寫作「（秦公鐘）、（塗王子鐘）、（矦馬盟書）、」。字形略異，但可看出從甲骨文演變而來的痕跡。隸書（漢《史晨碑》）以直筆方折寫作「」，成爲今文。

辛部

（辛）

【原文】䇂qiān　辠也。从干二。二，古文上字。凡䇂之屬皆从䇂。讀若愆。張林說。去虔切

【點評】獨體象形，不「干」「二」事。

【字源】「辛」、「䇂」（讀qiān）最初是同一字。後雖分不同讀音，但字義仍很接近。甲骨文同寫作「（一期後下36.7）、（一期前8.3.1）」或「（一期後下34.5）、（四期粹987）」。金文分作「（司母辛鼎）、（利簋）、（彔簋）」。此字釋義頗多：一、「倒立之人形」；二、「新生枝葉形」；三、「曲刀形」……以第三說者居多。甲骨文、金文確像柄如圓鑿、銳如尖刀的古代刑具。用以割戰俘（或罪人）耳鼻，於面頰刺字。並由此轉指罪犯之「罪」義。《說文》對辛的解釋：「辛……从一从䇂，䇂，罪也。」；對䇂的解釋：「䇂，罪也。」後來金文、古陶文、小篆等分別寫作「（古陶辛）、（蔡侯尊）、（古陶䇂）、、」。可以看出古文字向今文演變的痕跡。

丵部

（丵）

【原文】丵 zhuó　叢生艸也。象丵嶽相竝出也。凡丵之屬皆从丵。讀若浞。士角切

【點評】字源多出，豈僅叢艸者。非詳查細分不得其要。

【字源】「丵」字在甲骨文、金文中以多形態的字素出現。如「對」字：主要表示面對、朝向；回應、對手等。最初甲骨文寫作「（三期佚657）、（四期粹6.71.3）」，像「」（又，手）持「、」輝煌的燈燭。表示對照；金文（1-3）寫作「（封父乙尊）、（毛公鼎）、（對卣）」，像手在「封土」（疆界）上植草木，以示對方、對應。（詳見「封」釋）；（4）寫作「（𩋾侯鼎）」，像兩手持有齒兵器，表示對抗敵人和猛獸。由於金文字形駁雜，小篆在統一文字時將「對」化作兩個字：「、」。前者與金文（1）相同；後

者下邊改「土」爲「口」，表示語言對答。隸書（漢《張遷碑》）寫作「對」，已是今文。

菐部

業對對僕（菐、對、僕）

【原文】菐 pú　瀆菐也。从丵从収，収亦聲。凡菐之屬皆从菐。蒲沃切

【字源】「菐」是從「對」和「僕」字裂變來的後起字。小篆寫作「菐」，是雙手持工具形。一說是手持火炬（爲主人照明），一說是舉著帶刺的武器（面對野獸或敵人）。無論何種形狀均是奴僕所從事的事情。《說文》釋作「瀆菐」，即卑賤繁瑣的工作。這個形狀可以從金文的「對（封父乙尊）、對（毛公鼎）」（對）和「僕（旂鼎）、僕（趞簋）」（僕）中找到字形字義的來源。

収部

収（収）

【原文】収gǒng　竦手也。从𠂇从又。凡廾之屬皆从廾。𢪒，楊雄說：収从兩手。居竦切

【點評】「從𠂇從又」不確。實從𠂇（zuǒ）從又者也。變隸作廾。

【字源】「収」是「共、拱、供」的初文。本義是拱手和兩手捧奉。甲骨文、金文、陶文、古鉥文及小篆字形相近，分別寫作「収（一期後上 31.6）、収（諫簋）、収（陶三 824）、収（古鉥）、収（說文）」，是兩隻手合力，共同動作，會意共同。此時爲「収」（讀gǒng），也是拱手的「拱」字。金文也寫作「収（禹鼎）」像兩手持鼓槌（擊鼓），除表示兩隻手共同動作外，已有供奉義。《楚帛書》、「說文古文」寫作「𢪒、𢪒」是四隻手聚攏在一起，猶如今日所謂的「聯手」。小篆或用兩隻手「収」表示；或寫作「𢪒」，

像兩手共舉一物之形。以上均爲會意字。後加「亻、扌」等成「供、拱」等字。

𠬜部

（𠬜、攀）

【原文】𠬜pān　引也。从反廾。凡𠬜之屬皆从𠬜。，或从手从樊。普班切

【點評】僅指小篆耳。

【字源】「𠬜」字是戰國時期才出現的後起字。是「廾」（収）字的反寫。小篆寫作「」，指用雙手攀爬。作爲部首僅率領。小篆的「（樊）、（變）、（攀）」。

共部

（共）

【原文】共 gòng　同也。从廿廾。凡共之屬皆从共。，古文共。渠用切

【點評】與「廾」（収）同源。單獨建部大可不必。

【字源】「共」是合力，共同。《說文》：「共，同也。」爲表示兩手合力的動作。甲骨文、金文、小篆（1）寫作「（合集 13962）、（合集 21449）、（父癸簋）、（父己卣）、（禽忑鼎）、」，像兩手共舉一器物之形。金文也寫作「（禹鼎）」像兩手持鼓槌（擊鼓）。

異部

（異、戴）

【原文】異 yì　分也。从廾从畀。畀，予也。凡異之屬皆从異。羊吏切

戴 dài　分物得增益曰戴。從異𢦏聲。[illegible]，籒文戴。都代切

【點評】不明字源，愈解愈亂。

【字源】「異」是古人在重大事件前舉行的祭祀活動中，將所供神主的面具用雙手舉在頭上（後改做套在頭上），供人拜祭。商周時的甲骨文、金文寫作「（一期前 5.38.6）、（一期甲 394）、（昌鼎）、（盂鼎）」正是雙手戴一面具的形象。因形象不同於普通人，故而稱異；「異」字是「戴」字的初文。「戴」的本義是頂、套在頭上。《左傳•僖公十五年》：「君履后土而戴皇天。」。「說文籒文」與小篆在「異」上加一「𢦏」（讀 z ā i），「𢦏」的甲骨文寫作「（一期續 4.29.1）」或「（一期鐵 262.3）」表示災禍的苗頭。合起來是即將發生兵災禍亂的意思。這正是舉行祭祀活動的原因。將「𢦏」與「異」合起來正是「戴」字的全部意義。隸書寫作「戴」，擺脫了古文字的窠臼而進入今文時期。

舁部

(舁、與、興)

【原文】舁 yú　共舉也。从𦥑从廾。凡舁之屬皆从舁。讀若余。以諸切

【點評】𦥑非舂臼，兩手形也。

【字源】「舁」的本義是四隻手同時用力共同抬舉物品。金文寫作「（子父舁鼎）」，正是四隻手向中間用力的形狀。小篆寫作「」。上邊的兩隻手已經變形。與「舁」關聯的字有「與」、「興」、「遷」、「輿」，惟「輿」被列在車部（另釋）。

𦥑部

(𦥑)

【原文】𦥑 jū　叉手也。从[illegible]彐。凡𦥑之屬皆从𦥑。居玉切

【點評】釋義準確。

【字源】「臼」非舂臼之「臼」字。是兩隻手（手心向內）相對，如叉腰、捧物的形狀。是從「舁」中分化出來的字素（參看「舁」釋文）。小篆用作部首。率領的小篆字有「要（腰）、晨、農」。

晨部

𦦨（晨）

【原文】晨 chén 早昧爽也。从臼从辰。辰，時也。辰亦聲。丮夕爲𡖍，臼辰爲晨，皆同意。凡晨之屬皆从晨。食鄰切

【字源】「晨」（晨）早晨，清晨。《說文》：「晨，早昧爽也。」清晨星星依稀可見。正是農人開始勞作的時間。甲骨文的「[甲骨文]（一期乙 282）、[甲骨文]（二期前 5.48.1）、[甲骨文]（一期前 4.10.3）」等字，或用「[甲骨文]」（辰星）落於「[甲骨文]、[甲骨文]」（草木）；或用「[甲骨文]」（雙手）持辰（辰是用蚌殼做的鐮刀）勞作。都是清晨務農的景象。「晨」字金文寫作「[金文]（師晨鼎）、[金文]（𩋾侯鼎）」，主要字素保留了甲骨文的特徵。「晨」字小篆有兩個寫法：（1）上邊是「晶」字。「晶」是「星」的本字。（2）省筆寫作「日」。這本身就是「星（夜）日（晝）交替」的意思。隸書（漢《史晨碑》）寫作「晨」，從而成爲今文。

爨部

𤑔（爨）

【原文】爨 cuàn 齊謂之炊爨。臼象持甑，冂爲竈口，廾推林內火。凡爨之屬皆从爨。[籀文]，籀文爨省。七亂切

【點評】形象、生動、準確。

【字源】「爨」本指燒火煮飯。「說文籀文」寫作「[籀文]」。上邊是表示灶洞的「冖」；下邊是雙手（廾，讀ｇǒｎｇ）捧雙「木」燃「火」的情景。小篆

寫作「𤑔」。上邊增加了雙手持「同」的字元。《說文》對此釋作：「象持甑，冂爲竈口。廾推林內火。」一幅雙手捧柴點火塞進灶洞煮飯的畫圖躍然紙上。

說文解字卷第三下

革部

革（革）

【原文】革 gé　獸皮治去其毛，革更之。象古文革之形。凡革之屬皆从革。䩯，古文革。从三十。三十爲一世，而道更也。臼聲。古覈切

【點評】首句精準無誤。末句續貂也。

【字源】「革」是經加工後去掉毛的獸皮。金文、「說文古文」、《楚簡》、《三體石經》等順序寫作「[古文字]（康鼎）、[古文字]（鄂君車節）、[古文字]（說文古文）、[古文字]（楚簡）、[古文字]（三體石經）」，其中「[古文字]」像兩隻手在「[古文字]」（有頭角的動物）兩側操作的形狀。小篆、秦簡和漢帛書寫作「[古文字]、[古文字]、[古文字]」，雖不如金文象形直觀，但便於書寫，與今文已十分接近。

鬲部

鬲（鬲）

【原文】鬲 lì　鼎屬。實五觳。斗二升曰觳。象腹交文，三足。凡鬲之屬皆从鬲。[古文字]，鬲或从瓦。[古文字]，漢令鬲，从瓦，麻聲。郎激切

【點評】鼎屬足矣，何必贅言。

【字源】「鬲」是個古老的部首字。也是遠古即有的一種代表性的炊具。圓口三足，有陶與青銅等金屬製成。甲骨文、金文、簡牘順序寫作「[古文字]（三期粹 1543）、[古文字]（四期南明 625）、[古文字]（召仲鬲）、[古文字]（令簋）、[古文字]（盂鼎）、[古文字]（成伯孫父鬲）、[古文字]（鬲字布）」，是望形知義的象形字。其中金文（2-5）

巧妙地將「羊」字補進字形，既保持了三足器形，又點出「鬲」是可煮肉食的器具。小篆在規範筆劃，統一字形時，寫作「鬲」，同時選定「甂」（䰛）、「融」（䰙）兩個形聲字爲或體字。隸書（漢《石門頌》）據小篆結構寫作「鬲」。

䰜部

䰜、鬲

【原文】䰜 lì　䰛也。古文亦鬲字。象孰飪五味气上出也。凡䰜之屬皆从䰜。郎激切

【字源】「䰜」是「鬲」的異寫。「鬲」字甲骨文、金文、小篆寫作「鬲（三期粹 1543）、鬲（召仲鬲）、鬲（說文）」。而「䰜」（䰜）字是在「鬲」的兩側加上兩條表示熱氣蒸騰的動態線。進一步說明「鬲」是蒸煮食物的器皿。

爪部

爪爪（爪、爪）

【原文】爪 zh ǎ o　丮也。覆手曰爪。象形。凡爪之屬皆从爪。側狡切

【點評】獨體象形，無論反復均可望而知其義也。

【字源】「爪」本指人和其他動物的手指、指甲和趾。「叉」是用爪抓。「叉，手足甲也。」甲骨文、金文、小篆的字形略有不同，但都像指爪形。甲骨文、金文寫作「爪（一期後下 37.6）、爪（三期鄴 3.43.11）、爪（五期前 2.19.3）、爪（師克盨蓋）」，周圍的小點表示爪子抓落的碎屑。金文或在指尖上畫出指甲的形狀，強調爪子的重點是指甲。小篆在規範筆劃時從甲骨文（1）結構，寫作「爪」。隸書（先秦《廣武將軍碑》）與篆書的字形拉開距離，漸失形。

注：小篆中有一與「爪」字反寫的「爪」。《說文》稱：「爪zhǎng 亦丮也。从反爪。闕。諸兩切。」其實此字與「爪」無別。只是擴大了爪的指事範圍。指包括爪子在內的手掌腳掌。故讀音同掌。

丮部

（丮）

【原文】丮 jí/jǐ 持也。象手有所丮據也。凡丮之屬皆从丮。讀若戟。几劇切

【點評】精準無誤。

【字源】「丮」是雙手舉持操作的形狀。甲骨文寫作「（一期後下 38.2）、（一期乙 802）、（一期乙 3405）、（四期後下 38.8）」。正是雙手捧舉，握持某事物的姿勢。金文寫作「（沈子簋）」。兩手連在一起，依稀可見由甲骨文演化而來的痕跡。小篆出於字形構圖的需要，寫作「」。捧舉之形已不直觀。隸書以直筆方折寫作「丮」，完全失形。（下見「埶」字例）

（埶）

【原文】埶 yì 種也。从坴丮。持亟種之。《書》曰：「我埶黍稷。」魚祭切

【點評】今「藝」字，農藝也。

【字源】「埶」（藝）本指種植。甲骨文和金文（1）寫作「（一期合 302）、（二期前 2.27.4）、（埶簋）」都是在地上，雙手捧栽秧苗形。金文（2-3）和《石鼓文》寫作「（毛公鼎）、（克鼎）、（石鼓）」，在下邊加一「土」字，強化了栽種於土的意思。其中金文「（毛公鼎）」，人形爲一女字，說明自古就有女子從事種植活動。金文（3）的人形寫成了犬形，這是秦未統一文字前常見的混亂現象。隸書（漢《夏承碑》、《史晨碑》）上加草字頭，成爲「從草，埶聲」的形聲字。在隸變的初期，草字頭和竹字頭時有混用。

注：現能見到的小篆「䰜」字是後人根據隸書結構附會的，《說文》所無。

鬥部

鬥（鬥）

【原文】鬥 dòu　兩士相對，兵杖在後，象鬥之形。凡鬥之屬皆从鬥。都豆切

【點評】兩士相對，甚是；兵杖在後，無中生有。

【字源】「鬥」在古文字中是個部首字。是與人爭鬥的鬥。甲骨文寫作「䰞（一期前 2.9.3）、鬥（一期粹 1324）」，像兩人徒手相鬥之形。小篆（1）寫作「鬥」，失形；小篆（2）又加「斲」（讀 zhuó，砍義）成「鬭」，畫蛇添足。同時借指木工榫卯結合。如鬥拱之「鬥」。秦《睡虎地簡》將「鬥」寫作「鬭」，其形、義全失。隸書省簡爲「鬥」。今簡化字作「斗」，有聲無形。

又部

又（又）

【原文】又 yòu　手也。象形。三指者，手之𠭥多略不過三也。凡又之屬皆从又。于救切

【點評】至確無訛。

【字源】「又」本是右手的簡化象形字。以三指代表五指如同今日「卡通畫」。甲骨文、金文、《石鼓文》、小篆分別寫作「又（四期京 4068）、又（麥鼎）、又（盉文）、又（石鼓）、又」。都是手的形狀。也是左右之「右」的初文。後借作又再的又。隸書（漢《郭有道碑》）以「八分」之勢寫作「又」，成爲今文。（下見「右」字例）

右（右）

【原文】右 yòu　手口相助也。从又从口。于救切

【點評】常人右手爲主力，故左手有佐助之意。

【字源】「右、佑、祐」字義近似，是助、幫助。《說文》：「祐，助也」。區別在於人佑或神佑。甲骨文「右、手、又、佑」等同是一隻右手的形狀「ㄡ（四期京 4068）」。故「右」也是保佑的「佑」。金文以後在「又」（手）下加「口」成「右」，遂與「又、佑、手」等分離開。「祐」則是在「右」旁加與神和祭祀有關的「示」，表示神祐。甲、金、篆分別寫作「祐（二期粹 814）、祐（保卣）、祐（說文）」。「右」後專指左右方向的右。

ナ部

ナ 左（ナ、左）

【原文】ナ zuǒ　ナ手也。象形。凡ナ之屬皆从ナ。臧可切

【點評】ナ、又乃左右手也。甚象形。

【字源】「ナ」（左）的字義有二，一是用左邊的手表示左右的「左」；二是輔佐、幫助。《說文》：「左，手相左助也。」甲骨文和小篆（1）的「左」字寫作「ナ（二期粹 597）、ナ」（ナ）。用一隻左手表示。金文、《石鼓文》、小篆（2）多是「手」下加一「工」字，表示佐助右手做工作。金文中也有加「口」或「言」者。從「言」表示用語言說明；從「口」者爲「右」字，「右」同「佑」，也是幫助、輔佑的意思（詳見「右」釋）。隸書（漢《白石神君碑》、《景君碑》）「左、佐」以特有的波磔筆劃將「左（佐）」從古文字行列中分化出來，成爲今文。

注：古文字中未見「佐」字，屬後起形聲字。

史部

史（史）

【原文】史 shǐ 記事者也。从又持中；中，正也。凡史之屬皆从史。疏士切

【字源】甲骨文的「史、使、吏、事」最初是同一字。甲骨文寫作「[古文字]（一期乙 3350）、[古文字]（一期前 7.3.2）」。均像「[古文字]」（手）持「[古文字]、[古文字]」（樹杈制的工具、武器或儀仗）形。會意用其去做某種事務。如出使他國的使臣稱大使，故釋爲「使」；大使也是官吏，因此也是「吏」字；大使所辦的事都是大事，所以也是事情的「事」；大使做的大事要記入歷史，因此也是歷史的「史」。記錄歷史的人又是官吏。這樣互相推演印證了一形四義。後分化。《說文》分別釋：「事，職也。」「使，伶（令）也。」「史，記事者也。」「吏，治人者也。」

支部

[古文字] [古文字]（支、枝）

【原文】支 zhī 去竹之枝也。从手持半竹。凡支之屬皆从支。[古文字]，古文支。章移切

【點評】準確無訛。

【字源】「支」是「枝」的初文。本指樹木的枝杈、枝條。《說文》：「枝，木別生條也。从木，支聲。」甲骨文寫作「[古文字]（三期屯南 323）」，正是「[古文字]」（又，手形）持「[古文字]」（樹木沒有根鬚，樹枝）的形狀。「說文古文」寫作「[古文字]」，像手抓連根的樹木形，字義尚通。小篆寫作「[古文字]」，正是《說文》所謂「手持半竹」形。由於「支」有分歧義，小篆另加「木」成「[古文字]」（枝）字。隸書（漢帛書、《校官碑》、《曹全碑》）分別寫作「支、支、枝」，成爲今文。

聿部

[古文字]（聿）

【原文】聿 niè 手之疌巧也。从又持巾。凡聿之屬皆从聿。尼輒切

【點評】聿僅解小篆「𦘔」字，實無單獨建部之必要。

【字源】「聿」在甲、金文中不多見。僅在「𦘔」字中以手（又）持「巾」表示收拾義。小篆中所率「𦘔」（𦘔）字以手（又）持「巾」表示收拾義。而所率「肅」（肅）字是手持丨（以棍探水）而非持巾（下見「肅」字例）

肅（肅）

【原文】肅 sù　持事振敬也。从聿在𣶒上，戰戰兢兢也。𢘽，古文肅从从心卪。息逐切

【字源】「肅」是恭敬，謹慎。金文（1）寫作「𣶒（牆盤）」，像被山圍起的不規則的水潭形；金文（2）寫作「肅（肅鎛）」，上邊的「竹」字表示用竹竿（棍）探水。金文（3-4）及小篆寫作「肅（王孫誥鐘）、肅（王孫誥鐘）、肅（說文）」，字形雖不盡相同，但均像手持丨（聿）探測水深的形狀。以此會意謹慎。「說文古文」將「淵」省為一條水形，另加一「心」字，寫作「𢘽」，表示肅是心理活動。隸書（漢帛書《袁博碑》等）寫作「肅、肅」。雖成今文但字素未變。

聿部

聿筆（聿、筆）

【原文】聿 yù　所以書也。楚謂之聿，吳謂之不律，燕謂之弗。从聿一聲。凡聿之屬皆从聿。余律切

【點評】聿、筆一字，不必從聿一聲。

【字源】「聿」是「筆」的初文。是用於書寫畫圖的工具。《說文》稱：「筆，秦謂之筆。」甲骨文、金文字形近似，順序寫作「聿（一期乙 8407）、聿（女帚卣）、聿（者滬鐘）」。其中「又」是手的形狀，「木」是筆的形狀。即手持筆，下端三叉表示乍開的筆毛。屬象形字。小篆繼承金文字形寫作「聿」。

同時加形符「竹」字，另作「筆」，表示筆桿竹制。成爲「從竹，聿聲」的形聲字。隸書（漢《楊叔恭碑》等）分別寫作「聿、筆」。成爲今文。

書（書）

【原文】書 shū　箸也。从聿者聲。商魚切

【點評】以手執筆寫下口中之曰爲書。

【字源】「書」是以手持筆書寫成籍。甲骨文寫作「書（二期京 1227）」。上邊的「聿」（聿，讀 yù）是手持筆的形狀，下邊的「口」表示說。即用筆寫下口說的內容。金文字形變化較大，寫作「書（格伯簋）、書（頌簋）、書（寰盤）」。主要字素與甲骨文相近。小篆規範筆劃後寫作「書」。既是「从聿，者聲」的形聲字，也是「聿（筆）者」的會意字。隸書（漢《白石神君碑》）寫作「書」。下邊的「曰」與甲骨文的「口」相合，表示口說。

畫部

畫（畫）

【原文】畫 huà　界也。象田四界。聿，所以畫之。凡畫之屬皆从畫。畫，古文畫省。劃，亦古文畫。胡麥切

【點評】書畫同源。書錄言，畫契形。所釋無訛。

【字源】「畫」的本義是劃分土地界限。甲骨文寫作「畫（一期後下 4.11）、畫（一期後下 37.2）」，像手拿筆劃花紋的形狀。金文將所畫之形改爲田地，遂有劃分田界的意思。「說文古文」（1）寫作「畫」，字形與金文相似，（2）寫作「劃」，另加一「刀」而成「劃」（用尖銳物將東西分開），使之與繪畫的「畫」成爲字形不同的兩個字。小篆也由此分別寫作「畫」與「劃」。隸書《禮器碑》「畫」將篆書的弧筆做了平直處理。失去所有象形字的特徵，從而進入今文時代。

隶部

隶（隶）

【原文】隶 dài　及也。从又尾省。又，持尾者，从後及之也。凡隶之屬皆从隶。徒耐切

【點評】逮之本字。從又從尾省可也。

【字源】「隶」在古文字中是逮捕的「逮」字，讀 dài。金文寫作「（郘鐘）」。像一隻手「」提（捉）住一條動物的大尾巴「」（毛），以此表示逮住了動物。「逮」字的古鉢文）、《石鼓文》及小篆的右旁皆是「隶」字；左旁有一「辵」（讀 chuò），是表示行走、行動的符號。作爲部首俗稱「走之」。與「隶」組合成「逮」字，說明「逮」是通過手的行動完成的。隸書將篆書的「」簡化爲「⻌」。是古文字向今文邁出的一大進步。

注：在後來的簡化字運動中「隶」被定為「隸」的簡化字。

臤部

（臤、堅、賢）

【原文】臤 qiān　堅也。从又臣聲。凡臤之屬皆从臤。讀若鏗鏘之鏗。古文以爲賢字。苦閑切

【點評】臤非形聲，會意也。

【字源】「臤」（讀 qiān）由表示臣僕的「臣」和表示手的「又」字組成。應是爲主人做事的會意字。也是「堅」、「賢」的初文。「臤」字甲骨文、金文、楚帛書寫作「（一期合 8461）、（賢父癸觶）、（鳥祖癸鼎）、（楚帛書）」。均像一隻手搭在眼上做看守狀，當是看守人。（也有學者認爲是以手挖目，即「眢」字。存參）。此字後加表示錢幣的「貝」（貝在古代曾作貨幣使用，是財富的象徵）成「賢」字。金文、《石鼓文》、小篆、隸書寫作「（賢簋）、（賢簋）、（中山王鼎）、（石鼓）、（說文）、」。看守財產的人一定是忠誠可靠，有管理能力的人。所以《說文》稱：「賢，

多才也。」隸書（漢《夏承碑》）寫作「賢」，以直筆方折取代了小篆的弧筆圓折，從而成爲今文，簡化字寫作「贤」。

臣部

臣（臣）

【原文】臣 chén 牽也。事君也。像屈服之形。凡臣之屬皆从臣。植鄰切

【點評】牽字可略。君横眉，臣豎目。事君也。

【字源】「臣」指古時的奴僕。又指戰俘和君王手下的民眾、官吏。本來「臣」字比較抽象，是個不好表現的字形。但古人將甲骨文和金文都寫成一豎目（豎著的眼睛）形「臣（一期前 4.27.6）、臣（一期前 4.27.4）、臣（一期甲 2850）、臣（毛公鼎）、臣（昌鼎）」。因爲奴僕俯首時的眼睛呈豎形，以此表示「臣服」，可謂高明。後《秦簡》、小篆在使用中爲書寫方便，逐漸變形。如不與甲、金文對照已不知其形其意了。隸書（《乙瑛碑》）寫作「臣」除筆劃更趨平直外，與小篆已無區別。

殳部

殳（殳）

【原文】殳 shū 以杸殊人也。《禮》：「殳以積竹，八觚，長丈二尺，建於兵車，車旅賁以先驅。」从又几聲。凡殳之屬皆从殳。市朱切

【點評】精確細微。除「几聲」偏失外，餘善之善者也。

【字源】「殳」是古兵器。最初不過一削尖的木棒。進入戰車時代才用八股竹片合成，用於兵車前部開路的長武器。從出土的實物看，與甲骨文的字形基本相符。甲骨文、金文寫作「殳（一期乙 1153）、殳（一期乙 8093）、殳（殳季良父壺）、殳（趙曹鼎）」，右邊或下面的「又、又」（又，右手）是手形，表示以手持殳。隨著騎射取代兵車作戰，殳逐漸被淘汰。所以金文的殳已不如甲骨文象形，小篆則完全失去殳形而成爲一個獨立的部首，表示手

持武器或工具。隸書進一步省改篆書筆劃，古字形蹤影皆無。殳後演化出標槍式的投擲兵器。爲表示投擲義，小篆另加「手」（手）寫作「投」（投）。（下見「毆」、「役」字例）

毆（毆）

【原文】毆　ōu　捶毄物也。从殳區聲。烏后切

【點評】確。

【字源】「毆」在甲骨文中與「驅」是同一字。至金文逐漸分開（參看「驅」釋條）。金文「毆」寫作「毆（師袁簋）」。形符用「攴」（讀 pū，表示手持械杖擊打），聲符用「區」，（這裡讀 ōu）。「說文古文」寫作「毆」字形略異；《石鼓文》寫作「毆」，與說文古文、金文基本相同；小篆將「攴」改爲「殳」（讀 shū，手持兵器，意與攴同）。隸書《鄭固碑》等寫作「毆、毆」。

役（役）

【原文】役 yì　戍邊也。从殳从彳。从彳。役，古文役从人。營隻切

【點評】簡潔，精準無誤。

【字源】「役」本指戍守邊疆。商代的甲骨文寫作「役（一期前 3.22.4）、役（一期前 6.4.1）」。是一隻手執一槌狀物在擊打一側身的人形。這說明古時戍邊多是被迫和奴役。秦小篆將甲骨文的人形寫作「彳」（彳）。是「行」字的省文，作爲部首表示行走、行動）；手持槌形寫作「殳」（殳），殳是古兵器（詳見「殳」釋），與「彳」字組合成「役」字。「說文古文」寫作「役」，人形與甲骨文相同，只是所持槌形變爲橫寫的「弓」，字義不悖。隸書（漢《曹全碑》）寫作「役」，對小篆的筆劃刪繁就簡，拉平取直，跳出象形字的行列。

殺部

殺 蔡（殺、蔡）

【原文】殺 shā /sà，戮也。从殳杀聲。凡殺之屬皆从殺。𣄷，古文殺。𢿊，古文殺。𢁺，古文殺。

【點評】形聲字，準確無誤。

【字源】「殺」是將人和動物致死。甲骨文、金文「殺」字與「蔡」是同一字，寫作「𠂹（一期戩 33.9）、𠂹（一期菁 2）、𠂹（蔡太師鼎）、𠂹（蔡侯鼎）」，源自遠古祭祀活動。在文明程度低下的夏商時期，用活人當祭品十分普遍。甲骨文的「殺」字就像將人的下肢殺殘的形象。是將人的肢砍下當做動物前膀或後肘也未可知。有學者將此形釋作「草」，當是後來用草人代替活人祭祀，文明進步後的事了。「說文古文」(1)和《三體石經》寫作「𢁺、𢁺」（𢑚，讀 yì，與豬同）此是將被祭祀的人等同豬的例證。「說文古文」（2-3）寫作「𣄷、𢿊」，字形中都有了表示擊殺的「攴」字。《侯馬盟書》寫作「𣪘、𣪘」，出現了「攴、殳」並存的字素，爲小篆寫作「𣫇」（殺）奠定了基礎。「殺」字作爲部首僅率一個「弑」字，理應歸併。

𠘧部

𠘧（𠘧）

【原文】𠘧 shū 鳥之短羽飛𠘧𠘧也。象形。凡𠘧之屬皆从𠘧。讀若殊。市朱切

【點評】𠘧本人伏之形。待考。

【字源】「𠘧」字是《說文》爲之特設的部首字。東周前未見單獨出現。是甲骨文、金文和小篆中的「鳧」字解開了其中的謎底。「鳧」字甲、金、篆寫作「𠃋（一期乙 580）、𠃋（仲鳧父簋）、𠃋（鳧叔匜）、𠃋（說文）」。字形雖不盡相同，但都是鳥字下邊與一躬身的人形。即《說文》所說的「𠘧」字。其實此字是指野鴨。又因野鴨不能像魚那樣靈巧游泳而用「鳥、人」會意。比喻野鴨像人一樣浮在水面上，也用作古部族名。（下見「鳧」字例）

𩾏（鳧）

【原文】鳧 fú/fǔ　舒鳧，鶩也。从鳥几聲。房無切

【字源】「鳧」的本義是古部族名。甲骨文和金文寫作「𩾏（一期乙 580）、𩾏（鳧叔匜）」，上邊是鳥，下邊是「𠤎、𠆢」（匕，人，作爬伏狀），有孵化義。古代有不少關於人是從鳥卵中孵化出的傳說。小篆將「人」寫作「几」（讀「殊」音）用爲聲符。《說文》：「鳧，舒鳧，鶩也。从鳥，几聲。」專指野鴨。隸書隨小篆結構，以其特有的波磔筆劃，跳出古文字行列。

寸部

寸（寸）

【原文】寸 cùn　十分也。人手卻一寸，動𧖴，謂之寸口。从又从一。凡寸之屬皆从寸。倉困切

【點評】合古人意。

【字源】「寸」是度量詞。古人以人身體不同部位的長短定量詞；「寸」字小篆寫作「寸」，下邊一橫指人手掌到手臂中間的腕處，表示這裡有一寸長。（下見「寺」字例）

寺（寺）

【原文】寺 sì　廷也。有法度者也。从寸之聲。祥吏切

【字源】「寺」本義是官署，如大理寺（國家司法衙門）。寺字的金文、石鼓文、小篆分別寫作「寺（洪伯寺簋）、寺（吳王光鑑）、寺（㔾羌鐘）、寺（石鼓文）、寺（說文）」，字形略異，字素相同。上邊是止（即足），表示足跡所至，也作停止和住講；下邊是「寸」，寸在篆文中標記法度，止、寸合起來會意執法的人所到所住的地方。後來由於東漢明帝夜夢金人，恰值古印度（天竺）僧人用白馬馱佛經來中國，明帝命其住在鴻臚寺（國家禮儀機

闗），從此由官府引申爲寺廟。此後凡僧人的居所和供佛之處稱爲寺。「寺」在初期也指手持、拿著，即「持」。故寺廟的領導人也稱作「主持」。

皮部

（皮）

【原文】皮 pí　剝取獸革者謂之皮。从又，爲省聲。凡皮之屬皆从皮。，古文皮。，籀文皮。符羈切

【點評】本是會意字，何來「爲省聲」？

【字源】「皮」是個部首字。指動植物的表皮層。《說文》：「皮，剝取獸革者謂之皮。」金文、《石鼓文》寫作「（叔皮父簋）、（中山王鼎）、（石鼓）」，均像「」（手）持「」（皮鏟）剝獸皮的形狀。用手持某專業工具來表示某項工作，是很高明的創意。如同今人用鐮刀斧頭表示工農一樣。「說文古文、籀文」及小篆字形變化較大，寫作「、、」，但均有一「」（手）形表示勞作。隸書（漢簡）寫作「皮、皮」，失形而成爲今文。

㼱部

（㼱）

【原文】㼱 ruǎn　柔韋也。从北，从皮省，从夐省。凡㼱之屬皆从㼱。讀若耎。一曰若雋。，古文㼱。，籀文㼱，从夐省。而兗切

【點評】除「柔韋」外，皆摸象之言。

【字源】此屬冷僻字。「說文古文」寫作「」，由伏下身的人和皮革的「皮」的省文組成。表示人在制革。此字最接近「柔韋」的本義。「說文籀文」和小篆寫作「、」，上邊是一人或二人的人形；下邊是「穴」字，是勞工的「工作間」；下邊的「瓦」字令很多學者費解：揉制皮革與「瓦」有

何關聯？筆者以為，「瓦」是粗陶器。也是「土器之總名」。將三部分合起來就是：勞動的人在洞穴中用粗糙的陶器鞣制皮革。

攴部

（攴）

【原文】攴 pū　小擊也。从又，卜聲。凡攴之屬皆从攴。普木切

【點評】以手持棒會意擊打。非形聲也。

【字源】「攴」（讀 pū）在古文字中是個重要的部首字。是手持武器或工具在動作。甲骨文、金文、陶文寫作「（摭續 190）、（英 1330）、（攴䣄卣）、（陶三 507）」。均像手持棍、槌、斡、斤（錛斧）的形狀。非《說文》所謂的聲符。此字後多用於偏旁部首。如「攻」字，金文、小篆均用「攴」作形符，用「工」作聲符，表示進攻，攻打義。隸書（漢《孔彪碑》等）寫作「」，已是今文。

教部

（教）

【原文】教 jiào　上所施下所效也。从攴从孝。凡教之屬皆从教。，古文教。，亦古文教。古孝切

【點評】棍棒教育之源頭。

【字源】「教」本義是施教、教育。是上行下效。甲骨文、金文、《三體石經》及小篆寫作「（一期前 5.20.2）、（一期前 5.8.1）、（散盤）、（郾侯簋）、（三體石經）、」，都是一手執教鞭，給孩子講解數碼的形狀。字中的「」是手執教鞭形；「」是子，表示孩子；「爻、乂」是古代算數時用竹木塊擺出的數字，也是卦符。以此表示教給孩子知識。字義明白無誤。其中甲骨文「（粹 11932）」省去小兒形於字義無別，僅施、受之分。周金文、秦簡（《睡虎地簡》）、「說文古文」及小篆等字形近似，可以清

晰的看出與甲骨文的傳承關係。漢隸書（《郭有道碑》）寫作「教」用平直的筆劃取代了篆書弧筆，跳出象形字而成為今文。（下見「斅、學」字例）

斅 學（斅、學）

【原文】斅 xiào　覺悟也。从教从冂。冂，尚矇也。臼聲。學，篆文。斅省。胡覺切

【點評】教學同源，釋義無訛。

【字源】「斅」也作「學」。是學習，接受教育。甲骨文由「𦥑」（雙手）、「冂」（宀，房屋形）、「爻」（爻，數碼，計數）三部分組成，表示計算或設計建造房屋的技術。金文增加了「子」（小兒）和「攴」（讀 pū，手持器具），表示教孩子或勞動者學建造。金文和小篆有從「攴」和不從「攴」兩個字，分別寫作「斅（沈子簋）、斅（中山王鼎）、斅（盂鼎）、學（者沪鐘）」。前者為「斅」，後者為「學」，斅學同義。隸書（漢《潘校官碑》等）寫作「學」，改造了篆書筆勢，成為今文。今簡化字寫作「学」。

卜部

卜（卜）

【原文】卜 bǔ　灼剝龜也，象灸龜之形。一曰象龜兆之从（縱）橫也。凡卜之屬皆从卜。卜，古文卜。博木切

【點評】精準無誤。

【字源】「卜」在古文字中是個部首字。《說文》：「卜，《周禮》注：『問龜曰卜』。」古人用燒烤龜骨觀察其裂紋預測凶吉。甲骨文、金文、小篆及「說文古文」分別寫作「卜（一期乙 4628）、卜（二期粹 975）、卜（四期金 403）、卜（五期粹 896）、卜（菁 1.1）、卜（卜孟簋）、卜（昌鼎）、卜（說文古文）、卜」。均像燒灼的龜骨的裂紋，即卜兆。此字屬典型的象形字，幾千年來字形無明顯變化。部首從「卜」的字多與占卜有關。（下見「占」字例）

占（占）

【原文】占 zh ā n/zhàn　視兆問也。从卜，从口。職廉切

【字源】「占」是占卜。「卜」是占卜時出現在龜版上的裂痕形。古人從火燒龜甲骨上的裂紋形狀來揣測吉凶。《說文》：「卜，灼剝龜也。象灸龜之形。」「占，視兆問也。从卜，从口。」甲骨文（1）寫作「占（一期前 8.14.2）」，上邊是卜，下邊是口。表示以口問卜；（2）寫作「𡆣（一期鐵 77.1）」，外圍的「ㅂ」是占卜用的牛胛骨，裡邊是「占」字。字形字義更加完整。楚簡、小篆字形略同甲骨文（1）寫作「占、占」。隸書（元•吳叡等）寫作「占、卜」。雖屬今文但基本結構未變。

用部

用（用）

【原文】用 yòng　可施行也。从卜从中。衛宏說。凡用之屬皆从用。用，古文用。餘訟切

【點評】夫子未見甲金，唯有臆測耳。

【字源】「用」是施行、使用、採納。甲骨文和早期金文寫作「用（三期前 4.6.4）、用（戊寅鼎）」，像占卜用的骨版上燒烤出的裂紋。古人憑藉裂紋確定自己的行動。這是「用」的本義。殷商滅亡後，用龜甲占卜逐漸轉變，「用」字也逐漸變形變義。東周金文寫作「用（江小仲鼎）、甬（曾姬無卹壺）」，上加吊環，也作「甬」（桶）和「鐘」字。「說文古文」、《石鼓文》和小篆與甲骨文結構近似，分別寫作「用（說文古文）、用（石鼓）、用（說文）」。隸書（漢《郭有道碑》）寫作「用」，雖已是今文，但基本構架未變。

爻部

爻（爻）

【原文】爻 yáo　交也。象《易》六爻頭交也。凡爻之屬皆从爻。胡茅切

【點評】談六爻八卦，夫子之長也。

【字源】「爻」是重疊相交之形。因重複而表示仿效。甲骨文寫作「爻（一期鐵 100.2）」，像算籌交叉形；金文寫作「爻（父乙角）」，也是重複義；小篆隨甲、金文寫作「爻」。隸書以特有的「八分」筆勢寫作「爻」。成爲今文，但基本結構未變。

㸚部

㸚 籬（㸚、籬）

【原文】㸚 lǐ　二爻也。凡㸚之屬皆从㸚。力几切

【點評】夫子談《易》未盡，焉能不偏。

【字源】「㸚」是先民以竹木枝交叉編制的院牆和門窗的遮蔽物。通稱「籬」或「籬笆」。此字未見甲、金文。用作字素也只見晚周時的金文和小篆「爾」、「爽」兩個字，但甲骨文和西周文字與其有別。（下見「爾、爽」字例）

爾（爾）

【原文】爾 ěr　麗爾，猶靡麗也。从冂从㸚，其孔㸚，尒聲。此與爽同意。兒氏切

【字源】「爾」一說是花繁狀。一說是絡蠶絲的架子。筆者傾向後者，蓋因架上掛滿絲繭狀如繁花。從早期字形看像用下垂的樹枝製成的蠶絲網架。《說文》：「爾，麗爾，猶靡麗也。從冂（讀 jiōng，界框形）從㸚（讀 lǐ，籬笆），其孔㸚；爾聲。」後假借爲代詞，表示第二人稱，你。甲骨文、金文（1）寫作「爾（一期前 7.42.2）、爾（何尊）」，既像枝繁花茂，也像絡絲架形。金文（2-4）及小篆寫作「爾（牆盤）、爾（晉公尊）、爾（齊侯壺）、爾（說文）」則更像網架形。戰國時金文、小篆、《三體石經》摘其上半部，

寫作「（中山王鼎）、（說文）、（三體石經）」。即「尔」字。隸書（漢《白石神君碑》、《郭有道碑》）寫作「」、「」。成爲今文。

（爽）

【原文】爽 shuǎng　明也。从㸚从大。，篆文爽。疏兩切

【字源】「爽」是明亮。引申清涼舒適。甲骨文寫作「（一期合集 23197）、（英 1311）、（戬 33.7）、（一期前 1.8.2）、（一期甲 2893）、（一期合集 36236）」；金文寫作「（弋卣）、（散盤）、（肄簋）」；小篆寫作「、」。字形雖不盡相同，但均像一正面的大人張開腋下的形狀，本來腋下陰暗潮濕，加有窗櫺或籬笆等形的字元「㸚」（讀 lǐ）表示通風透光。會意明亮，通風，自然有清爽的感覺。隸書（漢帛書、《孔彪碑》）以直筆方折寫作「、」。雖失人形但便於書寫，成爲今文。

說文解字卷第四上

旻部

𥄎（旻）

【原文】旻xuè　舉目使人也。从攴从目。凡旻之屬皆从旻。讀若颰。火劣切

【點評】蹔摸之古義也。

【字源】「旻」（讀 xuè），指抬起眼睛支使別人。甲骨文、小篆寫作「𥄎（一期後下 27.2）、𥄎（一期前 5.24.3）、𥄎（一期乙 5700）、𥄎（癸旻爵）、𥄎（說文）」，上邊是「目」下邊是「支」，「支」是手持武器或工具在動作，與「目」組合會意抬起眼睛手拿武器支使人做事。

目部

目（目）

【原文】目 mù　人眼。象形。重，童子也。凡目之屬皆从目。𡇂，古文目。莫六切

【點評】人眼象形已明。「重」（瞳）屬另文，贅語耳。

【字源】「目」特指眼睛。甲骨文、金文字形近似，順序寫作「𥃦（一期甲 215）、𥃦（一期拾 10.3）、𥃦（一期甲 229）、𥃦（一期乙 3069）、𥃦（屰目父癸爵）」。都是一隻眼睛的形狀。小篆將其豎寫成「目」。已不直觀。「說文古文」加眉毛和臉的輪廓，寫作「𡇂」，似無必要。凡用「目」作部首的字多與眼或見有關。如「睹」字，「說文古文」寫作「覩」，小篆寫作「睹」。一個用「見」、一個用「目」。

眀部

眀 瞿 䀠(眀、瞿、懼)

【原文】眀 jù 左右視也。从二目。凡眀之屬皆从眀。讀若拘。又若良士瞿瞿。九遇切

【點評】造字精妙。如將左右視改爲驚恐視豈不更臻。

【字源】「眀」是「懼(懼)」和「界」的初文。甲骨文寫作「(一期遺珠 565)、(一期遺珠 564)」,像因恐懼而睜大眼睛的人形。金文省去人形,只留兩隻大眼睛,寫作「(眀鼎)、(眀父丁簋)」。「古鉨文」寫作「」,將左右眼改爲上下排列已不直觀。小篆(1)寫作「眀」,是金文、「古鉨文」的延續。表示因恐懼而左右張望。小篆(2)另加「隹」(讀 zhuī,鳥)成「瞿」,表示兩眼像鷹隼等猛禽驚警。小篆(3)繼承「說文古文」的「」,加「心」(表示恐懼是心理活動)寫作「懼」。《說文》:「懼,恐也。」隸書據此寫作「懼」。

眉部

眉(眉)

【原文】眉 méi 目上毛也。从目,象眉之形,上象額理也。凡眉之屬皆从眉。武悲切

【點評】以目襯眉,創意奇妙。惟額理牽強。

【字源】「眉」即眼睛上邊的眉毛。這裡的「額理」是附會小篆的字形。甲骨文、金文寫作「(一期乙 7546)、(一期前 6.7.4)、(明 1854)、(鐵 73.1)、(京都 1541)、(後 2.32.18)、(窸鼎)、(𦬁伯簋)」,雖字形不盡相同,但主要表現的仍是眼睛和眉毛的形狀,非常象形。小篆在規範筆劃後寫作「眉」,已不如甲、金文直觀。上邊的「仌」形正是《說文》誤以爲「額理」的原因。隸書雖已是今文,但時有寫作「眉」者。

盾部

盾（盾）

【原文】盾 dùn/shǔn　瞂也。所以扞身蔽目。象形。凡盾之屬皆从盾。食問切

【點評】釋義無訛。

【字源】「盾」是古代作戰時遮擋對方刀箭的防護器具。這裡的「瞂」是盾的別稱，讀 fá 音；「扞」與「捍」同。金文寫作「盾（𢦏簋）」，由「豚」（豚）、「又」（又）、「十」（甲）三部分組成。其中「豚」是豬；「又」是手；「甲」是盾甲、盔甲。會意用手執豬皮製作的盾甲，屬會意字。小篆、《秦簡》至隸書分別寫作「盾、盾、盾、盾」，上邊的「厂」是盾和把手，下邊的「目」表示遮住半邊臉和眼，即「蔽目」也。

自部

自（自）

【原文】自 zì　鼻也。象鼻形。凡自之屬皆从自。自，古文自。疾二切

【點評】精準！自鼻為古今字。

【字源】「自」是鼻子的象形字，造字者觀察到人們在用手勢表示自我時，多以手指自己的鼻子。於是用鼻子的形狀來表示自己、自身。《說文》：「自，鼻也。像鼻形。」甲骨文、金文、「說文古文」、《石鼓文》、小篆等分別寫作「自（一期菁 5.1）、自（沈子簋）、自（說文古文）、自（石鼓）、自（說文）」。刻畫鼻子的方法雖不盡相同，但能十分清晰地看出演變的痕跡。其中頗有趣的是金文「自（攻吳王光戈）」，將鼻涕雙流也描述出來。（下見「鼻」字例）

𦣻（鼻）

【原文】鼻 bí 引气自畀也。从自畀。凡鼻之屬皆从鼻。父二切

【點評】畀爲聲符，形聲字無疑。

【字源】「鼻」是人和動物呼吸兼嗅覺器官。最初「鼻」字甲骨文寫作「𦣹（一期菁 5.1）、𦣹（一期前 6.58.1）」（自），是鼻子的象形字。今人每表示自己時仍手指鼻子。後爲區別於自己的自，古陶文、古鉨文、小篆另加聲符「畀」字，寫作「𪖐（陶三.371）、𪖐（古鉨段鼻）、𪖐（說文）」，成形聲字。隸書隨小篆結構寫作「鼻」，成爲今文，至今未變。

白部

白（白）

【原文】白 zì 此亦自字也。省自者，詞言之气，从鼻出，與口相助也。凡白之屬皆从白。疾二切

【點評】無中生有之典型也。惜哉！

【字源】此「白」（讀 zì）字非黑白之「白」（bái）。是《說文》爲率領六個小篆字而設的部首字。古文本無此字。所統之字（皆、魯、者、𠷎、智、白）僅爲小篆字形所本，甲、金文皆不從「白」。（下見「皆、魯、者」字例）

皆（皆）

【原文】皆 ji ē 俱詞也。从比从白。古諧切

【點評】除小篆外，無白可從。

【字源】「皆」是俱、都是、均是。甲骨文寫作「皆（三期甲 542）、皆（三期粹 970）、皆（三期粹 968）」，像一隻或兩隻虎同在一口上，表示眾虎一聲（同時用一種聲音呼嘯）。金文、「楚簡」將雙虎改爲雙人，「口」改爲「甘」，寫作「皆（皆壺）、皆（江陵楚簡）」。表示眾口一詞或同甘共苦。

小篆將「甘」寫作「白」，是「甘」字筆誤。字義與甲、金文無別。均屬會意字。隸書（漢帛書、《楊震碑》等）寫作「皆、皆」，漸變爲今文。

魯（魯）

【原文】魯 lú　鈍詞也。从白，鮺省聲。《論語》曰：「參也魯。」郎古切

【點評】不知源頭，偏離本義。

【字源】「魯」字最初源於「露祭」。即將捕獲到的第一條魚放在地上作供品祭祀天。商甲骨文和周金文（1-3）寫作「魯（一期續 4.25.2）、魯（一期續 6.27.5）、魯（克盨）、魯（井侯壺）」，像將魚置於口形容器（一說置於土坑中）的形狀。因這種祭祀方式非常簡單呆板，故有遲鈍義。《說文》：「魯，鈍詞也，」金文（4-6）寫作「魯（魯侯鬲）、魯（頌鼎）、魯（秦公鐘）」，將魚下邊的「口」字寫作「甘」。甘是用口品嘗的意思，這裡表示口吃到魚的美味。字義發生了變化，成爲美好、嘉美義。《史記•周本紀》：「周公受禾東土，魯天子之命（也作「嘉天子之命」）。」魯又假借爲古國名，在今山東曲阜。故山東又簡稱「魯」。秦小篆基本結構與金文相同，但魚形漸泯。且將「甘」字寫作「白」，形義全失。漢隸書（《史晨碑》）寫作「魯」以其平直的筆劃徹底改變了古文字的形象。

者（者）

【原文】者 zhě　別事詞也。从白𣥂聲。𣥂，古文旅字。之也切

【點評】不著邊際，哀哉！

【字源】「者」本義是燒煮，與「尞」字同源。甲骨文寫作「者（一期粹27）、者（一期粹 785）」。下邊的「火、火」是火，上邊的「木、木」是黍類植物，四周的小點是脫落的黍籽。金文寫作「者（者女觥）、者（兮甲盤）」。把火改作「口、甘」（口或甘），表示口中感到燒煮的黍味甘美。小篆規範筆劃後寫作「者」。爲表達「煮」義，又另加「火」成「煮」字。「者」遂專作

「別事詞」。隸書（漢《劉熊碑》等）以直筆方折寫作「者、煮」，成爲今文。

鼻部 （文字已移往「自」部）

皕部

皕（皕）

【原文】皕 bì　二百也。凡皕之屬皆从皕。讀若祕。彼力切

【點評】二百建部，三四佰如何？統歸百部可也。

【字源】「皕」是數字二百的合文直寫。甲骨文的一百、二百、三百就是在聲符「白」字上加一、二、三橫，分別寫成「𦣻（一期甲 3017）、𦣻（四期合 7.35.2）、𦣻（四期合 7.35.9）」形，是甲骨文常用的合文現象。此法在金文中也有發生，但使用頻率遠不如甲骨文。金文的二百直接寫作兩個「百」字，小篆的寫法與金文相似，並被作爲一個獨立的漢字保留並使用至今。隸書以直筆方折寫作「皕」，取代了篆書的弧筆圓折，從而脫離了古文字行列。

習部

習（習）

【原文】習 xí　數飛也。从羽从白。凡習之屬皆从習。似入切

【點評】從羽之字緣何另建部首？

【字源】「習」源自雛鳥學習試飛。最初，甲骨文、楚簡和古璽文寫作「習（一期明 715）、習（寧滬 1518）、習（一期甲 920）、習（江陵楚簡）、習（古鉢）」。或是看到雛鳥一飛即落，如同彗星一閃即失，故假借彗星的「彗」作「習」字。上邊是掃帚形的尾光，下邊是表示天象的小星（日）。小篆在規範筆劃後寫作「習」。下邊的「日」誤作「白」。隸書（漢《劉熊碑》）省筆寫作「習」，已成今文。

羽部

（羽）

【原文】羽 yǔ　鳥長毛也。象形。凡羽之屬皆从羽。王矩切

【點評】善！

【字源】「羽」是鳥翅和翅上的長而扁的毛。甲骨文寫作「（一期鐵 3.11）、（一期鐵 73.3）」。都是鳥翅或羽片的形狀。也寫作「（一期前 4.29.6）、（一期京津 4762）」，借用掃帚和掃帚星（彗星）的形狀表示羽毛。金文、小篆寫作「（宰椃角）、（弋卣）、（羽字布）、」，正是此形的演化。隸書（漢《曹全碑》）寫作「」，已是今文。

隹部

（隹）

【原文】隹 zhuī　鳥之短尾總名也。象形。凡隹之屬皆从隹。職追切

【點評】隹、鳥同源，分爲兩部實無必要。

【字源】「隹」與「鳥」同爲禽類部首字。（讀 zhuī）與「鳥」最初是同形同義的一個字。後逐漸分化：「隹」（代表短尾鳥）；「鳥」（代表長尾鳥）。《說文》稱：「鳥之短尾總名也。」「隹」字甲骨文寫作「（一期鐵 92.3）」；金文寫作「（䧹鼎）」，鳥形十分明顯。小篆寫作「」，已不如甲、金文直觀。其實在使用中「隹」和「鳥」的界限並不明顯。（下見「雞」字例）

（雞）

【原文】雞 jī　知時畜也。从隹奚聲。，籀文鷄从鳥。古兮切

【點評】司晨之畜，雄雞。

【字源】「雞」是人類最早飼養的家禽之一。因其晨鳴爲人報時，甲骨文字形頗多：寫作「[古文字]（一期前 7.23.1）、[古文字]（五期南明 787）、[古文字]（三期粹 1562）、[古文字]（五期前 2.36.6）」等，「[古文字]、[古文字]」是包括雞在內的鳥形；「[古文字]、[古文字]」是聲符「奚」字。「說文籀文」寫作「[古文字]」，可見與甲骨文的傳承關係。小篆寫作「[古文字]」，將「鳥」寫作「隹」（在象形字中「隹、鳥」同形）。與甲骨文一脈相承，都是形聲字。隸書（漢《武梁祠刻石》）寫作「[古文字]」，已是今文。

奞部

[古文字]（奞）

【原文】奞 suī /xùn　鳥張毛羽自奮也。从大从隹。凡奞之屬皆从奞。讀若睢。息遺切

【點評】釋義無訛，從大不妥。

【字源】「奞」，字形是大鳥（隹與鳥同形）。本義是振翅高飛的鳥。甲骨文寫作「[古文字]（合集 5439）、[古文字]（合集 18830）」，下邊是鳥，頂上是表示分開的「八」。表示鳥衝破雲天而奮飛。能有此衝擊力的必是猛禽大鳥，故金文也寫作「[古文字]（兄丁奞觶）、[古文字]（噩季奞父簋）」，上大下隹。即大鳥。（下見「奪」字例）

[古文字]（奪）

【原文】奪 duó　手持隹失之也。从又从奞。徒活切

【字源】「奪」初義是得而失之。意思是手抓住的「隹」（讀 zhuī，同「鳥」）又失去了。金文寫作「[古文字]（奪簋）」，上邊是衣服的「衣」；下邊是手抓一隻鳥；衣服已被衝破（三個小點表示衝破的動態），鳥正飛走。字形字義十分明確。小篆將鳥和衣合爲「[古文字]」（「奞」也是鳥奮飛的意思。見「奞」釋）秦簡、隸書（漢帛書）分別寫作「[古文字]、[古文字]、[古文字]」，雖漸成今文，仍可看到與古文字的傳承關係。

萑部

雈（萑）

【原文】萑 huán　鴟屬。从隹从𦫳，有毛角。所鳴，其民有旤。凡萑之屬皆从萑。讀若和。胡官切

【字源】小篆中有兩個字形極易混淆的字。一個是「萑」字，小篆寫作「雈」（萑），讀 zhuī。「萑」指草木茂盛。《說文》：「萑，艸多貌。」甲骨文寫作「𣡕（一期燕 488）、𣡕（一期合 18422）、𣡕（一期河 746）」。都是在「林」或「茻」（讀 mǎng，草木叢）中有鳥形，會意鳥獸多的林中必然草木豐茂。小篆寫作「雈」。隸書寫作「萑」。

另一個是表示貓頭鷹的「雈」（萑），讀 huán。甲骨文（萑）寫作「雈（三期粹 517）」，像鳥頭上有兩隻貓耳。《說文》：「萑，鴟屬。从隹，从𦫳，有毛角。」正指此鳥。

𦫳部

𦫳 乖 𦫳（𦫳、乖、𥿄）

【原文】𦫳guǎi 羊角也。象形。凡𦫳之屬皆从𦫳。讀若菲。工瓦切　　乖 guāi 戾也。从𦫳而𠔁；𠔁，古文別。古懷切　　𥿄 mián 相當也。闕。讀若宀。母官切

【點評】「𦫳」爲羊之角、身，「乖、𥿄」爲羊之皮毛。

【字源】「𦫳」是羊角和身背的形狀。未見甲、金文。係《說文》從「乖」字分解下來用作部首的字。小篆寫作「𦫳」。「乖」字出現在戰國時期。小篆、簡書寫作「乖、乖」。中間是羊角及身背，兩側是表示分開的「北」（背）。反映的是有些品種的羊在換毛季節羊毛自動脫落的現象。這對不熟悉羊性的人來說就感覺奇怪、乖戾。由「𦫳」率領的「𥿄」字《說文》未解其形。當是羊脫毛後又重新長出與以前相同的毛。因此在羊身上加一表示蒙覆的「冂」字而寫作「𥿄」（𥿄）。

苜部

𥄕（苜）

【原文】苜 mò/miè　目不正也。从𦍌从目。凡苜之屬皆从苜。莧从此。讀若末。徒結切

【點評】義隨形變之典型。甲文象形也。

【字源】「苜」字最初表示羊的眼睛不會靈活轉動，呆滯。甲骨文寫作「[甲骨文]（一期合 190）、[甲骨文]（一期合 4918）、[甲骨文]（一期合 18296）、[甲骨文]（一期合 21021）、[甲骨文]（一期合 4917）」都是表現羊頭和羊眼的正面形。小篆寫作「𥄕」，將眼睛確立爲「目」。隸變時誤將上邊的羊角當做草字，寫作「苜」。轉指一種牧草，即多年生草本植物「苜蓿」。「苜」字所率字頭並非均從「苜」。（下見「蔑」字例）

[篆文]（蔑）

【原文】蔑 miè　勞目無精也。从苜，人勞則蔑然；从戍。莫結切

【點評】形義均誤。

【字源】「蔑」字最初與「伐」同義。多表消滅、殺伐。甲骨文寫作「[甲骨文]（一期續 1.51.4）、[甲骨文]（一期前 1.44.7）、[甲骨文]（一期前 6.7.5）」。用大眼長眉來表示被殺人的面部表情，以戈橫穿人的身體表示殺伐。其中「[甲骨文]」是爲奴隸和罪人行刑的尖刀，即「辛」字。故蔑有草菅人命，蔑視生命的含義。金文至小篆逐漸寫作「[金文]（競簋）、[金文]（彔簋）、[金文]（牆盤）、[篆文]（詛楚文）、[篆文]（說文）」可以清楚地看到字形演變的軌跡。隸書（漢《張遷碑》）寫作「[隸書]」。徹底脫離了古文字。

羊部

羊 祥（羊、祥）

【原文】羊 yáng　祥也。从，象頭角足尾之形。孔子曰：「牛羊之字以形舉也。」凡羊之屬皆从羊。與章切

【字源】「羊」是人類接觸最多，飼養最早的動物之一。因其溫順而味美，被人看作吉祥物。後加與祭祀相關的字元「示」而成「祥」。《說文》：「羊，祥也。」「祥，福也。」商代金文（羊已觚）寫作「（羊已觚）」，以畫代字，印證了「書畫同源」的學說。甲骨文寫作「（一期前 4.50.4）、（一期河 387）、（一期粹 287）」。像羊的正面頭形。金文（1）、楚帛書、小篆（1）寫作「（昌鼎）、（楚帛書）、」。雖不如甲骨文直觀，壺）、」，將「羊」與「祥」分開。隸書（漢《尹宙碑》、《華山廟碑》）分別寫作「、」。（下見「羔、美」字例）

（羔）

【原文】羔 gāo　羊子也。从羊，照省聲。古牢切

【點評】羔爲獨體象形，「照省聲」大謬也。

【字源】「羔」本指小羊。《說文》：「羔，羊子也」。甲骨文寫作「（一期鐵 86.3）、（一期續 1.48.8）、（一期英 1153）、（一期合 12852）」。上邊的「」是羊頭形，代表羊；下邊的「、」是「火」字。火烤羊羔的情景生動顯現。金文（1-2）省去小點寫作「（索角）、（𣪕伯簋）、（貨系 0323）」，改爲一粗弧；或加兩點爲「火」。戰國文字與小篆寫作「（鉢文.戰國）、」，仍爲「羊、火」結構。隸書（漢《夏承碑》）寫作「」，將「火」簡化成三點（一般隸書爲四點），從而成爲今文。作爲部首所率字頭並非皆從「羊」得義。

（美）

【原文】美 měi　甘也。从羊从大。羊在六畜主給膳也。美與善同意。無鄙切

【點評】形義皆誤。夫子未見甲文之故也。

【字源】「美」字本是裝飾美。後泛指視覺形態、飲食味道等一切優良的東西。《說文》：「美，甘也。从羊，从大。」後人俗稱「羊大爲美」是對漢字缺乏瞭解所致。甲骨文、金文及小篆字形近似，順序寫作：「𦍌（一期乙 5327）、𦍌（一期乙 3415）、𦍌（美爵）、𦍌（中山王壺）、𦍌」。都是人的頭上戴有羊角和羽毛等飾物的形狀。生動地反映了以狩獵爲生的先民的審美意識。隸書（漢帛書《史晨碑》等）寫作「美」，將下邊的「大」（人的正面形）字寫作「火」，成了火烤羊肉。與烤羊羔的「羔」字近似。釋作美味。

羴部

羴 羶 膻（羴、羶、膻）

【原文】羴 shān　羊臭也。从三羊。凡羴之屬皆从羴。羶，羴或从亶。式連切

【字源】「羴」是個會意字。甲骨文、金文寫作「羴（一期乙 4531）、羴（一期鐵 18.1）、羴（一期前 4.35.5）、羴（羶鼎）」，用兩隻三隻或四隻羊表示羊群。羊多必然有羶腥之臭味。小篆除繼承甲、金文結構寫作「羴」外，另造一個「從羊亶聲」的「羶」（羶）字。爲表示羴並非僅指羊的臭味，也指其它肉類變質後的氣味，又將「羶」字右邊的「羊」改作「肉」（月）而另成一「膻」（膻）字。逐漸「膻」取代了「羴」，隸書寫作「膻」。

瞿部

瞿 懼（瞿、懼）

【原文】瞿 jù/qú　鷹隼之視也。从隹从䀠，䀠亦聲。凡瞿之屬皆从瞿。讀若章句之句。九遇切。又音，衢。

【字源】「瞿」和「懼」的初文是「䀠」。甲骨文寫作「䀠（一期遺珠 565）、䀠（一期遺珠 564）」，像因恐懼而睜大眼睛的人形。金文省去人形，只留兩隻大眼睛，寫作「䀠（䀠鼎）、䀠（䀠父丁簋）」。「古鉢文」寫作「䀠」，

眼睛已不直觀。小篆（1）寫作「𥄕」，是金文、「古鉨文」的延續。表示因恐懼而左右張望。小篆（2）另加「隹」（讀 zhu ī ，鳥）成「瞿」，表示兩眼像鷹隼等猛禽驚警。小篆（3）繼承「說文古文」的「𢝊」，加「心」（表示恐懼是心理活動）寫作「懼」。《說文》：「懼，恐也。」，隸書據此寫作「懼」。

雔部

雔 讎（雔、讎）

【原文】雔 chóu　雙鳥也。从二隹。凡雔之屬皆从雔。讀若醻。市流切

【字源】「讎」是個會意兼形聲字。金文（1-2）和小篆寫作「讎（讎尊）、讎（鬲從盨）、讎」，都是兩隻鳥（隹）相對的形狀。表示成雙成對和匹義的「雔」字，讀音與「讎」相同。所以 「雔」與「言」組合在一起，既是「從言，雔聲」的形聲字；也是兩隻鳥（隹）相對而言的會意字。隸書寫作「仇、讎」從此脫離了古文字形。

雥部

雥 雜（雥、雜）

【原文】雥 zhá/zá　群鳥也。从三隹。凡雥之屬皆从雥。徂合切

【字源】「雥」是「雜」和「集」的初文，故既讀 zá，也讀 jí。甲骨文寫作「雥（三期續 1.7.6）」，像很多鳥聚集在一起，眾鳥互鳴自然聲音嘈雜。小篆據此也寫作「雥」，由三個「隹」組成。「隹」也是鳥形（參看「隹」釋條）。「雥」落於樹木成「集」字。小篆爲表現雜色，在「集」旁加一「衣」（衣）字成「雜」，此後「雥」廢則「雜」興，今簡化爲「杂」。

鳥部

（鳥）

【原文】鳥 ni ǎ o　長尾禽總名也。象形。鳥之足似匕，从匕。凡鳥之屬皆从鳥。都了切

【字源】「鳥」是個重要的部首字，也是飛禽的統稱，屬典型的象形字。鳥的字形很多，甲骨文寫作「（一期簠文 39）、（一期後下 6.3）、（一期佚 323）、（一期甲 3475）」；金文寫作「（鳥簋）、（鳥壬侜鼎）、（鳥且甲卣）、（弄鳥尊）」；小篆寫作「」。字形雖有不同，但一目了然，均是有喙、頭、翅、尾、趾的鳥形。隸書（漢《武梁祠刻石》）以直筆方折取代了篆書的弧筆圓折，寫作「」，從此成爲今文。

烏部

（烏）

【原文】烏 w ū　孝鳥也。象形。孔子曰：「烏，**盱**呼也。」取其助氣，故以爲烏呼。凡烏之屬皆从烏。，古文烏，象形。，象古文烏省。哀都切

【字源】「烏」指烏鴉。因烏鴉有反哺母鳥之說，故稱孝鳥。甲骨文寫作「（一期佚 323）」，突出了烏鴉的巨喙形狀，十分傳神。金文、小篆字形近似，寫作「（效卣）、（**戜**鼎）、（毛公鼎）、（說文）」。可見與甲骨文的演化痕跡。仍保持了鳥的形狀。爲區別「鳥」字，頭部或省去表示眼睛的一點（也有不省者。鳥、烏同形）。用無（烏）眼會意烏黑。後借作語氣助詞。「說文古文」也寫作「、」。其左邊形符仍有「鳥」形。後分化爲「烏」、「於」兩個字。

說文解字卷第四下

華部

華（華）

【原文】華 bān 箕屬。所以推棄之器也。象形。凡華之屬皆从華。官溥說。北潘切

【字源】「華」是帶有長柄的畚箕類清除工具。作爲部首，僅見於「畢」、「糞」、「棄」三字。小篆寫作「華」。（下見「畢」、「棄」字例）

畢（畢）

【原文】畢 bì　田罔也。从華，象畢形。微也。或曰：由聲。卑吉切

【點評】「畢，田罔也」足矣。餘偏失。

【字源】「畢」和「嘼」是有內在聯繫的同音字。「畢」是古時一種捕禽獸的長柄網。甲骨文（1）寫作「畢（一期合 17387）」，正像一隻手持長柄網的形狀。（2-4）寫作「畢（一期合 103）、畢（三期粹 935）」，僅存網形。金文寫作「畢（段簋）」，在網上加「田」字，反映了當時的生產已不完全靠狩獵，逐步進入了田獵階段。小篆規範了筆劃寫作「畢」。隸書（漢《曹全碑》等）以直筆方折寫作「畢」，成爲今文。

棄（棄）

【原文】棄 qì　捐也。从廾推華棄之，从𠫓。𠫓，逆子也。弃，古文棄。棄，籀文棄。詰利切

【字源】「棄」是拋開，捐棄、廢除。《說文》：「棄，捐也。」甲骨文寫作「棄（一期後下 21.14）」，是兩手執簸箕向外拋棄一「子」的形狀，當是古代棄嬰的寫真。金文、「說文籀文」、小篆寫作「棄（散盤）、弃（中山王鼎）、棄（說文籀文）、棄」，字形雖不盡相同，但基本字素均爲執箕棄

嬰形。只有「說文古文」省筆寫作「」，直接用雙手將子拋出。是古代簡化字，也爲今天的簡化字打下了基礎。隸書（漢《鮮於璜碑》）據小篆結構寫作「」，古形全失，已是今文。

冓部

（冓、媾）

【原文】冓 gòu/gōu　交積材也。象對交之形。凡冓之屬皆从冓。古候切

【字源】「冓」的本義是逢遘、相遇、交接。甲骨文寫作「（一期前 1.40.5）」，金文寫作「（冓斝）」，都是兩條魚相遇、相對和結交的形狀。後金文、小篆加表示人面的「頁」或「女」成「（殳季良父壺）、」媾字，轉指人類的「婚媾」、「交媾」等義。（下見「再」字例）

（再）

【原文】再 zài　一舉而二也。从一，冓省。作代切

【點評】冓字已誤，再焉能不誤。

【字源】「再」是重複前邊，第二次。甲骨文寫作「（一期佚 994）、（一期前 7.1.3）」。其一，像魚前面有一橫，表示遇阻返回。其二，魚前無橫者表示魚在水中往返遊動，也是去而復還的意思。此外尚有「土筐說」、「婚配說」（與字形較遠，略）。金文寫作「（黸羌鐘）、（陳璋壺）」。魚形已不直觀。但依稀可見與甲骨文的傳承關係。寫法各異正是文字統一前的常見現象。小篆規範筆劃後寫作「」，近似甲骨文結構。隸書（漢帛書等）寫作「、」，漸變爲今文。

幺部

（幺）

【原文】幺 yāo　小也。象子初生之形。凡幺之屬皆从幺。於堯切

【點評】絲股怎成子出生？

【字源】「幺」是用絲的纖細表示微小。《說文》：「幺，小也。」甲骨文寫作「（一期粹 816）」金文、小篆字形與甲骨文近似，分別寫作「（頌鼎）、」。隸書寫作「」，仍然可見由甲、金、篆演變而來的軌迹。「幺」字所率字頭僅一「幼」字。（下見「幼」字例）

（幼）

【原文】幼 yòu　少也。从么从力。伊謬切

【字源】「幼」指少小。甲骨文寫作「（一期後下 35.1）、（二期續 4.41.5）、（三期京 4105）、（五期前 2.25.2）」。其中「」（么）是絲，表示細小，「」（力）是手臂形。會意力量像絲一樣細小的必是幼兒。金文或將「幺」和「力」合爲一體寫作「（禹鼎）」；或用「幽」作聲符，「子」作形符，寫作「（中山王鼎）」，成形聲字。小篆從「幺、力」寫作「」。隸書（漢《孔宙碑》）等寫作「、」，成爲今文。

𢆶部

（𢆶、幽）

【原文】𢆶 yōu　微也。从二幺。凡𢆶之屬皆从𢆶。於虯切

【字源】「𢆶」是用纖細的絲束表示細小幽微。甲骨文、金文、《侯馬盟書》、《三體石經》及小篆字形近似。分別寫作「（前 7.23.2）、（粹 164）、（佚 350）、（彔伯簋）、（侯馬盟書）、（三體石經）、（說文）」，均爲兩束絲的形狀。所以，由「𢆶」和甲、金文字形的「火」組成的「幽」字就是會意細小的絲只有在火光照明下才能看得見。

叀部

（叀、專）

【原文】叀 zhuān　專小謹也。从幺省；屮，財見也；屮亦聲。凡叀之屬皆从叀。，古文叀。，亦古文叀。職緣切

【點評】偏離過甚也。

【字源】「叀」是個隨形變義的字。最早甲骨文寫作「（一期甲 108）、（一期甲 206）」，像紡線穗形；西周金文寫作「（叀卣）、（彔伯簋）、（同簋）」，雖仍有與甲骨文字形相同者，但已出現在穗端加「芔」（讀 huì，叢草形）的寫法。表示農作物，特別是玉米的穗形。同時出現「叀」下加「寸」（古文字同「手」）表示專心和旋轉的「專」。「專」是古時手工紡線用的線錘。甲骨文、金文字形近似，寫作「（一期林 1.28.7）、（一期拾 2.18）、（克鼎）」，「、」是一隻或兩隻手，在轉動紡磚紡線。小篆寫作「」，下邊是「寸」（古文字中「手、寸」混用）。成爲「從寸，叀聲。」的形聲字。後來金文和小篆取「專」字旋轉義加「車」字作轉動的「轉」。「叀」作爲部首所率「惠」、「穗」二字均與《說文》釋義有別。（下見「惠」、「穗」字例）

（惠、穗）

【原文】惠 huì　仁也。从心，从叀。，古文惠从芔。胡桂切

【字源】「惠」是「穗」的初文。「惠」字甲骨文、金文寫作「（一期後上 5.9）、（一期前 1.18.1）、（克鼎）、（叀卣）、（彔伯簋）」，正是玉米穗的形狀。古人認爲莊稼結穗是天的恩賜，心存感激，故加心寫作「（夫簋）、（王孫鐘）」專指恩惠。《說文》：「惠，仁也。」又因禾穀的穗是人們摘采的果實，又作「」字。上邊的「」是手爪，下邊的「」是禾穀，會意以手摘禾頂上的「穗」。同時在「惠」旁加「禾」作「」（穗），專指禾本植物的花果。字義分離。隸書（漢《景君碑》等）寫作「、」。

注：有學者稱「叀」是線穗形。筆者認為線穗與包穀穗形似，是借形讀音。因為人類對天然物形的認識當早於人工造物。特別是早期金文用表示艸卉的「屮」作字元，可証「叀」指植物。

玄部

（玄）

【原文】玄 xuán　幽遠也。黑而有赤色者爲玄。象幽而入覆之也。凡玄之屬皆从玄。，古文玄。胡涓切

【點評】釋形無稽，隔靴搔癢。

【字源】「玄」指幽遠、神妙，借指黑紅色。金文寫作「（師奎父鼎）、（吉日壬午劍）」，前者像一束絲。此形與甲骨文「幺」字相同，表示細微，有幽義；後者像一絲懸物，玄與「懸」通。「說文古文」寫作「」，像一絲懸二「日」（日在甲骨文中也表示星），當是古人不明星辰日月爲何懸於空中，深以爲玄妙。小篆在此基礎上加一「」（爪）寫作「」，既可區別「幺」形，也會意手（爪）提絲線，使物懸空。漢簡寫作「」，已是今文。

予部

（予、幻、杼）

【原文】予 yǔ/yú　推予也。象相予之形。凡予之屬皆从予。余呂切

【字源】「予」、「幻」、「杼」是用同一物表達三個不同意思的字。「杼」是織布的梭子。《說文》：「杼，機之持緯者。从木，予聲。」小篆寫作「」。「予」是將織梭來回穿送於經間。《說文》：「予，推予也。」因兩手互相推來接去，故有給予義。小篆寫作「」，像交叉的兩束絲和抻出的線頭。「幻」是奇異的變化。因織梭在經線中間來回穿動，忽隱忽現，使人眼花繚亂，如真如幻。所以《說文》稱：「幻，相詐惑也。」而「幻」字恰是「予」的反寫。金文、小篆寫作「（孟𤔲父簋）、（說文）」，足以說明幻與「予」的關係。隸書（漢《三老碑》等）分別寫作「杼、予、幻」。

放部

（放）

【原文】放 fàng　逐也。从攴方聲。凡放之屬皆从放。甫妄切

【字源】「放」本指驅逐、流放、趕出。金文、小篆寫作「（中山王壺）、（說文）」。右邊是表示手持器械作擊打狀的「攴」；左邊是表示方向，四方的「方」。兩個字素合起來正可表示將被逐物件無目的、無方向的趕出去。「方」也是「放」的聲符。

𠬪部

（𠬪）

【原文】𠬪biào/piáo　物落；上下相付也。从爪从又。凡𠬪之屬皆从𠬪。讀若《詩》：「摽有梅」。平小切

【字源】「𠬪」是上下兩隻手作交接狀的會意字。金文寫作「（𠬪興父辛爵）、（𠬪婦觚）、（𠬪婦觚）」，如圖似畫，或兩手交接，或雙人對付。小篆寫作「」，遠不如金文傳神。（下見「受」字例）

（受）

【原文】受 shòu　相付也。从𠬪，舟省聲。殖酉切

【字源】「受」與「授」同義。甲骨文的「受」寫作「（一期乙 3325）、（一期後上 18.3）、（一期甲 3612）、（一期甲 2752）」，像兩隻手受授一方盤（一說是舟，所以金文或寫作舟）。金文寫作「（受父乙卣）、（沈子簋）、（牆盤）」字形雖不盡相同，是秦未統一文字前的普遍現象，但均爲兩手交接物品形。小篆在規範筆劃時，交接物變形寫作「」；同時另加「」（手）作「」（授）字。隸書（漢《景君碑》、《曹全碑》）分別寫作「受、授」，徹底從古文字中脫離出來。

𣦼部

（𣦼）

【原文】𣦼cán　殘穿也。从又从歺。凡𣦼之屬皆从𣦼。讀若殘。昨干切

【字源】「𣦼」字甲骨文寫作「（寧滬 1.70）、（一期甲 1650）、（一期甲 2158）」，像以手拾取殘骨（歺，讀è）形。人見殘骨有悲慘傷感之心，故讀作 cán 音。此字未見金文，但金文偏旁寫作「」，小篆寫作「」，與甲骨文無異。但由於《說文》作者釋作「殘穿」，即用殘骨刺穿（穿通）其它物品，也是一說。

歺部

（歺）

【原文】歺è　𠛱骨之殘也。从半冎。凡歺之屬皆从歺。讀若櫱岸之櫱。，古文歺。五割切

【字源】「歺」（讀è）的本義是剔去肉後的殘骨。《說文》：「歺，列骨之殘也。从半冎。」這裡的「冎」（讀ｇｕā），是「骨」字的初文，「半冎」就是不全的殘骨，與「歺」字同義。「歺」字甲骨文（1-4）、寫作「（一期甲 475）、（一期林 1.30.5）、（一期乙 8722）、（京津 419）」，金文部首及小篆寫作「、、、」，寫法近似，都是殘缺的骨頭形狀。其中甲骨文（4）四周的小點表示散碎的骨肉渣子。這種情景無論對人對動物無疑都表示死亡，而且是慘死。所以「歺」代表了惡、壞、死等義。凡從「歺」組成的字多與死有關。「說文古文」寫作「」，寫法初看比較特殊，其實是「歺」字的倒置，顛倒後寫作「」，與甲、金文無別。隸書寫作「歺」或「歹」，已無「殘骨」痕跡，因而成爲今文。

死部

𣦸（死）

【原文】死 sǐ　澌也，人所離也。从歺从人。凡死之屬皆从死。𠒁，古文死如此。息姊切

【點評】以澌釋死何如以亡代之。

【字源】「死」是生命終結。《說文》：「死，澌也。人所離也。」意思是水乾了，人去了。甲骨文、金文寫作「[illegible]（一期前 5.41.3）、[illegible]（一期甲 1165）、[illegible]（一期乙 105）、[illegible]（盂鼎）、[illegible]（中山王鼎）」。其中甲骨文（1）尤其傳神，左邊一垂首跪拜之人面對一枯骨。寥寥數筆，字義昭然。其餘字形皆以側身人形爲之，更覺洗練。「說文古文」寫作「𠒁」，當是死字顛倒訛傳所致。隸書將「歹」與「人」合爲「死」。

冎部

冎 𠛱（冎、𠛱、别）

【原文】冎 guǎ　剔人肉置其骨也。象形。頭隆骨也。凡冎之屬皆从冎。古瓦切　𠛱 bié　分解也。从冎从刀。憑列切

【點評】冎（剮）、别同義，古今字之別也。

【字源】「冎」（𠛱）是「别」的本字。「𠛱」（剮）也是「剔」的同義異寫字。都是將肉與骨剔開、分解。《說文》：「𠛱，分解也。」「剔，解骨也。」「别，分解也。」最初，甲骨文寫作「[illegible]（一期乙 7681）」。左邊的「[illegible]」是人形，右邊的「[illegible]」是刀斧形（見「析」字例）。會意以刀斧剮骨。「骨」字甲骨文又寫作「[illegible]（一期甲 2781）、[illegible]（一期前 7.6.1）、[illegible]（四期寧 1.495）」。所以秦簡、小篆是在「[illegible]、冎」（讀 guǎ 剮）旁加「刀」，寫作「[illegible]、𠛱」（别）。而「冎」正是「骨」字去掉下邊的「月」（肉）。後由分解骨肉引申爲分離、分别義。隸變時分成「骨、剮、别」（骨、剮、别）三個字。均象形兼屬會意字。

骨部

（骨）

【原文】骨 gǔ　肉之覈也。从冎有肉。凡骨之屬皆从骨。古忽切

【字源】「骨」是肉的支撐。甲骨文寫法很多「（一期粹 1306）、（合集 33601）、（合集 709）、（合集 6571）」，多是肩胛骨和肢骨形狀。東周後期字形訛變，簡牘多寫作「（望山 M2 簡）、（雲夢法律）、（雲夢封診）」。至秦小篆寫作「」。最後確立了字形，爲隸變奠定了基礎。

肉部

（肉）

【原文】肉 ròu　胾肉。象形。凡肉之屬皆从肉。如六切

【字源】「肉」本指可食用的切成塊的動物肉。甲骨文寫作「（一期乙 215）、（三期甲 1823）」；金文（偏旁）寫作「」，確像切成塊的肉。小篆寫作「」，已不如甲、金文直觀。隸書（漢《史晨碑》）寫作「」，是由象形字向今文過渡中的字形。漢簡（《張家山簡牘》等）寫作「、」，成爲今文。

注：「肉」作部首時也寫作「月」。無論古字和今文均易與日月的「月」字形混淆。凡從「月」（日月）的字多與時間、天象、光線有關。凡從「肉（月）」的字多與胴體肌肉有關。

（下見「背」字例）

（背、北）

【原文】背 bèi/bēi　脊也。从肉北聲。補妹切

【字源】「背」字出現較晚，是由「北」衍化而來。「北」是乖違，相背。引申脊背，借指方向，南的對面。《說文》：「北，乖也。从二人相背。」

屬會意字。甲骨文寫作「𠦃（一期菁 2.1）」；金文寫作「𠦃（師虎簋）」；小篆寫作「𠦃」，都是二人背對背的形狀。後來小篆下加「肉」（肉）成「背」（背），表示人體的背；而原本借指方向的「北」，卻借而不還，成爲字主。

筋部

筋（筋）

【原文】筋 jīn　肉之力也。从力从肉从竹。竹，物之多筋者。凡筋之屬皆从筋。居銀切

【字源】「筋」是後起會意字。未見殷商、西周文字。始見戰國雲夢簡，寫作「筋」。小篆寫作「筋」。《說文》做了精準解釋：「筋 jīn 肉之力也。从力从肉从竹。竹，物之多筋者。」

刀部

刀（刀）

【原文】刀 dāo　兵也。象形。凡刀之屬皆从刀。都牢切

【字源】「刀」是用於切、割、砍、削器具的總名，也是兵器。引申指所有形狀像刀的器物。如古錢刀幣等。「刀」字甲骨文寫作「刀（一期粹 1188）」；早期金文和陶文寫作「刀（子刀觶）、刀（刀爵）、刀（刀劍）、刀（陶一 0001）」都是古代早期的刀形；小篆隨甲骨文寫作「刀」。後隨著刀形的豐富變化，原字形已不能準確表現實物形狀，遂走向符號化。

刃部

刃（刃）

【原文】刃 rèn　刀堅也。象刀有刃之形。凡刃之屬皆从刃。而振切

【字源】「刃」指刀鋒。甲、金文及小篆分別寫作「[古文字]（三期前 4.51.2）、[古文字]（一期合 117）、[古文字]（石夆刃鼎）、[古文字]」。均在刀刃處加一畫，指出此處是刃。秦、漢簡寫作「[古文字]、[古文字]」，從而成爲今文。所率之字有「刅」（創）、「劍」二字。（下見「刅」（創）字例）

[古文字] [古文字]（刅、創）

【原文】刅 chuāng 傷也。从刃从一。楚良切

【點評】以刃入物。

【字源】「刅」（創）本義是刀傷。金文、小篆寫作「[古文字]（刅壺）、[古文字]（刅觶）、[古文字]」，均像刀的刃部有一指示符號，或釋爲刺入皮肉形；「創」的另一意義是開拓、開始，此字金文加一站立的人形，寫作 「[古文字]（中山王壺）」，（即創的本字）。戰國陶文將立人改爲「倉」寫作「[古文字]（陶三 865）、[古文字]（陶三 866）」，成爲刀形倉聲的形聲字。

㓞部

[古文字] [古文字]（㓞、栔）

【原文】㓞 qià 巧㓞也。从刀丰聲。凡㓞之屬皆从㓞。恪入切

【點評】會意非形聲。

【字源】「丰」是古人用刀在木上刻劃，記載事物的原始方法，與「結繩記事」異曲同工。甲骨文寫作「[古文字]（三期甲 1170）」。中間一「丨」表示去掉枝杈和根鬚的木，三斜劃表示刻痕。「丰」加「刀」成「㓞」。因「丰」是在木上刻畫，所以又加「木」成「栔」。《說文》：「栔，刻也。」又因最初的卜辭甲文，印信節符都是用刀刻畫的，所以又把重要文書、案卷都稱作「契」。如地契、賣身契等。小篆分別寫作「[古文字]、[古文字]、[古文字]、[古文字]」。隸書寫作「[古文字]、[古文字]、[古文字]」。

丯部

丯（丯）

【原文】丯 jiè　艸蔡也。象艸生之散亂也。凡丯之屬皆从丯。讀若介。古拜切

【點評】夫子誤「丯」爲「豐」矣！

【字源】「丯」是古人用刀在木上刻劃。參看「㓞」部釋條。

耒部

耒（耒）

【原文】耒 lěi　手耕曲木也。从木推丯。古者垂作耒梠以振民也。凡耒之屬皆从耒。盧對切

【點評】手耕曲木，然；從木推丯，誤！

【字源】「耒」是原始的手持農耕具。最初僅爲梢部磨尖的樹杈，後逐步改進。前端裝石、鐵銳角，遂成梠、鏵、犁等器具。「耒」當指原始木叉和梠、犁的彎形木柄。甲骨文寫作「（一期合 3410）」，與金文「（耒父己觶）、（耒方彝）、（耒簋）」十分相像。金文或加「」（手形）表示手持。小篆寫作「」。隸書（漢《張景碑》）省筆寫作「耒」，已是今文。

注：早期「耒」的實物已不多見，僅從畫像石中得知與「力」字相似。

角部

角（角）

【原文】角 jiǎo/jué　獸角也。象形，角與刀、魚相似。凡角之屬皆从角。古岳切

【點評】獸角與刀、魚何干？

【字源】「角」是動物頭上生的骨狀凸起物。甲骨文、金文字形近似，順序寫作「（一期林 2.12.6）、（一期合 169）、（一期菁 1.1）、（牆盤）、（咢侯鼎）、（曾侯編鐘）」。均像動物角，中間是紋理。可見古人對動物瞭解的細微之處。《石鼓文》及小篆同屬秦本土文字，卻分別寫作「、」。看見漢字的演變軌跡。隸書以直筆方折改變了篆書的弧筆圓折，寫作「」，成爲今文。

說文解字卷第五上

竹部

（竹、竺）

【原文】竹 zhú　冬生艸也。象形。下垂者，箁箬也。凡竹之屬皆从竹。陟玉切

【字源】「竹」是禾本科多年生常青植物。甲骨文（部首）與金文寫作「（一期合 108）、（三期合 31884）、（孤竹罍）、（婦好墓磬）、（胤嗣壺）」。均像兩組下垂的竹葉形狀。與《晝譜》中的「雙個字」十分相似。《侯馬盟書》寫作「」，下劃兩橫表示竹子整齊，茂盛；竹葉繁厚和生於土地。後借指古印度「天竺」（譯音）。小篆在規範筆劃時將竹葉拉長寫作「」。隸書（漢帛書、《校官碑》等）寫作「、、」，逐步成爲今文。

箕部

（箕）

【原文】箕 jī　簸也。从竹𠀠。象形；下其丌也。凡箕之屬皆从箕。，古文箕省。，亦古文箕。，亦古文箕。，籒文箕。，籒文箕。居之切

【點評】形轉義變，演化規律耳。

【字源】簸箕的「箕」的本字是「其」。甲骨文和早期金文寫作「（一期粹 1240）、（一期鐵 218.2）、（母辛卣）」。都是簸箕的形狀，屬象形字。後金文加聲符「丌」（讀 jī）寫作「（仲師父鼎）」，即「其」字，成形聲字。金文或寫作「（𦱤笄鼎）」，已出現帶「竹」字頭的「箕」。字形多樣既是歷史演變的結果，也是秦未統一文字前的正常現象。小篆在規範文字時將「其、箕」分爲兩個字，寫作「、」。

丌部

丌 亓（丌、亓）

【原文】丌 j ī　下基也。薦物之丌。象形。凡丌之屬皆从丌。讀若箕同。居之切

【字源】「丌」同「亓」，與「几」（几案）有關。均爲有足的几座形。金文、《三體石經》、楚帛書、小篆字形近似，分別寫作「丌（欽罍）、亓（繁安君鉼）、亓（子禾子釜）、丌（三體石經）、亓（楚帛書）、丌（說文）」。爲表示「丌」是承墊物品的器具，金文（3-4）又在「丌」上邊加一橫寫作「亓」（讀 qí），也用作姓。隨著人類生活習慣和生活水準的提高，產生了桌案。小篆分別寫作「丌、几」。所率字有「典」、「顨」等六字。（下見「典」字例）

典（典）

【原文】典 di ǎ n　五帝之書也。从冊在丌上，尊閣之也。莊都說，典，大冊也。䇭，古文典从竹。多殄切

【字源】「典」是重要的經籍、文獻。《說文》：「典，五帝之書也。从冊在丌上。」甲骨文（1-2）的「典」字寫作「典（一期前 7.6.1）、典（二期明 209）」，上邊的「冊」是竹簡形；下邊的「𠂇 又」是雙手形。合起來像兩手捧「冊」的形狀。甲骨文（4）和金文（1）省去一隻手，寫作「典（四期人 1879）」和「典（弜父丁觶）」。下邊的兩橫表示襯墊物。金文（3-4）及小篆將雙手改爲「丌」（讀 j ī ，桌几形），將冊置於其上，表示尊貴、重要。「說文古文」在「典」上加一「竹」字寫作「䇭」，表示典籍是竹制書簡。隸書（漢《韓仁銘》）寫作「典」，從此成爲今文。

左部

左 佐（左、佐）

【原文】左 zuǒ 手相左助也。从𠂇工。凡左之屬皆从左。則箇切

【字源】「左」的字義有二，一是用左邊的手表示左右的「左」；二是輔佐；幫助。《說文》：「左，手相左助也。」甲骨文和小篆（1）的「左」字寫作「𠂇（一期合 177 反）、𠂇（說文）」（𠂇）。用一隻左手表示。金文、《石鼓文》、小篆（2）多是「手」下加一「工」字，表示佐助右手做工作。金文中也有加「口」或「言」者。從「言」表示用語言說明；從「口」者爲「右」字，「右」同「佑」，也是幫助、輔佑的意思（詳見「右」釋）。隸書（漢《白石神君碑》、《景君碑》）寫作「左、佐」以特有的波磔筆劃從古文字行列中分化出來，成爲今文。

注：古文字中未見「佐」字。屬後起形聲字。

工部

工（工）

【原文】工 gōng 巧飾也。象人有規榘也。與巫同意。凡工之屬皆从工。𢀛，古文工从彡。古紅切

【字源】「工」最初本指包括樂師巫師在內的有特殊技藝的人。因技藝門類繁多，無法用形象表現。所以甲骨文、金文、《石鼓文》及小篆均用工具形表示。分別寫作「工（一期人 2982）、工（二期後下 20.7）、工（一期京 1918）、工（司工丁爵）、工（史獸鼎）、工（石鼓）、工（說文）」，多像帶柄的鐹或工字尺。由這些工具引申工匠、工作、工藝。「說文古文」在「工」字中間加「彡」（讀 shān），既是飾筆，也表示反覆的做工作。隸書（漢《禮器碑》）以特有的「蠶頭雁尾」筆劃，將「工」拖出古文字行列。

㠭部

㠭 㠭（㠭、展）

【原文】極巧視之也。从四工。凡㠭之屬皆从㠭。知衍切

【字源】「㠭」zhǎn是「展」字初文，甲骨文寫作「𠀤（玉篇）、𠀤（一期合集576）、𠀤（一期合集941）」，是燒窯時整齊擺放陶件的形狀。上邊的「工、口」是陶件形，下邊的大口是窯口形。因制陶從開坯到燒制需極其精巧的技藝，所以《說文》稱：「㠭，極巧視之也。」小篆（1）隨甲骨文寫作「㠭」；同時另作「展」（展）字。因製陶工藝複雜，幾經輾轉才能成功，所以《說文》稱：「展，轉也。」

注：與「展」字相連的字有「𡫳」（讀sāi），是展和「塞」中間的過渡字。「𡫳」是裝窯；「展」擺放好待燒；「塞」是用泥土封窯口。

巫部

巫（巫）

【原文】巫wū 祝也。女能事無形，以舞降神者也。象人兩褎舞形。與工同意。古者巫咸初作巫。凡巫之屬皆从巫。𢒼，古文巫。武扶切

【點評】通天達地之人爲巫。

【字源】「巫」是舊時的神職人員。古人以玉爲靈物，認爲能測凶吉。所以甲骨文、金文寫作「𠀤（一期合268）、𠀤（齊巫薑簋）」，均像兩塊橫豎交叉的玉形。東周後逐漸變形。戰國時的《矦馬盟書》等寫作「𠀤、𠀤」，將雙玉省爲「工」形，上下各一橫表示天地，中間一豎表示通天達地；兩邊各加一人形，下有一「口」字，表示人在禱告或詛咒。「說文古文」另加雙手表示膜拜。小篆省去雙手和口，字義猶存。

甘部

甘（甘）

【原文】甘gān 美也。从口含一。一，道也。凡甘之屬皆从甘。古三切

【點評】以口品一美食爲甘。

【字源】「甘」是美味。又特指甜味。甲骨文、金文、古鉢文、《矦馬盟書》、小篆等所有古文字的字形幾乎相同。順序寫作「(一期後上 12.4)、(一期後下 12.5)、(甘丹上庫戈)、(鉢 5263)、(矦馬盟書)、(說文)」，都是在「口」內含有一物的形狀。表示甘美之物只有吃入口中才能品嘗出來。隸書(漢《景君碑》)以直筆方折寫作「」，脫離了古文字成爲今文。所率字頭多與味道、飽足有關。(下見「猒、饜」字例)

(猒、饜)

【原文】猒 yān/yàn　飽也。从甘从肰。，猒或从𠀀。於鹽切

【點評】釋義無訛，釋形則悖古。

【字源】「猒」是「厭」的本字，是因吃飽而厭食。金文寫作「(沈子簋)、(毛公鼎)」。由「犬、口、肉」組成。會意肉到犬口而不願食。小篆寫作「」，將金文的「口」改作「甘」，這也是《說文》將「厭」字歸於「甘」部的原因。後另加「食」成「饜」。今簡化字作「厌」。

注：小篆的「」(猒)也寫作「」(猷)。

曰部

(曰)

【原文】曰 yuè　詞也。从口乙聲。亦象口气出也。凡曰之屬皆从曰。王代切

【點評】均爲會意，何來乙聲。

【字源】「曰」是口說。甲骨文、金文、小篆、秦簡，時跨千年，字形幾無變化。順序寫作「(一期乙 4163)、(二期鐵 247.2)、(何尊)、(邾公華鐘)、、」。都是「口」上加一畫，表示有音從口中發出的指事字。即是成爲今文的隸書(漢《曹全碑》)，也僅以直筆方折取代了篆書的弧筆圓折，寫作「」。基本結構與古文字無別。(下見「曹」字例)

𣍘（曹）

【原文】曹 cáo　獄之兩曹也。在廷東，从㯥；治事者，从曰。昨牢切

【字源】「曹」的本義是偶、同、類、相匹。《楚辭•招魂》：「分曹並進，遒相迫些。」曹字的甲骨文由兩個「東」，一個「口」組成，寫作「（一期合集 6942）、（一期珠 414）」。「東」是裝滿東西的口袋（詳見「東」釋），兩個口袋並列表示等量、相同的意思。甲骨文下加「口」或「曰」字和金文、小篆寫作「（曹公子戈）、（趞曹鼎）、」都表示平等的雙方用口對話。意思是訴訟中的原告和被告在同等對話。金文（3、4）及「古陶文」寫作「（曾侯乙編鐘）、（中山王壺）、（陶三 1060）」，字形不盡相同，屬秦未統一文字前的混亂現象。但主要字素都有「二東」，字義無別。

注：「㯥」是「曹」的初文和異寫。甲骨文、金文、小篆寫作「（一期合集 6942）、（天曹父癸爵）、（說文）」。《說文》：「㯥，二東，曹從此。」隸變後已不多用，統一為「曹」。

乃部

（乃、奶、嬭）

【原文】乃 nǎi　曳詞之難也。象气之出難。凡乃之屬皆从乃。𠄎，古文乃，𢎕，籀文乃。奴亥切

【點評】乃、奶古今字，「象气之出難」無據也。

【字源】「乃」是「奶」的初文。「奶」是「嬭」的俗體。甲骨文、金文、小篆的「乃」寫作「（一期菁 7）、（一期戩 7.1）、（己鼎）、」，正是乳房的側面形。「說文古文、籀文」寫作「𠄎、𢎕」。像多個乳頭，當指動物的奶。此時的「乃」屬象形字。爲強化「奶」是女性器官，金文另制「（楚季盤）、（叔姬簠）、（王子申作嘉嬭盞盂）」（嬭），成爲「從女，爾聲」的形聲字，「乃」遂失本義。《說文》：「乃，曳詞之難也。」是後起假借義。隸書（漢《禮器碑》）寫作「嬭」，但已與「乃」無關。

丂部

丂（丂）

【原文】丂 kǎo 气欲舒出。勹上礙於一也。丂，古文以爲亏字，又以爲巧字。凡丂之屬皆从丂。苦浩切

【點評】夫子不諳古字形，臆斷耳。

【字源】「丂」字諸學者釋義不一。計有「於字說」、「亏字說」……筆者認爲是「柯」之本字。是古先民用樹椏製作的鋤頭錛斧類刨掘工具。甲骨文、金文寫作「丂（一期存 2.34）、丂（一期人 424）、丂（弓隻鼎）、丂（散盤）」，均像原始錛斧形。周後期青銅和鐵大量使用，刨掘工具有了根本改變，「丂」字也發生了變化。金文增加了裝飾筆劃寫作「丂（𧷤鎛）」，已不象形。也是後人不知所云的起因。

參看表示老人的「考」字，其拐杖即是「丂」，均爲樹槎形。

可部

可（可）

【原文】可 kě 肎（肯）也。从口丂，丂亦聲。凡可之屬皆从可。肯我切

【點評】釋義無訛，釋形則謬。

【字源】「可」是表示允許，能夠。《說文》：「可，肯也。从口、丂。丂亦聲。（丂讀 kǎo）」甲骨文、金文、《石鼓文》及小篆字形近似，順序寫作「可（一期乙 5678）、可（一期京都 43.2）、可（師犛簋）、可（賸匜）、可（石鼓）、可（說文）」。其中「丂、丂、丂」是直柄或曲柄錛斧的形狀；「口」表示勞動時發出的聲音，如勞動號子或助力發聲。隸書（漢《乙瑛碑》）寫作「可」。雖已成今文，但與古文字的結構相同。

兮部

兮（兮）

【原文】兮 xī　語所稽也。从丂，八象气越亏也。凡兮之屬皆从兮。胡雞切

【點評】吸之初文。引申「語所稽也」。

【字源】「兮」甲骨文寫作「𠔃（一期後下 3.16）、𠔃（一期甲 2541）」，金文寫作「兮（兮仲簋）」，小篆寫作「兮」。均像兩個鼻孔同時吸氣形。因吸氣後要停頓並轉入呼氣，所以東周後多用於語氣詞及語氣停頓。在韻文或辭賦中用如「啊」！此字在古文字中與「乎」相通。（下見「乎」字例）

乎（乎）

【原文】乎 hū　語之餘也。从兮，象聲上越揚之形也。戶吳切

【點評】乎爲呼之本，引申「語之餘」。

【字源】「乎」的本義是呼出氣息。進而指說話出長氣之聲。甲骨文寫作：「乎（一期天 55）」，上邊三點表示氣體，下邊的「丅」是上揚，上升的意思。金文寫作「乎（頌鼎）」，已不如甲骨文合理。小篆爲避免與「平」字混淆，有意多用柔性線條作「乎」。同時爲表示「乎」是從口中出氣，另加一「口」字作「呼」（呼）。隸書（《孔彪碑》、《夏承碑》等）據此寫作：「乎、呼」。

号部

号號（号、號）

【原文】号 háo/hào　痛聲也。从口，在丂上。凡号之屬皆从号。胡到切

【點評】「口在丂上」無義可釋；女口會意，号之初文。

【字源】「号」是因痛苦而大聲哭叫。金文寫作「（曾侯乙鐘）、（曾侯乙鐘）」，均像跪姿的女人形。不同的是前者女人頭上斜出兩劃，表示喊叫的聲音上揚。後者女人頭上突出一張大口，表示大聲哭叫。取意女人更易哭叫。小篆隨後者寫作「」，但女人形已被簡化成「丂」。

爲進一步表示「号」是很大的聲音，戰國時的簡牘和小篆在「号」旁加一「虎」字寫作「」。

亏部

（亏、虧）

【原文】亏 yú 於也。象气之舒亏。从丂从一。一者，其气平之也。凡亏之屬皆从亏。羽俱切　（今變隸作于）

【點評】「象气之舒」尚可；「从丂从一」無義。

【字源】「亏」是「于」的本字。「亏」（于）早期甲骨文、金文寫作「（一期乙 200）、（一期佚 518 背）、（揚鼎）、（大豊簋）」左邊是吹管樂器「竽」；右邊的曲線表示聲音隨著樂器的音節嫋嫋上揚。西周後期逐步省去曲線，直寫作「（令簋）、（中山王壺）」。小篆將吹管與聲管斷開寫作「」。成爲《說文》「从丂从一」的理論依據。

旨部

（旨）

【原文】旨 zhǐ　美也。从甘匕聲。凡旨之屬皆从旨。，古文旨。職雉切

【點評】「匕」爲人形屬會意，何來匕聲作形聲。

【字源】「旨」在古文字中是個部首字。「旨」字諸學者釋義不一。或稱以「匕」送食入「口」，品其「甘」；或稱以「口」呼「人」來。其實「旨」的本義是祭祀時用美食招呼神主來享用。包含了「美味」和「招喚」兩個意

思。甲骨文、金文、「說文古文」及小篆字形近似，順序寫作「(一期乙 5253)、(一期乙 1054)、(二期後下 1.4)、(伯旅魚父簠)、(殳季良父壺)、(說文古文)、(說文)」。上邊是人形（被祭祀的神主）；下邊是口或甘（甲骨文「口、甘」每混用）。隸書（漢《白石神君碑》）寫作「」，已無形可象。

喜部

（喜）

【原文】喜 xǐ　樂也。从壴从口。凡喜之屬皆从喜。，古文喜从欠，與歡同）。虛里切

【字源】「喜」是聽到樂器聲音而喜悅、快樂。甲骨文寫作「（一期南坊 2.1）、（二期粹 1211）」，上邊是鼓的形狀，即「壴」（讀 zhù，鼓）。周圍的小點是擊鼓發出的聲音，下邊是「口」。正是「聞樂（yuè）則樂（lè）」的意思。金文、《矦馬盟書》、小篆等字形與甲骨文相似，寫作「(白喜簋)、(王孫誥鐘)、(矦馬盟書)、(說文)」。「說文古文」在「喜」旁另加張開大口的人形「欠」字。強化了人因喜悅而大笑的形象。隸書(漢《樊敏碑》)以平直的筆劃取代了篆書的圓弧筆劃，成為今文。

壴部

（壴）

【原文】壴 zhù　陳樂立而上見也。从屮从豆。凡壴之屬皆从壴。中句切

【點評】壴、鼓同源，何須分二建部。

【字源】「壴」是「鼓」的初文。甲骨文寫作「（一期後下 32.9）、（一期甲 528）、（一期林 1.9.7）、（一期甲 2770）」，均像上邊有裝飾物的「鼓」形。金文、小篆寫作「（王孫鐘）、（說文）」。雖不如甲骨文象形，但仍能看出與甲骨文的傳承痕跡。《說文》稱：「壴，陳樂立而上

見也。」說的過於委婉了。此字後多用於部首。隸書寫作「壴」，已無形可象。

鼓部

（鼓、鼓）

【原文】鼓 gǔ/qì　郭也。春分之音，萬物郭皮甲而出，故謂之鼓。从壴，支象其手擊之也。《周禮》六鼓：靁鼓八面，靈鼓六面，路鼓四面，鼖鼓、臯鼓、晉鼓皆兩面。凡鼓之屬皆从鼓。，籀文鼓，从古聲。工戶切

【點評】「从壴，支象其手擊之」形義已足。引《禮》侃侃或可不必。

【字源】「鼓」是打擊樂。甲骨文、金文、「說文籀文」等寫作「（一期京 2212）、（一期蔔 617）、（一期京 1560）、（觶文）、（王孫誥鐘）、（說文籀文）」字形雖不盡相同，但均由「、」（手持物做擊打狀）和「、」（壴，讀 zhù。上有飾物的「鼓」形。鼓的本字）兩個基本字素組成（參看「壴」釋）。其中金文（1）尤其傳神。字形不同正是秦未統一文字前的普遍現象。小篆將以上字形歸納後分成鼓樂的「」和漲鼓的「」兩個字隸書（漢《張景碑》）將「支」寫作「皮」，強化了鼓的材質感。今統一寫作「鼓」。

豈部

（豈、凱）

【原文】豈 qǐ　還師振旅樂也。一曰欲也，登也。从豆，微省聲。凡豈之屬皆从豈。墟喜切

【點評】「還師振旅樂」會意，並非「从豆，微省聲」。

【字源】「豈」是「凱」的本字。甲骨文寫作「（前 2580）」。上邊是掃帚形狀；下邊是盛食物的器皿「豆」。會意爲迎接凱旋歸來的人，用掃帚清掃道路和居所，同時準備好食物犒勞戰士。戰國的陶文、簡牘和小篆寫作

「[古文字]（陶徵 222）、[古文字]（雲夢爲吏）、[古文字]（鉢 2850）、[古文字]（說文）」。雖不如甲骨文象形，但仍能看出掃帚和食器的形狀。後來隨著生活條件的提高，在「豈」旁加一几案的「几」，表示將食器至於几案上而成爲「凱」字。

豆部

[古文字]（豆）

【原文】豆 dòu 古食肉器也。从口，象形。凡豆之屬皆从豆。[古文字]，古文豆。徒候切

【字源】「豆」是古代食器。初像高腳盤，後逐漸加蓋。有青銅、陶和木制。木制豆寫作「梪」。《說文》：「豆，古食肉器也。」「梪，木豆謂之梪。」商甲骨文寫作「[古文字]（一期後上 6.4）、[古文字]（三期甲 1613）」。周、戰國時金文、古陶文寫作「[古文字]（宰甾簋）、[古文字]（大師虘簋）、[古文字]（陶三 302）」。都是象形字。並可看出從無蓋向有蓋的演變。「說文古文」寫作「[古文字]」，已有豆菽之豆形。秦小篆寫作「[古文字]」和「[古文字]」。隸書（漢《校官碑》、《禮器碑》）分別寫作「豆、梪」，完全脫離了古文字。

豊部

[古文字] [古文字]（豊、禮）

【原文】豊 lǐ 行禮之器也。从豆，象形。凡豊之屬皆从豊。讀與禮同。盧啓切

【字源】「豊」是「禮」的初文，「禮」是祭神以求福。商周的甲骨文和金文（1）寫作「[古文字]（一期人 870）、[古文字]（一期後下 8.2）、[古文字]（何尊）」由「玨」（兩串玉的形狀，曾用作貨幣和貴重裝飾物，是財富的化身）和「豆」（豆是食器，多用作祭祀的盛盤）組成。表示用最貴重的東西送給神作禮物。金文或將玉換成醃乾肉，並加一表示靈台牌位的「示」。字形雖變，字義相同。小篆隨甲骨文和金文的字元而寫作「[古文字]」。「說文古文」是「[古文字]」（示）旁有一躬身

禮拜的人形。漢隸書（《華山廟碑》）以平直的筆劃結束了古文字的延伸；而《衡方碑》則隨「說文古文」結構寫作「礼」，兩千年後竟成爲今天的標準簡化字。

豐部

豐（豐）

【原文】豐 fēng　豆之豐滿者也。从豆，象形。一曰《鄉飲酒》有豐侯者。凡豐之屬皆从豐。[古文豐字形]，古文豐。敷戎切

【點評】豊、豐同源，何須分別建部。

【字源】「豐」是古代祭祀時把一種叫「豆」的容器盛滿，即豐盛義。甲骨文寫作「[甲骨文字形]（一期菁 5）、[甲骨文字形]（一期前 6.28.5）、[甲骨文字形]（一期京津 155）、[甲骨文字形]（二期後上 10.9）」。像「豆」中或「壴」（鼓）前裝有兩個「[字形]」（亡，是古時逃跑被捉回的奴隸，砍去手或腳的人形）。以人牲祭祀自然豐於牛羊等。反映了奴隸社會的殘忍習俗。早期金文有隨甲骨文者，但多數金文和後來的小篆寫作「[金文字形]（豐尊）、[金文字形]（豐兮簋）、[金文字形]（衛盉）、[金文字形]（宅簋）、[篆文字形]（說文）」，已用茂盛的農作物或草木來表示「豐」義了。這也是社會進步的標誌。隸書（漢《史晨碑》）在保留了古文字結構的基礎上以方代圓，成爲今文。今簡化字用「丰」。「丰」亦古文，另釋。

䖒部

[篆文字形] [篆文字形]（䖒、戲）

【原文】䖒 xī　古陶器也。从豆虍聲。凡䖒之屬皆从䖒。許羈切

【點評】「虍」爲虎頭形，非聲也。

【字源】「䖒」是「戲」的初文。甲骨文寫作「[甲骨文字形]（一期甲 113）」，上邊的虎頭是面具，下邊是叫做「豆」的食器。最初源於祭祀活動。也是軍隊作戰前的一種儀式。金文「[金文字形]（豆閉簋）、[金文字形]（戲卣）」加表示兵器的「戈」，

會意是爲了作戰而舉行的儀式。《說文》：「戲，三軍之偏也。」意思是表示三軍，但並非真正的三軍。金文寫法各不相同，是秦未統一文字前的普遍現象。但構成要素完全一樣。均像在食器「豆」前有一虎頭和戈形。會意在祭祀或進餐時有人頭戴虎頭面具，持戈舞蹈。楚帛書省「戈」作「」（䖒）並轉指豆類古陶器。小篆將不同的寫法進行歸納並統一字形分作「、」。又因戲是摹仿作戰和狩獵的動作，並非真實生活而被稱爲戲耍，由此引申爲演戲、歌舞、雜技等遊藝活動。隸書（漢帛書、《禮器碑》）在變小篆圓弧筆劃爲直方的同時，將戲寫作「、」。並作爲古代的簡化字使用了一千多年。今簡化字統一寫作「戏」。

虍部

（虍）

【原文】虍 hū　虎文也。象形。凡虍之屬皆从虍。荒烏切

【點評】虍爲虎頭，虎文有「彪」另釋。

【字源】「虍」也是個部首字。是「虎」的省文。用虎頭表示虎。甲骨文寫作「（一期乙 8013）」；小篆寫作「」。

虎部

（虎）

【原文】虎 hǔ　山獸之君。从虍，虎足象人足。象形。凡虎之屬皆从虎。，古文虎。亦古文虎。呼古切

【點評】虍、虎、虤同部可也。

【字源】「虎」屬大型貓科動物。俗稱「獸中之王」。甲骨文、金文都是象形字。順序寫作「（一期前 4.44.5）、（一期京 1497）、（一期前 4.44.6）、（毛公鼎）、（彧鼎）、（師酉簋）」。像大口利齒，卷尾紋身的猛獸形狀。《石鼓文》、小篆寫作「、」，已不如甲骨文象形，是文字由畫向寫

過渡的見證。「說文古文」寫作「」，與甲、金文不合。但左邊似鹿非鹿的字形配以右邊似刀似爪的「勿」形，也可使人聯想到虎的行爲。隸書（漢《景君碑》）以直筆方折寫作「」，全無虎形可象。

虤部

（虤）

【原文】虤 yán　虎怒也。从二虎。凡虤之屬皆从虤。五閑切

【字源】「虤」是用兩虎相爭表示惱怒的會意字。甲骨文、金文寫作「（一期存 2.517）、（四期人 2329）、（即簋）」，用兩隻首尾顛倒的虎形表示爭鬥咆哮。小篆寫作「」，已不如甲、金文象形。

皿部

（皿）

【原文】皿 mǐn/mǐng　飯食之用器也。象形。與豆同意。凡皿之屬皆从皿。讀若猛。武永切

【字源】「皿」指器皿。泛指飲食用器具。甲骨文、金文（1-3）寫作「（一期前 5.3.7）、（一期燕 798）、（一期乙 7288）、（皿方彝）、（女皿簋）、（皿觚）、（廿七年皿）」，正像盆碗杯碟形。金文（4）加「金」旁，證明金屬（特別是青銅）的普遍使用。小篆寫作「」，仍保留著器皿的形狀。隸書以直筆方折取代了篆書的圓筆弧折，寫作「」，成爲今文。（下見「益、溢」）

（益、溢）

【原文】益 yì　饒也。从水、皿。皿，益之意也。伊昔切

【字源】「益」是「溢」的初文。本是水滿溢出，後加「水」作「溢」。《說文》：「溢，器滿也。从水，益聲。」甲骨文寫作「[古文字]（一期乙 7096）、[古文字]（一期菁 5）、[古文字]（二期遺 393）、[古文字]（一期後下 24.3）」，都像水溢出器皿的形狀。金文寫作「[古文字]（班簋）、[古文字]（畢鮮簋）」。雖不如甲骨文形象生動，也可看出由甲骨文演化而來的痕跡。小篆寫作「[篆文]」，把「水」横放在「皿」上，卻也直白。小篆另加「水」寫作「[篆文]」。強化水溢出。隸書（漢《華山廟碑》等）據小篆結構寫作「[隸書]、[隸書]」，已是今文。

凵部

U（凵）

【原文】凵 qū　凵盧，飯器，以柳爲之。象形。凡凵之屬皆从凵。[篆文]，凵或從竹，去聲。去魚切。

【字源】「凵」是用柳條編織的盛飯器。即今天的盛飯筐籮。金文、簡牘及小篆寫作「[古文字]（凵父己爵）、[古文字]（包山 271）、[篆文]（說文）」，均作「U」形，爲形聲字。小篆（2）另用竹字頭和「去」字組成「[篆文]」，成爲從竹，去聲的形聲字。

注：「凵」（qū）與另一 kǎn「凵」的字形極易混淆，是《說文》建部失當之一例。

去部

[篆文]（去）

【原文】去 qù　人相違也。从大凵聲。凡去之屬皆从去。丘據切

【點評】凵爲坑洞之口，非聲也。

【字源】「去」是離開。甲骨文、金文寫作「[古文字]（一期後上 12.10）、[古文字]（五期前 2.11.1）、[古文字]（哀成叔鼎）」，像「[古文字]」（正面的人形）走出門口、洞口的形狀，會意離家而去。古鉢文寫作「[古文字]」，加表示行走的「辵」（chuò俗稱「走之」），強調「去」是動作。小篆寫作「[篆文]」，與甲、金文略同。唯將下邊的

「口」作「凵」（讀 qū，古文字中「口」與「凵」時混用）。「凵」也是陷阱形，又可會意人從陷阱中逃離而去。隸書（漢《乙瑛碑》）寫作「去」，脫離了古文字形。

血部

𥁓（血）

【原文】血 xuè 祭所薦牲血也。从皿，一象血形。凡血之屬皆从血。呼決切

【字源】「血」本指古代祭祀用的牲畜血。稱作「血祭」。甲骨文、小篆及古陶文字形略異，字素相同。順序寫作「[illegible]（一期鐵 176.4）、[illegible]（一期鐵 50.1）、[illegible]（一期甲 2473）、[illegible]（一期前 8.12.6）、[illegible]（五期甲 26）、[illegible]（二期前 4.33.2）、𥁓（說文）、[illegible]（陶三 1229）」。均像器皿中有物，或作點，或作○，或作一，以此表示血液。隸書（漢《史晨碑》等）以直筆方折取代了篆書的弧筆圓折，寫作「血」，成爲今文。

丶部

[illegible]（丶）

【原文】丶 zhǔ 有所絕止，丶而職之也。凡丶之屬皆从丶。知庾切

【點評】視燭芯爲標點，大謬。

【字源】「丶」是燈燭的「燭（炷）」。與「主」同源，金文、小篆均寫作「[illegible]（庚爵）、[illegible]（說文）」。（燭芯形）。《說文》將其釋爲標點符號，造成大錯。（下見「主」字例）

[illegible] [illegible]（主、炷）

【原文】主 zhǔ 鐙中火主也。从𡈼，象形。从丶，丶亦聲。之庾切

【點評】獨體象形，不須聲。

【字源】「主」本指燈心。後另加火成「炷」。甲骨文寫作「（合集24472）、（合集 15586）」，是原始的燈炷形，即點燃有油脂的樹枝作火把。字形正是樹木的「木」上加一「、」，表示燈芯和火苗。金文省去樹木，只用「」表示燈芯。小篆寫作「」，像有燈座的燈檯，燈心用一點代替。「三體石經」寫作「」，上加表示房屋的「宀」（mián），下用「干」（樹杈）和一點表示在室內的燈炷。筆者認爲表現的是在屋內（靈堂）祭臺上點亮的燈柱。隸書（漢《景君碑》等）據小篆結構寫作「、」，已是今文。

說文解字卷第五下

丹部

（丹）

【原文】丹 dān 巴越之赤石也。象采丹井，一象丹形。凡丹之屬皆从丹。，古文丹。，亦古文丹。都寒切

【點評】「」非丹，「彤」也。

【字源】「丹」是丹砂，紅色礦物質，也叫朱砂，可入藥。《說文》：「巴越之赤石也……」。意思是「丹」是巴（四川）越（兩廣）出產的紅色石礦。小篆的「丹」外框像礦井的形狀，裡邊的一點像丹砂的形狀。從字形看，甲骨文寫作「（一期乙 3387）」；金文寫作「（庚嬴卣）」；小篆寫作「」。寫法基本相同。「說文古文」寫作「」，像礦井的剖面圖。《說文》中另一個「」則是「彤」字。

注：有學者認為「」的外框是盛丹砂的容器，存參。

青部

（青）

【原文】青 q ī ng 東方色也。木生火，从生丹。丹青之信，言（象）〔必〕然。凡青之屬皆从青。岺，古文青。倉經切

【點評】立論迂回，不利初學。

【字源】「青」本指藍色或深綠色。甲骨文寫作「𡴀（簠征典禮 22）」，上邊是「屮」（讀 chè，草的形狀），下邊是「丹」（一指紅色石頭，泛指礦石。用在青字上指綠色銅礦石）。金文寫作「𤯞（吳方彝）、𤯞（牆盤）」，前者將「屮」改爲「生」（生也是從土地中生長出草的意思），下邊的「丹」字未變；後者將「丹」寫作「井」，仍是丹礦井的意思。「說文古文」寫作「岺」，字形雖不盡相同，但上「屮」下「丹」的結構未變。小篆規範爲「青」，爲隸、楷造字奠定了基礎。

井部

丼（井）

【原文】井 j ǐ ng 八家一井，象構韓形。•，罋之象也。古者伯益初作井。凡井之屬皆从井。子郢切

【字源】「井」指水井。引申井狀事物。《說文》：「井，八家一井。」指的是「井田制」的農田公用井。甲骨文、金文、小篆、漢帛書及隸書等，雖相距千年，但字形變化不大。順序寫作「井（四期粹 1163）、井（一期甲 308）、井（牆盤）、井（五祀衛鼎）、井（乙亥鼎）、丼、井、井」。中間有「•」者是汲水器，也區別於陷阱等其它井狀物。「井」字過去僅被釋作井口的護欄。從最近出土的古井看，在井下有多層「井」字木框，防止井壁坍塌。

皀部

皀（皀）

【原文】皀 b ī /jí/bì　穀之馨香也。象嘉穀在裹中之形。匕，所以扱之。或說皀，一粒也。凡皀之屬皆从皀。又讀若香。皮及切

【點評】與「匕」無涉。

【字源】「皀」字的意思是谷米在食器中蒸煮散發出馨香的氣味。甲骨文寫作「（二期遺 380）、（三期京 4886）、（四期甲 879）、（一期存 764）、（四期粹 919）」。按順序由前向後看，確像精米在食器（豆或簋）中散發著香氣。是小篆衍化成「」後，才誤使許慎老夫子將下邊的筆劃認爲是吃飯的勺子「匕」。（下見「卽」字例）

（卽）

【原文】卽 jí 即食也。从皀卪聲。子力切

【點評】合體會意，「卪」爲跪姿人形，非聲符。

【字源】「卽」是就食。引申接近、到、立刻等義。甲骨文、金文字形近似，順序寫作「（一期金 673）、（三期粹 3）、（盂鼎）」。均像一跪坐之人，面對器物內的食物準備就餐。《石鼓文》、小篆寫作「、」跪坐的人形已不直觀，尚留甲、金文的遺痕。隸書（漢《史晨碑》）寫作「」。

鬯部

（鬯）

【原文】鬯 chàng 以秬釀郁艸，芬芳攸服，以降神也。从凵，凵，器也；中象米；匕，所以扱之。《易》曰：「不喪匕鬯。」凡鬯之屬皆从鬯。丑諒切

【點評】大體不謬，唯「匕」非也。非夫子過，眼界使然。

【字源】「鬯」是古代祭祀宴飲用的香酒，用黑黍加鬱金香草釀制而成。「鬯」也是香草名，即「鬱金香」。甲骨文、金文字形相同，分別寫作「（一期存 199）、（一期京 996）、（一期前 1.35.5）、（矢令彝）、（叔卣）」，外形像酒器，裡邊的小點是釀成酒的米糟。小篆寫作「」，將酒器的足寫成「匕」（勺），失形，造成《說文》解釋錯誤。

食部

𩚁（食）

【原文】食 shí 一米也。从皀，亼聲。或說亼皀也。凡食之屬皆从食。乘力切

【點評】獨體象形，何來亼聲。

【字源】「食」指可以吃的食物。引申吃、進食。甲骨文、金文字形很多，主要有「[illegible]（一期京 2467）、[illegible]（一期存 2.149）、[illegible]（一期甲 1289）、[illegible]（共簋）、[illegible]（仲義昱簋）」等寫法。都是裝有食物的食器形。上邊是蓋子，小點是熱氣；中間是食物，下邊是食具。既象形又會意。小篆寫作「[illegible]」，保留了甲、金文的上半部，底部改爲「匕」（勺，食具）。字形有別，字義可諒。

亼部

[illegible]（亼）

【原文】亼 jí 三合也。从入一，象三合之形。凡亼之屬皆从亼。讀若集。秦入切

【點評】合義不謬，「從入、一」則失據。

【字源】「亼」在商周早期不是獨立的文字。作爲字素使用時多表示聚集，覆蓋義。如「合」、「會」、「舍」等。像器物的蓋子。小篆寫作「[illegible]」。**注：「亼」字學界尚有爭議。有「鈴形說」（像倒扣的鈴鐺）、「覆口說」（口字向下）等等。存參，待考。**

（下見「舍」、「合」字例）

[illegible]（舍）

【原文】舍 shè/sh ě　市居曰舍。从亼、屮，象屋也。口象築也。始夜切

【字源】「舍」是以木柱支撐屋頂的簡易房舍。《說文》：「舍，市居曰舍。」意思是市場上臨時搭建的簡易房舍。甲骨文寫作「(一期甲 115)」。上像室頂，下像木柱（帶杈的樹幹）和基座。是無牆的棚式簡易房。與「余」字相同（「余」借指第一人稱，實爲房舍形）。爲別於「余」字，金文下加「口」字，寫作「(牆盤)、(居簋)」。小篆隨金文寫「」。隸書（漢簡、《史晨碑》）寫作「舍、舍」變成今文。

合（合）

【原文】合 hé 合口也。从亼从口。候閤切

【點評】亼爲器蓋，口爲器形。「从亼从口」釋義不明。

【字源】「合」是「盒」的初文，是有蓋的器皿。甲骨文、金文、小篆等字形近似，順序寫作「(一期前 7.36.1)、(一期河 702)、(召伯簋)、(說文)」。均像上有蓋，下爲圓口器的形狀。至春秋戰國時出現另一寫法「盇」(盇)。金文、古鉢文寫作「(𩱦忓鼎蓋)、(古鉢)、(古鉢)」。上邊或爲「大」字形或爲「去」字形，反映出當時社會的混亂狀態。隸變時寫作「盇」。此後「合」字則多指會合、合併等攏合義。

會部

會（會）

【原文】會 huì 合也。从亼，从曾省。曾，益也。，古文會如此。凡會之屬皆从會。黃外切

【點評】會，合也。釋義足矣。餘，言多而失。

【字源】「會」，一是將成套的器物會聚在一起（特指器物的蓋子與器皿組合）。甲骨文寫作「(一期京 2560)」，上像蓋子，下像器皿裝有物品。金文寫作「(會妘鼎)」，與甲骨文相似，器中穀粒更加明顯。小篆將會下的口（容器）改爲曰，形義全失。「會」的另一個意思是會合，即「迨」（讀 hé）字。甲骨文、金文和小篆寫作「(二期粹 1037)、(二期鄴 1.33.8)、

（五期林 2.25.6）、（戍甬鼎）、（保卣）、」。字形雖不盡相同，但均由表示行走義的「辵」（讀 chuò，即辶）和「合」組成。會意在行動中會合、相會。「說文古文」寫作「」，用表示走路，路口的「彳」（讀 chì）和會合的 「合」會意行動中會合。

注：後起金文中有一「（好盗鼎）」（）與「迨」的區別是將「合」寫作「會」。「合、會」二字同源。反映了文字未統一前的異寫現象。

倉部

（倉）

【原文】倉 cāng 穀藏也。倉黃取而藏之，故爲之倉。从食省，口象倉形。凡倉之屬皆从倉。，奇字倉。七岡切

【字源】「倉」是象形字。甲骨文（1-2）寫作「（一期前 4.44.6）、（五期通別 2.8.8）」。上是倉蓋，中有片（牆），下有口，像糧倉形。甲骨文（2）中間是戶字（小門）。金文寫作「（叔倉父盨）、（夫鐘）、（者減鐘）」；小篆字形略異，寫作「」，但中間仍是戶（小門）形，下爲倉口。說文奇字寫作「」，和金文（2）相似，上是倉蓋，下是柱子，中間一點是指示符，爲「這裡是倉」，表現的是一種四壁的敞棚倉。

入部

（入）

【原文】入 rù 內也。象从上俱下也。凡入之屬皆从入。人汁切

【點評】「象从上俱下也」無據。

【字源】「入」是由外進內。甲骨文、金文、小篆均爲銳角或弧角形。分別寫作「（一期前 4.6.3）、（大鼎）、（說文）」。用銳角便於刺入表示入義。隸書（三國《範式碑》）寫作「」，此形始終未再大變。（下見「內」字例）

（內、納）

【原文】內 nèi/nà 入也。从冂入，自外而入也。奴對切

【字源】「內」與「納」同義，是由外入裡。甲骨文寫作「（一期鐵13.2）、（一期燕 253）」，像銳角進入「冖」（讀 mì，覆蓋義）內。金文寫作「（井侯簋）、（散盤）、（鄂侯舟節）」，小篆寫作「」，後另加「糸」（讀 mì絲類物）作「」（納）。《說文》用水滲入絲來釋納義。隸書（漢《趙寬碑》、三國《黃初殘碑》）分別寫作「」、「」，已成今文。

缶部

（缶）

【原文】缶 fǒu 瓦器。所以盛酒漿。秦人鼓之以節謌。象形。凡缶之屬皆从缶。方九切

【字源】「缶」是古代一種腹大口小的容器。用於盛酒或汲水，兼作打擊樂器。甲骨文、金文、小篆等寫作「（一期乙 6692）、（一期合 178）、（缶鼎）、（蔡侯缶）、（說文）」，是人類早期生產使用的陶器，狀如盆，上邊的「」或「、」當是製作陶器的工具「杵」。現見到較多的是青銅器缶，器形頗多。與陶缶已有不同。金文中的「（欒書缶）」即指金屬缶。以「缶」作部首的字多與陶器有關，而「缶」又與「瓦」同指陶器。

矢部

（矢）

【原文】矢 shǐ 弓弩矢也。从入，象鏑栝羽之形。古者夷牟初作矢。凡矢之屬皆从矢。式視切

【字源】「矢」是以竹木製成的箭（有竹制稱箭，木制稱矢之說）。甲骨文（1-4）寫作「（一期甲 1976）、（一期甲 3117）、（一期前 4.491）」，極爲象形，上爲鏑，中爲幹，下象栝，旁出象羽。甲骨文（5）寫作「（一期合 158）」，在鏑鋒處加兩斜點，表示箭射出後的風聲。此後，金文、《石鼓文》、小篆、隸書逐漸演變，分別寫作「（矢佰卣）、（鞄侯鼎）、（石鼓）、（說文）、」，脫離了象形字的窠臼。

高部

（高）

【原文】高 gāo 崇也。象臺觀高之形。从冂口。與倉、舍同意。凡高之屬皆从高。古牢切

【字源】「高」是由地面向上距離大。甲骨文、金文字形不盡相同，但表達方式基本一樣。是以畫代寫的象形字。寫作：「（一期前 6.1.5）、（二期南無 477）、（一期甲 232）、（亢簋）、（師高簋）、（牆盤）」。下邊的「冂、向」是有出口的高臺或高土坡；上邊的「、、」是有階梯的尖頂房屋，不同時期的字形是古人由穴居、半穴居向地面建築發展的寫照。《三體石經》、小篆寫作「、」，已不如甲、金文直觀。隸書（漢《曹全碑》）就此寫作「」，成爲今文。

冂部

（冂）

【原文】冂 jiōng 邑外謂之郊，郊外謂之野，野外謂之林，林外謂之冂。象遠界也。凡冂之屬皆从冂。，古文「冂」从口，象国邑。，同或从土。古熒切

【點評】口之敞口爲冂，會意遠離城邑也。

【字源】「冂」指遠離城邑的野郊。金文和「說文古文」寫作「[ancient-form glyph]（師奎父鼎）、[ancient-form glyph]（訇簋）、[ancient-form glyph]（說文古文）」，上邊的「冂」是「囗」（wéi，是圍牆，城圍的形狀）下開口，表示圍城以外。下邊的「口」表示圍城門口。小篆分為兩個字：一作「[ancient-form glyph]」（冂）；一加土地的「土」寫作「[ancient-form glyph]」（坰）。其實「冂」字作為部首所率字頭也並非全從「遠界」取義，如「央」、「市」等字。（下見「央」字例）

[ancient-form glyph] [ancient-form glyph]（央、殃）

【原文】央 yāng 中央也。从大在冂之內。大，人也。央㝑同意。一曰久也。於良切

【點評】央非「大在冂之內」，實為人在凵之下也。

【字源】「央」是「殃」的本字。甲骨文、金文、小篆字形近似，順序寫作「[ancient-form glyph]（一期菁 1.1）、[ancient-form glyph]（一期林 1.20.3）、[ancient-form glyph]（虢季子白盤）、[ancient-form glyph]（中央甬矛）、[ancient-form glyph]（說文）」。均像「[ancient-form glyph]」（大人）頸上有一「凵、[ancient-form glyph]」形，是古代給人戴枷或勒頸的一種酷刑。因戴枷和勒頸都在脖子中央，故《說文》稱：「央，中央也。」後為表示「央」是殘害，小篆另加一表示殘骨和死義的「歹」而寫作「[ancient-form glyph]」。《說文》：「殃，咎也。从歹，央聲。」成形聲字。隸書（漢帛書、《畫像石》等）寫作「[ancient-form glyph]、[ancient-form glyph]、[ancient-form glyph]」，成為今文。

𩫏部

[ancient-form glyph] [ancient-form glyph]（𩫏、郭）

【原文】𩫏（郭）guō 度也，民所度居也。从回，象城𩫏之重，兩亭相對也。或但从囗。凡𩫏之屬皆从𩫏。古博切

【字源】「郭」指外城。即在城的週邊再加一道城牆。又春秋時國名。從甲骨文寫作「[ancient-form glyph]（一期前 5.8.4）、[ancient-form glyph]（三期粹 717）」看，源自遠古人類半穴居時代的建築。中間的方形是穴室，兩側是有覆蓋物的臺階。隨著生產力的提高，建築模式發生了巨大變化。「說文古文」、金文（1）和小篆寫作「[ancient-form glyph]

（毛公鼎）、𩫏（說文古文）、𩫖（說文）」。均保留了甲骨文時代基本框架；金文（2）另加表示城鎮的「邑」字寫作「𨛫（郭公子戈）」，成爲城邑。此是小篆寫作「𩫖」（郭）的基礎。隸書（漢《曹全碑》）據此寫作「郭」，完全脫離了象形字。

京部

京（京）

【原文】京 jīng 人所爲絕高丘也。从高省，丨象高形。凡京之屬皆从京。舉卿切

【字源】「京」是古人在高丘上建起的半穴居式的住所。《說文》：甲骨文、金文字形近似，寫作「京（一期鄴 1.33.11）、京（一期甲 2132）、京（班簋）、京（遹簋）」。下邊的「冂」形表示人工築出的高土台；「亼、亼」是尖頂有梯的臺上建築。小篆在規範筆劃後寫作「京」，仍可看出與甲、金文的傳承關係。在上古時代能築起如此高大的建築，非帝王莫屬，故「京」字又稱帝王居住之所。隸書（漢《魯峻碑》）寫作「京」，後逐步寫作「京」。

亯部

亯（亯）

【原文】亯 hēng/pēng/xiǎng　獻也。从高省，曰象進孰物形。《孝經》曰：「祭則鬼亯之。」凡亯之屬皆从亯。亨，篆文亯。許兩切。又，普庚切。又，許庚切。

【點評】精準。

【字源】「亯、享、亨、烹」同源。來自古代祭祀。甲骨文、金文寫作「亯（一期粹 1315）、亯（簋文）、亯（師袁簋）」或「𩫏（三期甲 907）、𩫏（鼓烹觶）」。前者是人類半穴居時的房屋形狀，是人居住和烹製食物之所。人死後就地掩埋（後改爲宗廟），祭祀時在房屋前設饗食。後者用「𦍌」（羊，

古之美味）置於「亯」前，請死者享用。小篆將其分爲「亯、亨、享」三個字。《說文》稱：「亯（享、亨），獻也。」「𩫖（烹），孰（熟）也。」後隸書（漢《史晨碑》、《華山廟碑》等）分別寫作「享、亨、烹」。

㫗部

㫗 厚（㫗、厚）

【原文】㫗hòu 厚也。从反亯。凡㫗之屬皆从㫗。胡口切　厚 hòu 山陵之厚也。从㫗，从厂。垕，古文厚，从后土。胡口

【點評】以山陵之厚喻酒味之厚也。

【字源】「㫗」與「厚」是音同義近的歧形字。「㫗」，甲骨文也寫作「㫗（一期後下 32.11）、㫗（乙父卣）」，像觚形酒器。其中父乙卣下邊是倒寫的「亯」，上邊是表示鹽水的「鹵」字，一般認爲是反覆烹煮使味道醇厚。「厚」字甲骨文、金文字形相近，分別寫作「厚（四期京 4101）、厚（趠鼎）、厚（牆盤）、厚（魯伯盤）」。上邊的「厂」（讀 hǎn）表示山岩，下邊的「㫗」一說是由原始的半穴居建築演變爲城郭的字形，可會意城郭像山岩一樣堅厚。在這裡作聲符使用。《說文》：「厚，山陵之厚也。」「說文古文」寫作「垕」，上邊是「后」，下邊是「土」，屬「從土，后聲」的形聲字。小篆規範筆劃後寫作「厚」。此時的「城郭形」已演變成部首「㫗」。以上兩字需對應參照方可體悟造字者的初衷。筆者認可是「以山陵之厚喻酒味之厚也」（雪茶齋主人語）。隸書（漢《西狹頌》）由「后、子」組成，寫作「厚」。後改作「厚」。

畐部

畐（畗、畐）

【原文】畐 fǔ 滿也，从高省，象高厚之形。凡畐之屬皆从畐，讀若伏。芳逼切

【點評】形義皆誤。

【字源】「畗」（畐）是商周時期祈福祭祀用的圓口尖底的酒器。甲骨文、金文寫作「[古文字]、（一期前 4.23.8）、[古文字]（一期粹 393）、[古文字]（一期甲 3072）、[古文字]（畐父辛爵）、[古文字]（士父鐘）、[古文字]（鄂君車節）」。皆像罐類器形。小篆寫作「[古文字]」，走完了由畫向字轉變的歷史。此字另加表示祭祀靈台的「示」成祈福的「福」。「畗」（畐）字作爲部首僅率一個「良」字，且無形無義。（下見「良」字例）

[篆文]（良）

【原文】良 liáng 善也。从畗省，亡聲。[古文字]，古文良。[古文字]，亦古文良。[古文字]，亦古文良。呂張切

【點評】良爲廊之初，「從畗省，亡聲」小篆所本，非初文形義也。

【字源】「良」是「廊」的本字。甲骨文寫作「[古文字]（一期乙 2501）、[古文字]（一期續 5.20.5）、[古文字]（一期乙 3334）、[古文字]（一期南南 2.4）」。像人類半穴居時代有出口走廊的房屋形。中間的「[古文字]」是錐形屋頂和穴室；上下的彎道是走廊。金文寫作「[古文字]（季良父盉）、[古文字]（季良父簠）」。仍可看到與甲骨文相似之處。「說文古文」有三個寫法，其中兩個與甲、金文不合，或是秦以外六國的異體字。作「[古文字]」者依稀可見金文痕跡，與小篆作「[篆文]」近似。爲表現「良」是房屋建築，小篆另加表示敞棚式房屋的「广」字，和表示人居的「邑」（右耳）字，成「[篆文]」（廊）。從此字義分流。《說文》稱：「良，善也。」「廊，東西序也。」隸書（秦簡、《孔彪碑》等）分別寫作「**良**、**廊**」。

㐭部

[篆文] [篆文]（㐭、廩）

【原文】**㐭** lǐn 穀所振入。宗廟粢盛，倉黃**㐭**而取之，故謂之**㐭**。从入，回象屋形，中有戶牖。凡**㐭**之屬皆从**㐭**。[篆文]，或从广，从禾。力甚切

【點評】倉廩之形也，甲、金文尤甚。

【字源】「稟」是盛糧食的倉囤。表示此義的字有「㐭」（讀lǐn）、「稟」、「廩」。《說文》：「稟，賜穀也」。「㐭，穀所振入」。甲骨文寫作「（三期甲 574）、（師友 1.170）、（四期粹 915）」，像露天圍囤、堆集糧食的形狀，即在地面上放兩塊大石，以防地面水濕，上用苫物遮蓋防雨。此方法至今仍有沿用。金文（2）和古鉩文寫作「（盂鼎）、（古鉩）、（古鉩）」，或用「米」或用「禾」表示糧食，其它與甲骨文相同。其中金文（1）最象形「（父乙甗）」，地面上有一帶頂的倉囤，右上角加一新月，表示露天，誠如一幅《夜倉圖》。小篆在甲骨文、金文基礎上加一「禾」字，表示藏糧；是十分貼切的會意字。隸書（漢《校官潘乾碑》）寫作「稟」以平直的筆劃改變了小篆的圓弧特徵，從而成為今文。

嗇部

（嗇）

【原文】嗇 sè 愛濇也。从來从㐭。來者，㐭而藏之。故田夫謂之嗇夫。凡嗇之屬皆从嗇。，古文嗇从田。所力切

【點評】斂藏穀物之景象也。

【字源】「嗇」本義是愛惜麥類穀物，及時收蓄。《說文》：「嗇，愛嗇也。从來，从㐭（讀lǐn，倉庫）」。「來」在這裡指麥子（參看「來」、「麥」釋文）。甲骨文、金文寫作「（一期後下 7.2）、（牆盤）」上邊是禾（農作物），收攏起來屯在「田」間。或寫作「（一期佚 772）」，上邊的農作物已不如前者明顯，但下邊加了兩塊墊石，避免水浸。或寫作「（沈子簋）」，上邊是將麥紮成束，下邊是內部的「內」。會意將糧食成束入庫。「說文古文」寫作「」，寫法與甲、金文略異，但仍可明顯看到其傳承關係。小篆寫作「」，直接用「來」（麥）、「㐭」會意。後又加「爿」作圍牆的「牆」，反映出倉儲條件的改善。（下見「牆」字例）

牆（牆）

【原文】牆 qiáng 垣蔽也。从嗇爿聲。牆，籀文从二禾。牆，籀文亦从二來。才良切

【點評】爿乃築牆板，形而非聲也。

【字源】「牆」是用土或磚石砌成的屏障或週邊。《說文》：「牆，垣蔽也。从嗇，爿聲。」其實「爿」（讀 pán）在這裡並不是表聲，而是指築土牆時使用的木夾板。甲骨文、金文、「說文籀文」及小篆分別寫作「牆（一期粹 1161）、牆（牆盤）、牆（說文籀文）、牆（說文籀文）、牆（說文）」，右邊是儲藏糧食的倉庫，左邊是築牆的夾板，這也正是牆字要表示的中心意思。

來部

來（來）

【原文】來 lái/lài　周所受瑞麥來麰。一來二縫，象芒朿之形。天所來也，故爲行來之來。《詩》曰：「詒我來麰。」凡來之屬皆从來。洛哀切

【字源】「來」本指小麥。後假借作來去之來。《說文》：「來，周所受瑞麥來麰。一來二縫（鋒），象芒朿之形。天所來也，故爲行來之來。」這裡講的是周地接受的小麥和大麥是天賜給的。一莖二穗，像麥芒的形狀。甲骨文寫作「來（一期乙 6378）、來（五期前 2.26.7）」。像麥株形：上爲穗，中爲莖，左右生葉，下爲根鬚。金文寫作「來（宰峀簋）、來（般甗）、來（麥盉）」，字形近似甲骨文。其中有行走符號「彳」（彳）「止」（止）者，已表示來去義。《石鼓文》、小篆隨金文結構寫作「來、來」，參看「麥」釋文。

麥部

麥（麥）

【原文】麥 mài 芒穀，秋種厚薶，故謂之麥。麥，金也。金王而生，火王而死。从來，有穗者；从夂。凡麥之屬皆从麥。莫獲切

【點評】來、麥同源。夫子善言五行，殊不知贅言增亂也。

【字源】「麥」本指糧食作物麥子。《說文》：「麥，芒穀，秋種厚埋，故謂之麥。」甲骨文上邊是「禾」，下邊用倒「止」（足）表示麥出苗後要用足踩踏，以利生長，俗稱「踏青」。這正是區別於其它農作物之處。反映了種麥的特殊農藝技術。「麥」的甲骨文與「來」字是同字異寫，來下加倒足，正是踏青時走來走去的意思，也是後来借指來去之來的因由（參看「來」字釋文）。金文（1-2）把足放在左邊或下邊，沒有區別，只說明文字未統一前的寫法不一。小篆作了筆劃規範，寫作「麥」，字義與甲骨文、金文無別。

夊部

夊（夊）

【原文】夊 suī 行遲曳夊夊，象人兩脛有所躧也。凡夊之屬皆从夊。楚危切

【點評】夊、夂 同一。何須分部，徒增煩亂耳。

【字源】「夊」（讀 suī）、「夂」（讀 zhǐ）本是同一字。甲骨文寫作「夂（一期乙 2110）、夂（一期乙 6690）」。是「止」（趾、腳）的倒寫。表示腳和行動之意。小篆分作「夊」、「夂」兩個字。今「夊、夂」已統一爲「夊」。

舛部

舛（舛）

【原文】舛 chuǎn 對臥也。从夊㐄相背。凡舛之屬皆从舛。踳，楊雄說，舛从足春。昌兗切

【點評】夊、㐄皆夊形。「對臥」尤牽強。人之二足也。

【字源】「舛」表現的是下肢和兩腳。未見甲、金文。小篆始單獨成字，寫作「舛」。《說文》所言「從夊牛相背」是以小篆字形爲標準。所率之字有「乘」、「舞」二字。（下見「舞」字例）

舞（舞）

【原文】舞 wǔ　樂也。用足相背，从舛；無聲。𦏶，古文舞从羽亡。文撫切

【點評】舞爲象形字，「無聲」之說，附會小篆耳。

【字源】「舞」是「無」的初文。源自古時祈雨之舞。甲骨文寫作「𠦪（一期前 7.35.2）」，像一正面人形持羽毛或草類起舞。金文寫作「𣞤（匽侯舞易）、𣞤（匽侯舞易）」，人下所持之物作「某」（梅）形。「說文古文」作「𦏶」，屬異寫形聲字。小篆寫作「舞」（舞）。

舜部

舜（舜、舜）

【原文】舜 shùn　艸也。楚謂之葍，秦謂之藑。蔓地連華。象形。从舛，舛亦聲。凡舜之屬皆从舜。𡕥，古文舜。舒閏切

【點評】舜爲舜之本字。夫子緣何釋「艸」，莫名其妙。

【字源】「舜」是上古帝王名，「說文古文」寫作「𡕥」，上邊是用火（炎）烤肉的形狀；下邊是表示在高土臺上有高大建築物的「堂」字。「堂」在《說文》中解釋爲帝王所在的「殿」。由此可以聯想到「舜」這位帝王在殿堂前燒烤肉的情景。小篆雖將「舜」解釋爲：「木槿」（花，此字本爲「蕣」），但絲毫看不出與「花」的聯繫。此字雖與「說文古文」字形不同，但從字的結構看仍有某些聯繫。小篆寫作「舜」。上邊是由「火」（炎）和表示一方區域的「匚」組成；下邊是傑出人才的「傑」（傑）的省文（省去「亻」和「木」）。用有條件在一定區域內使用火取暖的傑出人物也就離帝王不遠了。

韋部

韋衛圍違（韋、衛、圍、違）

【原文】韋 wéi 相背也。从舛口聲。獸皮之韋，可以束枉戾相韋背，故借以爲皮韋。凡韋之屬皆从韋。𩏑，古文韋。宇非切

【點評】當爲：從舛繞囗。借指獸皮之韋也，

【字源】「韋、違、圍、衛」四字同出一源。「韋」甲骨文、金文、「說文古文」及小篆字素相同，分別寫作「韋（一期乙 3108）、韋（一期前 4.31.6）、韋（黃韋俞父盤）、𩏑（說文古文）、韋（說文）」。中間的「口」是城邑；周圍的「止」是腳或腳印，表示繞城護衛。爲進一步表示護衛義，金文又寫作「衛（衛簋）」。增加了「行」（行）字，表示巡邏四方。同時在「韋」外加「囗」（讀 wéi，圍牆）成「圍」字。又因「韋」是幾隻腳在不同方向走動而表違背之「違」。隸書（漢《封龍山碑》、《史晨碑》、《石門頌》等）分別寫作「韋、圍、衛、違」。雖已成今文，仍可看到「韋」的字根作用。

弟部

弟（弟）

【原文】弟 dì 韋束之次弟也。从古字之象。凡弟之屬皆从弟。弟，古文弟。从古文韋省。丿聲。特計切

【點評】韋束之次弟也，然。

【字源】「弟」的本義是次第、次序。由次序的排列，引申爲兄弟的「弟」字。甲骨文寫作「弟（一期乙 8818）」，像用繩子纏繞「弋」（木橛，後發展爲武器「戈」）的形狀。因一圈圈次第纏繞，所以就產生了先後次序的字義。金文寫作「弟（沈子簋）」；「說文古文」和《盟書》寫作「弟（說文古文）、弟（侯馬盟書）」；小篆寫作「弟」；都是用纏繞表示次第的會意字。隸書（漢《張遷碑》）將篆書的弧筆圓折改爲直筆方折。從而成爲今文。次第的「第」隸書加「竹」字，寫作「第」。「弟」則主指兄弟。

夊部

𡕒（夊）

【原文】夊 zhǐ 从後至也。象人兩脛後有致之者。凡夊之屬皆从夊。讀若黹。陟侈切

【點評】「夊、夊」同一。見前。

【字源】「夊」（讀 zhǐ）、「夊」（讀 suī）本是同一字。甲骨文寫作「𠂊（一期乙 2110）、𠂊（一期乙 6690）」。是「止」（趾、腳）的倒寫。表示腳和行動之意。小篆分作「夊」、「夊」兩個字。《說文》：「夊，从後致也。象人兩脛後有致之者。」作爲部首「夊」拼合出「夆」、「夆」等字，均與行走有關。今「夊、夊」已統一爲「夊」。（下見「夆」字例）

𡕒（夆）

【原文】夆 fēng 啎也。从夊丰聲。讀若縫。敷容切

【字源】「夆」是相逢的「逢」的初文。金文、小篆寫作「夆（弋卣）、夆（夆叔盤）、夆（夆伯甗）、夆（說文）」上邊是一隻由上向下行走的「夊」（讀 zhǐ，即腳，趾），表示迎面而來，隱喻迎面相逢；下邊的「丰」字即表野外草木豐茂，也是聲符。爲強調「夆」是在行走中逢遇，又加一表示行走的「辵」（讀 chuò，俗稱「走之」），金文、《石鼓文》、「矦馬盟書」、小篆寫作「逢（胤嗣壺）、逢（石鼓）、逢（矦馬盟書）、逢」。確立了隸書、楷書的結構。

注：甲骨文有一「逢（五期合 36916）」字，具有表示行路的「彳」（讀 chì）和「夆」的字素，當是最早的「逢」字。

久部

乁（久）

【原文】久 jiǔ　以（从）後灸之，象人兩脛後有距也。《周禮》曰：「久諸牆以觀其橈。」凡久之屬皆从久。舉友切

【點評】以久釋灸，後起義也。

【字源】「久」（乑）是「厥」的初文，經歷了形變的過程。最初指古代戰爭中一種發射石頭的拋石器。《說文》：「厥，發石也。」甲骨文、金文、陶文等字形近似。順序寫作「（一期菁 3.1）、（盂鼎）、（攻吳王鑑）、（陶五 332）」。正是發射杆和兜石匣的形狀。其中凹處是裝石塊的石匣。此器源自牧羊人的長柄鏟，用以投石驅羊。此時屬象形字，後轉作「久」和「乑」兩個字。「乑」表示弓弩的扣機。小篆將其寫作「」（久）；同時另作「」，已成「從厂，欮聲」的形聲字。隸書（漢《郭有道碑》）寫作「」，已是今文。

注：有學者釋「久」為針灸之「灸」。未見所據，當為戰國時出現的後起形聲字。存參。

桀部

（桀、傑、磔）

【原文】桀 jié　磔也。从舛在木上也。凡桀之屬皆从桀。渠列切

【點評】「从舛在木上也」無誤，「磔」者古刑，乾屍於木。可通。

【字源】「桀」本指雞或鳥站在樹木上，後演化爲人的兩腳「舛」（讀 chuǎn）登在木（樹上），會意高超。「桀」也是夏時君王名。古鉢文、小篆分別寫作「、」。後加「人」作「傑」字，表示才智超群的人。隸書（漢帛書、《袁博碑》等）寫作「、」，漸成今文。今簡化字作「杰」。「桀」未簡化。

注：「桀」為「磔」之初文。「磔」是遠古一種酷刑，分解人體懸於樹上。筆者認為「桀」表現的正是此酷刑。

說文解字卷第六上

木部

木（木）

【原文】木 mù　冒也。冒地而生。東方之行。从屮，下象其根。凡木之屬皆从木。莫卜切

【點評】「冒地而生」豈止木，「東方之行」更玄空。

【字源】「木」是個重要的部首字。本指樹木，是木本植物的統稱。甲骨文、金文寫作「木（四期甲 600）、木（父丁爵）」。像有根、幹和枝杈的樹木形，是典型的象形字。小篆寫作「木」。雖不如甲、金文直觀，仍能看出樹木的輪廓。《說文》稱：「木，冒也，冒地而生……」意思是「木」是從土地裡冒（長）出來的。隸書（漢《西狹頌》）寫作「木」，脫離了古文字成爲今文。（下見「樹」字例）

樹（樹）

【原文】樹 shù　生植之總名。从木尌聲。（尌，籀文）　常句切

【字源】「樹」的本義是種植、栽種。引申爲木本植物的總稱。商周的甲骨文、金文、「說文籀文」及秦《石鼓文》、小篆（1）都寫作「尌（五期合集 36838）、尌（一期合集 107）、尌（尌仲簋）、尌（說文籀文）、尌（石鼓）、尌（說文）」，像用手在器皿中栽種草木或育苗的形狀。此形也是在「壴」（讀 zhù，鼓）上插飾物（如羽毛、樹葉等）本義是樹立，使其向上直立，後多用作偏旁。小篆（2）另加一「木」字旁，寫作「樹」，與「尌」字分開，成爲同音近義的兩個字，並專指木本植物。

東部

東（東）

【原文】東 dōng 動也。从木。官溥說：从日在木中。凡東之屬皆从東。得紅切

【點評】日出「从日在木」？日落日在何處？

【字源】「東」字《說文》稱：「从日在木中。」這是對小篆的字形解釋，非初文。「東」甲骨文、金文寫作「[古文字]（一期合集 9425）、[古文字]（一期合集 11468）、[古文字]（辟東尊）、[古文字]（子壬父辛爵）」都是上下打結，裝滿東西的口袋形。是「槖」（讀 tuó，古時有底的口袋叫「囊」；無底，用繩紮緊兩端的叫「槖」）的初文。指太陽出來的方向，是假借「東」的發音。今簡化字寫作「东」。

林部

[古文字]（林）

【原文】林 lín 平土有叢木曰林。从二木。凡林之屬皆从林。力尋切

【點評】木、林、森，建部可合三爲一；釋字可一分爲三。

【字源】「林」是野外成片的竹木。甲骨文、金文、小篆及《矦馬盟書》等字形近似，順序寫作「[古文字]（一期粹 726）、[古文字]（卓林父簋）、[古文字]（林卣）、[古文字]（說文）、[古文字]（矦馬盟書）」。均爲兩株樹木形，用木和木相連表示樹林。隸書（漢《郭有道碑》等）寫作「林」，已是今文。（下見「森」字例）

[古文字]（森）

【原文】森 sēn 木多皃。从林从木。讀若曾參之參。所今切

【字源】「森」指樹木眾多，如森林。《說文》：「森，木多貌。从林，从木。」「森」字是個字形穩定、變化不大的字。甲骨文寫作「[古文字]（一期後下 3.2）、[古文字]（四期金 472）」。用三木表示多木（樹）。小篆寫作「[古文字]」，筆劃雖不盡相同，但仍以三棵樹木表示樹多。隸書據此寫作「森」，成爲今文。

才部

才 在（才、在）

【原文】才 cái 艸木之初也。从丨上貫一，將生枝葉。一，地也。凡才之屬皆从才。昨哉切

【點評】才、在同源。生爲在，亡爲無。音轉義變也。

【字源】「才」和「在」最初是同一個字。「才」指草木剛剛出土，是剛才的意思。「在」是指草木出生是已經成活，是存在了的意思。早期甲骨文和金文寫作「▽（一期乙 3290）、十（二期合集 22630）、十（一期後下 35.1）、十（父戊爵）、十（才興父鼎）」形。上邊的一橫表示地面；中間的三角（實心，空心相同）是剛萌發開的種子；一豎是露出地面的芽和地下的幼根。小篆隨「十字形」，並在下邊加一指事符，寫作「才」。至兩周時，金文在「才」旁加一「土」字寫作「在（大盂鼎）、在（秋氏壺）、在（中山王壺）」，強調葉芽在土中，與「才」分流。小篆寫作「在」。

說文解字卷第六下

叒部

叒 若（叒、若）

【原文】叒 ruò 日初出東方湯谷，所登榑桑，叒木也。象形。凡叒之屬皆从叒。�，籀文。而灼切

【點評】所釋與古文不合，係夫子未見甲、金文故。

【字源】「叒」是「若」的初文。「若」本義是順從、答應、承諾。《說文》稱：「若，擇菜也。」與古字形不合。甲骨文和金文（1）寫作「若（一期京 765）、若（一期甲 1153）、若（一期甲 2905）、若（盂鼎）」均像一人跪舉雙手理順頭髮的樣子。會意爲順暢、順從的順。金文（2）、「說文籀文」

下加一口字，寫作「（彔伯簋）、（說文籀文）」，表示用口答應，也可會意按照發話人的口令去做，仍是順從義。小篆把頭髮和上舉的雙手變成草字頭和「又」（又在古文字中是一隻右手的形狀），下加口，雖仍表示順從應答，但已經失去原形。

注：此「叒」字。《說文》意為古東方國扶桑之「桑」字。後人多有沿用，屬誤解。

（下見「桑」字例）

（桑）

【原文】桑 sāng　蠶所食葉木。从叒木。息郎切

【字源】「桑」是樹木名。葉可飼蠶。《說文》：「桑，蠶所食葉木。」甲骨文寫作「（一期合 249）、（五期續 3.31.9）」，是有葉的樹木形。小篆將葉寫作三個「又」（即「叒」字）；秦《睡虎地簡》和隸書將葉寫作「、、」。並將篆書「木」字的弧筆拉直，寫作「、、」。今正書仍從「叒、木」，寫作「桑」。

之部

（之）

【原文】之 zhī　出也。象艸過屮，枝莖益大，有所之。一者，地也。凡之之屬皆从之。止而切

【點評】如是無訛。

【字源】「之」的本義是出生、滋長。有往、至、到等義。甲骨文上邊是一趾（腳），下邊一橫代表地。意思是從此地走出去，去往某處。金文、《石鼓文》、小篆字形近似，寫作「（毛公鼎）、（君夫簋）、（石鼓）、（說文）」。又像草木的枝葉長出地面，故有滋長義。

帀部

帀匝（帀、匝）

【原文】帀 zā 周也。从反之而帀也。凡帀之屬皆从帀。周盛說。子荅切

【點評】反之爲帀，形義俱明！

【字源】「帀」是圍繞（某地）往返（一周）。甲骨文、金文寫作「帀（英337）、帀（甲752）、帀（師袁簋）、帀（蔡大師鼎）」正如《說文》所謂「周也。从反之而帀也。」即將「㞢」（之）字倒過來，表示往而復還。後加「匚」成「匝」，即繞行一周。「帀」字所率字頭只一個「師」字。（下見「師」字例）

師（師）

【原文】師 shī 二千五百人爲師。从帀从𠂤。𠂤，四帀，眾意也。疏夷切

【字源】「師」是古代軍隊編制。《說文》：「師，二千五百人爲師。从帀，从𠂤。」這裡的「𠂤」正是「師」的本字。甲骨文和早期金文寫作「𠂤（一期合集5805）、𠂤（盂鼎）」。橫置仰視成「𠂤」，是高坡土丘（後作土堆的「堆」）；俯視成「𠂤」，是人的臀部形，表示止息。軍旅集結必選高坡。而「帀」讀 zá，則是環周義，與「𠂤」組合正可會意眾軍人圍集於高坡之形。金文、《石鼓文》、小篆寫作師（遹甗）、師（𡚸蚉壺）、師（石鼓）、師（說文）」，直至隸書寫作「師」，字形結構相同。

注：「𠂤」後與「阜」混淆，作部首時稱「左阝」。

出部

出（出）

【原文】出 chū 進也。象艸木益滋，上出達也。凡出之屬皆从出。尺律切

【點評】不諳古文，僅可釋小篆耳。

【字源】「出」是從裡面到外面，與「進」相對。「出」是個象形兼會意字。甲骨文（1）寫作「（一期合集 6057）」像人的腳（趾）從洞口走出的形狀。甲骨文（2-3）加「彳」（讀 chì，行的省文）或「行」，寫作「（一期甲 476）、（一期甲 241）」，表示「出」是行走義。金文、《石鼓文》、小篆隨甲骨文（1）寫作「（伯矩鼎）、（石鼓）、（說文）」，只是洞口成不規則形。戰國時的《侯馬盟書》將腳（趾）寫作「」（小草）形。所以《說文》稱：「（出）象艸木益滋上出達也。」雖與甲、金文釋義不合，用於解釋秦篆漢簡尚可。

𣎵部

（𣎵）

【原文】𣎵 pò 艸木盛𣎵𣎵然。象形，八聲。凡𣎵之屬皆从𣎵。讀若輩。普活切

【點評】由屮分蘗而來。

【字源】「𣎵」是「屮」（新生草）的繁衍字。指草木茂盛，蓬勃向上的意思。也是「孛」（勃）的初文。作爲部首始見於戰國文字。所率字頭有「孛」等。（下見「孛」字例）

（孛）

【原文】孛 bèi/bó 𢎘也，从𣎵；人色也，从子。《論語》曰：「色孛如也。」蒲妹切

【字源】「孛」是「勃」的初文。本義是蓬勃有生氣。甲、金文與《楚帛書》字形近似，寫作「（一期英 2525）、（散盤）、（楚帛書）」，上邊的「𣎵」是草木上長形；下是「子」（小兒）形，會意「孛」如同草木和小兒的生長，充滿生機和活力。小篆寫作「」，上邊的「」（屮）是初生的小草形，下邊的「」（子）是小兒；兩側的「」表示向上生長的動態線。一說是

聲符「八」，也無不可。《說文》稱「人色也」，即是指人的氣色好，有朝氣蓬勃的精神狀態。爲表示其強勁，小篆另加力量的力，寫作「𪟽」（勃）。隸書據此寫作「孛、勃」。徹底脫離了古文字，從此成爲今文。

生部

𤯓（生）

【原文】生 shēng 進也。象艸木生出土上。凡生之屬皆从生。所庚切

【點評】釋義精準。

【字源】「生」是生出，生長。甲骨文（1-2）、金文（1）寫作「𡴀（一期合集 4678）、𡴀（一期合集 14128）、𡴀（臣辰卣）」，上邊是剛出土的芽葉，下邊一橫是土地。甲骨文（3）、金文（2）寫作「𡴀（一期粹 1131）、𡴀（單伯編鐘）」，中間的圓點和一橫是「土」字。表示芽葉生於土壤。《矦馬盟書》、《楚帛書》及小篆等寫作「𡴀、𡴀、𤯓」，雖字形略有不同，但都是草芽出土的形狀。

乇部

乇（乇）

【原文】乇 zhé 艸葉也。从垂穗，上貫一，下有根。象形。凡乇之屬皆从乇。陟格切

【點評】未諳根本，釋義偏頗。可歸弋屬，無須建部。

【字源】「乇」字甲骨文寫作「乇（二期甲 1596）」。本有銳角之物，便於插、切，如打地基用的木樁。甲骨文也寫作「乇（三期人 1786）、乇（四期京 4066）」，是祭祀時殺牲物的用具，與「磔」音義近似。小篆寫作「乇」。這或是造字者看到一段木樁插入地下，日久生根，上出枝葉和花穗而爲「乇」作出的解釋：「乇 zhé　艸葉也。从垂穗，上貫一，下有根。象形」。

𠂹部

𠂹 垂（𠂹、垂）

【原文】𠂹 chuí 艸木華葉𠂹。象形。凡𠂹之屬皆从𠂹。[古文]，古文。是爲切

【點評】非僅花葉下垂，果實纍纍垂也。

【字源】「𠂹」字甲骨文寫作「[甲骨文]（一期前 1.34.6）」。諸學者多認爲是花葉下垂於地。根據是下面的「[符號]」與「土」（甲骨文寫作「[甲骨文]（一期後下 375）」）近似。筆者以爲「[符號]」與莖蒂相連，當是果實形。金文偏旁寫作「[金文]」，正是花葉下垂形。「說文古文」寫作「[古文]」，屬異寫字，左旁「[符號]」字，一釋草葉下垂；一釋割裂祭牲肢體。右邊的「勿」一釋旗幟的飄帶，亦釋刀濺血。小篆分作「𠂹、垂」兩個字，後者顯然是將甲骨文的「[符號]」確認爲「土」的結果。

注：小篆中另有一「垂」字，表示邊陲。《說文》：「垂，遠邊也。」而「陲」又作「垂危」釋。

𠌶部

𠌶 [小篆] [小篆]（𠌶、花、華）

【原文】𠌶hu ā /huá　艸木華也。从𠂹，亏聲。凡𠌶之屬皆从𠌶。[或體]，或从艸从夸。況于切

【點評】𠌶、花、華古今字也。

【字源】「𠌶」古文「華」，是「花」的本字。六朝時才出現「花」字，並與「𠌶」字分流。「華」則另表示光彩、光輝義。花朵的「花」甲骨文最初寫作：「[甲骨文]」，正像一束花朵形。金文、《石鼓文》寫作「[金文]（命簋）、[石鼓文]（石鼓）」，減化了枝上的花朵。小篆寫作「[小篆]」，上加「艸」（讀 cǎo，即「草字頭」）；戰國時楚、秦簡分別寫作「[楚簡]、[秦簡]」。小篆也逐漸變形，寫作「[小篆]、[小篆]」（𠌶），專指花木。隸書（《白石神君碑》）寫作「[隸書]」。指花朵時多作「[字形]」。

華部

（華）

【原文】華 hu ā /huá 榮也。从艸从𠌶。凡華之屬皆从華。戶瓜切

【點評】（見「𠌶」部）

【字源】（見「𠌶」部）

禾部

（禾）

【原文】禾 jī 木之曲頭，止不能上也。凡禾之屬皆从禾。古兮切

【點評】爲小篆特設之部首耳。

【字源】「禾」非禾苗之「禾」。未見甲、金文。是《說文》爲解釋六個小篆文字而歸類的。小篆寫作「」。

稽部

（稽）

【原文】稽 jī 留止也。从禾从尤，旨聲。凡稽之屬皆从稽。古兮切

【點評】率字無多，獨立建部，大可不必。

【字源】「稽」字出現較晚。戰國的簡牘文字和小篆寫作「（雲夢編年）、（雲夢爲吏）、（說文）」。字形駁雜，反映了當時社會的動盪不安。但其基本字素仍有表示「木之曲頭，止不能上也。」的「禾」和表示以美食招人的「旨」、「食」等。停留、留止之義尚可表達。

巢部

巢（巢）

【原文】巢 cháo 鳥在木上曰巢，在穴曰窠。从木，象形。凡巢之屬皆从巢。鉏交切

【點評】合體象形，準確無誤。

【字源】「巢」本指鳥窩。甲骨文中有一「巢」形字寫作「[古文字]（一期鐵133.2）」，用「日落西山鳥歸巢」來表示方向「西」和棲宿的「棲」，實爲鳥巢形。金文下加一表示樹木的「木」字寫作「[古文字]（班簋）」，意爲「巢」在（樹）「木」上；小篆、漢帛書在巢中加「[古文字]」，表示三隻小鳥，寫作「[古文字]」。至此「巢」字形義齊備。隸書（漢《禮器碑》）字形結構隨小篆，以方直的筆劃寫作「[古文字]」，從此告別了象形字而成爲今文。

桼部

桼 漆（桼、漆）

【原文】桼 qī 木汁。可以髹物。象形。桼如水滴而下。凡桼之屬皆从桼。親吉切

【點評】確。

【字源】「桼」是「漆」的本字。是由「木水」會意兼象形字。金文、小篆寫作「[古文字]（牧敦）、[古文字]（上守戈）、[古文字]（說文）」，上邊是「木」，表示樹木；下邊是「水」，表示滴下的漆汁。後又加「水」旁作「漆」。最初指古河水名。《說文》：「漆，水。出右扶風……」。金文、小篆寫作「[古文字]（高奴權）、[古文字]（說文）」。後「桼」漸爲「漆」取代，「桼」多作偏旁使用。隸書（漢《禮器碑》）等寫作「[古文字]、[古文字]」。

束部

𣏼（束）

【原文】束 shù　縛也。从囗木。凡束之屬皆从束。書玉切

【點評】大意不訛。

【字源】「束」是捆綁、約束。《說文》：「束，縛也。从囗、木。」屬象形兼會意字。甲骨文（1-3）寫作「[甲骨文]（一期乙 5327）、[甲骨文]（一期甲 430）、[甲骨文]（京津 2679）」，像用直木穿過布袋，裝物後捆紮布袋兩端的「囊」（原始口袋）。也像在樹木上纏繞繩索，以示約束；（4-6）寫作「[甲骨文]（三期南明 670）、[甲骨文]（三期粹 1539）、[甲骨文]（四期續 1.21.2）」，或加「手」或加「丨」（讀 g ǔ n，直木，棍棒）。金文字形雖多，但均爲纏繞木的形狀。小篆寫作「[小篆]」，在「木」中間圍一圓環，與甲、金文同義。隸書（漢《孔彪碑》）以直筆方折取代了篆書的弧筆圓折，寫作「[隸書]」，成爲今文。

㯻部

[小篆]（㯻）

【原文】㯻g ǔ n/hùn　櫜也。从束圂聲。凡㯻之屬皆从㯻。胡本切

【點評】盡可併入「束」部。

【字源】「㯻、櫜、橐、囊、櫜」五個字均爲不同字形和讀音的口袋。源自甲骨文（1）「[甲骨文]（二期庫 1113）」（束）字的轉衍。甲骨文（2-3）寫作「[甲骨文]（二期前 5.10.7）、[甲骨文]（一期合集 9421）」。此字像兩端紮繩中有物的囊。金文、《石鼓文》分別寫作「[金文]（毛公鼎）、[金文]（散盤）、[石鼓文]（石鼓）」。囊中裝有表示陶器的「缶」或玉石「玉」。其中金文便是小篆「[小篆]」（橐）的前身；《石鼓文》的「[石鼓文]」（內裝玉石）便是小篆「[小篆]」（櫜）的異寫；小篆又衍生出表示專供車上用的「櫜」和兩端無底的「囊」。而「㯻」（讀 hùn）則是捆綁口袋，音義皆似「捆」。

囗部

囗（囗）

【原文】囗 wéi 回也。象回帀之形。凡囗之屬皆从囗。羽非切

【點評】若「回」後加「環」，回義更確。

【字源】「囗」指環圍。甲骨文中沒有獨立的「囗」字。金文、小篆寫作「囗（囗己觚）、囗（囗且己觶）、囗（說文）」。表示國邑、圍牆、屋圍，甚至方形環狀物體。（下見「回、亙」、「國」字例）

回 亙（回、亙）

【原文】回 huí 轉也。从囗，中象回轉形。囘，古文。戶恢切

【字源】「回」與「亙」（讀 gèn）字同出於水旋的形狀，本義都是水流迴旋、旋渦，後分化開。「回」字甲骨文、「說文古文」、金文、小篆分別寫作「囘（一期乙 2204）、囘（一期乙 6310）、囘（說文古文）、囘（𠚤回父丁爵）」，唯小篆寫作「回」。字形變化有序，均像水渦的旋轉狀。「亙」字甲骨文（3-4）寫作「亙（一期前 4.13.1）、亙（一期鐵 251）」；爲刻寫方便作直筆方折。小篆爲規範筆劃，上下各加一橫筆寫作「亙」。隸書寫作分別寫作「回、亙」。

國 或 域（國、或、域）

【原文】國 guó 邦也。从囗从或。古惑切

【字源】「國」的初文是「或」。即邦國、區域。《說文》：「或，邦也。从口，从戈以守一。一，地也。域，或又从土。」甲骨文即像持「戈（一期合 249）」（戈）守衛在「囗」（囗，圍城、地域）的形狀。金文寫作「或（保卣）、或（毛公鼎）、國（彔卣）」，在「口」下加「一」，表示土地；或在「口」四周畫直線，表示城圍和地域。小篆將以上字形組成「或」（或）、「域」（域）、「國」（國）三個字。《說文》釋作：「國，邦也。从囗，从或。」；

隸書（漢《曹全碑》、《張景碑》）等分別寫作「國、域、或」，雖成今文卻保留了古文字的全部字素。

員部

員、圓（員、圓）

【原文】員 yuán 物數也。从貝口聲。凡員之屬皆从員。鼎，籀文从鼎。王權切

【點評】應爲「从鼎（貝），从口。會意」。

【字源】「員」是「圓」的本字，表示圓周，圓形。後用作量詞。《說文》：「員，物數也。」即指物的數量。甲骨文、金文、「說文籀文」、《石鼓文》寫作「員（一期佚 11）、員（一期乙 443）、員（員父尊）、員（䵼鼎）、員（員壺）、員（說文籀文）、員（石鼓）」，都是在造型不同的鼎口上畫一圓圈，表示鼎口是圓形。小篆將鼎省作「貝」，寫作「員」，僅作「物數」用，與「圓」分道揚鑣。小篆表示「圓」的字有三個：「圜、圓、圓」。今簡化字分別寫作「员」、「圆」。

貝部

貝（貝）

【原文】貝 bèi 海介蟲也。居陸名猋，在水名蜬。象形。古者貨貝而寶龜，周而有泉，至秦廢貝行錢。凡貝之屬皆从貝。博蓋切

【字源】「貝」是蛤螺類有殼軟體動物的統稱。上古時曾用作貨幣。《鹽鐵論•錯幣》：「夏後以玄貝，周人以紫石，後世或金錢刀布。」甲骨文（1-3）、金文（1-6）寫作「貝（一期前 5.10.4）、貝（一期甲 777）、貝（一期佚 835）、貝（辛巳簋）、貝（禦沚簋）、貝（小臣簋）、貝（我鼎）、貝（德鼎）、貝（師遽簋）」，均像貝殼形狀。金文「貝（召伯簋）」開始變形，小篆寫作「貝」，

完全失形。隸書以直筆方折改變了小篆的弧筆圓折，寫作「貝」。徹底脫離了古象形字而成爲今文。凡從「貝」組成的字多與財寶、貨物有關。

邑部

邑（邑）

【原文】邑 yì 國也。从囗；先王之制，尊卑有大小，从卪。凡邑之屬皆从邑。於汲切

【字源】「邑」一般指古代國都、京城，又泛指人群聚居的城鎮。甲骨文寫作「邑（一期合集 13490）」。上邊的「口」是城池或疆域，即「囗」字。下邊的「卪」是蹲坐的人形，合起來表示人居住的城鎮。金文、小篆寫作「邑（小臣邑斝）、邑（齊侯壺）、邑（說文）」，字形略異，但基本字素完全一樣。只是人形越來越不象形了。秦簡寫作「邑」，爲今文部首的「左耳」創造了雛形。（下見「邦」字例）

邦（邦）

【原文】邦 bāng 國也。从邑，丰聲。㞶，古文。博江切

【點評】「丰」非聲，封樹也。會意字。

【字源】「邦」是會意字，本義是王分給諸侯的地域（領土）。《說文》：「邦，國也。」即分封的諸侯國。甲骨文寫作「邦（一期前 4.17.3）、邦（一期續 1.47.2）」，像在田邊栽樹做邊界。金文寫作「邦（毛公鼎）、邦（叔向父簋）」，將栽樹的田塗成個大黑點表示土塊。右邊另加個「邑」字，邑的甲骨文寫作「邑（一期合集 13491）」，上邊的「口」表示城池，下邊是跪姿的人形，合起來表示居民區，即小國。「說文古文」寫作「㞶」，在「田」上加一表示草木剛長出地面的形符「㞢」。這個符號也表示「趾」，意思是走到這塊田就是國界了。戰國時的《矦馬盟書》寫作「邦」，雖將草木形拉長，但與金文形似；秦小篆寫作「邦」，省去田（土），其餘與金文相同。

𨛜部

（𨛜）

【原文】𨛜 xiàng 鄰道也。从邑从𨸏。凡𨛜之屬皆从𨛜。闕。胡絳切

【字源】「𨛜」是「嚮、饗、鄉、卯」等字的初文。甲骨文寫作「（一期合集 21069）」，像兩人相向而跽之形。此時的字義當爲面向、對面。金文（古鉢文）寫作「」，在二人頭上增加了表示居住區域的「口」（讀 wéi 牆圍），有了同鄉義。此後字形向同鄉、方向、祭饗等義發展。在字義分化的同時，小篆將此字定格爲「」。《說文》稱：「𨛜，臨道也。」意思是兩個城邑之間的道路。顯然與初文本義發生了很大變化。在表示向背之「卯」（向）字時，小篆寫作「」。（下見「鄉」字例）

（鄉）

【原文】鄉 xi ā ng 國離邑，民所封鄉也。嗇夫別治。封圻之內六鄉，六鄉治之。从𨛜皀聲。許良切

【字源】「鄉（鄉）、卿、饗、卯」幾個字同出一源。「卯」是「卿」、「鄉」、「饗」的初文，甲骨文寫作「（一期合集 21069）、（一期合集 16043）、（一期前 1.36.3）」。像兩人對面（進食）之形。金文寫作「（辛甾簋）、（從食遹簋）、（召仲考父壺）」。《金文編》：「卿，象兩人相向就食之形。」左右的人形雖寫法不同，或跪或蹲或立，但人物生動可辨；中間是有蓋的食器，故金文（3）也寫作「合」（盒）。本表示同鄉，鄉黨（原始部落的族人）；爲表示族人集會「大餐」下加「食」字成「饗（饗）」。「卿」字後借指天子對諸侯及高級官員的稱呼。《說文》：「卿，章也。六卿⋯⋯。」秦小篆分別寫作「（卿）、（饗）、（鄉）」。

說文解字卷第七上

日部

⊖（日）

【原文】日 rì 實也。太陽之精不虧。从口一。象形。[古文日]，古文。象形。凡日之屬皆从日。人質切

【字源】「日」即太陽。甲骨文、金文、小篆寫作「⊙（四期存 1.2229）、⊖（三期粹 705）、◎（四期拾 88）、○（日癸簋）、[日]（令狐君壺）、⊙（旂鼎）、⊖」。雖寫法很多，但一看便知爲日字。甲骨文或寫成方形，是因爲刀刻不便。金文或在圓環外加放射線，很逼真，但不利作偏旁部首，故未廣泛流傳使用；其它字形或方中有圓、或圓中有點。也有學者指出圓環內的一點或一橫是指太陽黑子，果真如此，數千年前的古人對太陽的認識當十分先進了。多數學者認爲當中的一點或一橫，是指示符號，是指光線和最亮點，以區別空心圓。隸書（漢《西狹頌》）寫作「日」將日字寫成方形，中間用「一」隔成兩個口，完全脫離了象形字。

旦部

[旦]（旦）

【原文】旦 dàn 明也。从日見一上。一，地也。凡旦之屬皆从旦。得案切

【點評】宜歸日部統領

【字源】「旦」是早晨，天剛明、日初升。「旦」是人類每天最先看到的自然現象，也是使用最早的文字之一。早在五六千年的大汶口文化時期，陶器上就有了「旦」的字元「[旦]」。上邊是剛升起的太陽，下邊是山峰。恰如一幅《日出東山圖》。後來商代的甲骨文將「旦」寫作「[旦]（三期京 4036）」，上邊是太陽，下邊是太陽出來照在地上的光影；周代的金文將光影填實，寫作

「𩰫（頌鼎）」；秦代的小篆和秦簡將黑影改爲一橫，表示地平線，寫作「旦」和「旦」。後雖經隸變，只是筆劃趨於平直，字形未再發生大的變化。

倝部

倝（倝）

【原文】倝 gàn　日始出，光倝倝也。从旦㫃聲。凡倝之屬皆从倝。𠦝，闕。古案切

【字源】「倝」在《說文》中是個部首字。金文寫作「倝（𩰫羌鐘）」。上邊是帶飾羽的旗幟，下邊是表示太陽從地平線升起的「旦」。表達的是在日出時升旗的情景。這個字在小篆時演化成「倝」，成爲部首字。「倝」的另一寫法是「𠦝」。明顯有星辰字素。與「乾」字同源。

㫃部

㫃（㫃）

【原文】㫃yǎn/yǎo　旌旗之遊，㫃蹇之皃。从中，曲而下，垂㫃相出入也。讀若偃。古人名㫃，字子遊。凡㫃人之屬皆从㫃。㫃，古文㫃字。象旌旗之游及㫃之形。　於幰切

【字源】「㫃」指有飄帶的旗幟。甲骨文、金文寫作「㫃（一期前 5.5.7）、㫃（一期甲 944）、㫃（一期乙 357）、㫃（一期乙 6310）、㫃（㫃爵）、㫃（休盤）」，確像一根旗杆上飄揚著旗布（也稱作遊）的形狀，是原始的旗幟形。隨著字形的不斷演化「說文古文」、小篆寫作「㫃、㫃」，已不象形。《說文》：「㫃，旌旗之遊，㫃蹇之貌。」由「㫃」組成的字多與旗幟有關。（下見「遊」字例）

游（遊）

【原文】遊 yóu 旌旗之流也。从㫃汓聲。[古文字]，古文遊。以周切

【點評】初爲象形，後爲會意。非汓聲也。

【字源】「遊」本指旗幟上的尾飾、飄帶。《說文》：「遊，旌旗之流也。」甲骨文像旗杆上有飾物，側有飄帶形，正是旗遊的形狀。爲區別「㫃」字，將持旗「人」寫作「子」，甲骨文、早期金文及《石鼓文》寫作「[古文字]（一期鐵 132.1）、[古文字]（一期京津 4457）、[古文字]（仲斿父鼎）、[古文字]（石鼓）」字形相似。在旗遊下加一「子」（人形）。一表示人在揮舞旗幟時可充分看到「遊」的形狀。二由子（小兒）舞旗有遊戲的意思。其它金文和「說文古文」寫作「[古文字]（曾侯仲子斿父鼎）、[古文字]（魚鼎匕）、[古文字]（鄂君舟節）、[古文字]（莒平鐘）、[古文字]（說文古文）」，加「彳」（彳）或加「辶」（辵）、「氵」（水），增加旗遊的飄忽動感和遊走義。小篆寫作「[古文字]」。隸書循其結構寫作「游」，已成今文。

冥部

冥（冥）

【原文】冥 míng 幽也。从日从六，冖聲。日數十。十六日而月始虧幽也。凡冥之屬皆从冥。莫經切

【點評】以小篆之形釋義，終非根本也。

【字源】「冥」是昏暗。《說文》：「冥，幽也。」甲骨文寫作「[古文字]（四期鄴 3.42.3）」，像「日」被器物上下覆蓋的形狀。另一表示幽冥的甲骨文寫作「[古文字]（一期合 405）、[古文字]（一期後下 34.4）」。有學者認爲上邊「[古文字]、[古文字]」是日、月被關在牢或房屋中的形狀（反映了「日、月蝕」現象）；下邊是雙手，表示光線黑暗，靠雙手摸索。可備一說。金文、小篆寫作「[古文字]（詛楚文）、[古文字]（說文）」。雖不如甲骨文形象，仍可看出從「牢、日、雙手」演化出「冖、日、六」的痕跡。隸書（漢《楊震碑》）以直筆方折寫作「冥」，成爲今文。

注：甲骨文「[古文字]、[古文字]」形，筆者釋子在母體內，待分娩，故有幽冥義。上半部是子宮的「宮」的省筆，下邊的雙手表示助產接生。

晶部

晶（晶）

【原文】晶 jīng 精光也。从三日。凡晶之屬皆从晶。子盈切

【字源】「晶」是「星」的初文。表示小於日的發光天體。《說文》：「晶，精光也。」甲骨文、楚簡甚至小篆字形類同，寫作「（一期前 7.14.1）、（合集 11504）、（信陽楚簡）、（說文）」，都是用三個小日表示星星。古人能把星星看成和日（太陽）相同的天體實屬不易。隸書（漢《景君碑》）以直筆方折寫作「晶」，改變了篆書的弧筆圓折，從而成爲今文。

月部

（月、夕）

【原文】月 yuè 闕也。大陰之精。象形。凡月之屬皆从月。魚厥切

【字源】「月」指月球，俗稱月亮。「夕」是傍晚和夜間。《說文》：「月，闕也。大陰之精，象形。」「夕，莫（暮）也。」甲骨文、金文寫作「（一期甲 225）、（京津 516）、（一期粹 659）、（五期前 2.23.2）、（盂鼎）、（不壽簋）、（王孫壽甗）」，雖略有不同，但都是象形字。古人考慮到如寫成滿月不易與「日」區分，故以半圓爲之。並有向左向右之分，表示上弦（農曆每月初八、九）下弦（每月二十二、三）。小篆在規範筆劃時更多的考慮了書寫方便寫作「」，失去月形。隸書（漢《郭有道碑》等）寫作「月」，最終跳出象形字的窠臼，成爲今文。

有部

（有）

【原文】有 yǒu 不宜有也。《春秋傳》曰：「日月有食之。」从月又聲。凡有之屬皆从有。云九切

【點評】以月釋肉，形義皆謬。

【字源】「有」是存在、產生、取得。與「無」相對。《說文》稱：「有，不宜有也。」這裡指日月食不當出現。非「有」字本義。甲骨文寫作「（一期後下 37.2）、（一期乙 9054）、（一期乙 6665）」，像牛（頭）和剛長出的草木。古人以擁有牛羊和草木爲富有，當表此義。金文、《楚簡》及小篆寫作「（盂鼎）、（令鼎）、（牆盤）、（柳鼎）、（江陵楚簡）、（說文）」，雖字形略異，但均是「、」（又，古與「手」同）提一「、」（肉）形，表示有肉吃是富有的標誌。同時也表示提肉贈人，有侑義。隸書（漢《楊震碑》）寫作「」，從此成爲今文。

朙部

（朙）

【原文】朙 míng 照也。从月从囧。凡朙之屬皆从朙。明，古文从日。武兵切

【字源】「朙」是光明、明亮。《說文》：「朙，照也。」甲骨文、金文寫作「（一期乙 64）、（一期乙 6419）、（一期前 4.10.4）、（矢方彝）、（叔向簋）、（秦公簋）」。像「」（月）從「、、」（囧，讀 jiǒng，窗口）照進屋內。或作「（𡚱䖵壺）、（沇兒鐘）」，會意月未落，日已升，更加明亮。小篆隨金文寫作「」。隸書（漢《楊震碑》）受小篆影響寫作「」，後漸作「」。

囧部

（囧）

【原文】囧 jiǒng 窻牖麗廔闓明。象形。凡囧之屬皆从囧。讀若獷。賈侍中說：讀與明同。俱永切

【字源】「囧」本義是視窗明亮。甲、金、篆文寫作「[glyph]（一期甲 1051）、[glyph]（一期京 2453）、[glyph]（四期甲 903）、[glyph]（四期戩 37.2）、[glyph]（戈父辛鼎）、[glyph]（陳侯鼎）、[glyph]（說文）」，均像一有窗櫺的圓形窗口，極具工藝性。其實是遠古時人類在茅草、泥土材料建成的屋頂上挖出的簡易通風、透光的氣孔。爲避免動物侵入，用樹枝搭成遮擋欄的形狀。當年的造字者絕不會想到這個字竟成爲數千年後網友熱傳的「囧」。

夕部

[glyph]（夕）

【原文】夕 xī 莫也。从月半見。凡夕之屬皆从夕。祥易切

【字源】「夕」是傍晚和夜間。《說文》：「夕，莫（暮）也。」甲骨文寫作「[glyph]（一期甲 1127）、[glyph]（一期鐵 16.1）」。是「月」的本字，都用半月表示（參看「月」釋），時與「月」混用。金文、《石鼓文》寫作「[glyph]（曆鼎）、[glyph]（毛公鼎）、[glyph]（石鼓）」，雖不如甲骨文直觀，但仍可看到半月形演變痕跡。小篆寫作「[glyph]」，已失形。隸書（漢《熹平石經》）以直筆方折寫作「[glyph]」，成爲今文。

注：甲骨文的「月」和「夕」最初混用，後逐漸分開。參看「月」字釋條。

（下見「夜」、「夢、寢」字例）

[glyph]（夜）

【原文】夜 yè 舍也。天下休舍也。从夕，亦省聲。羊謝切

【點評】夫子未見古文，焉能透析本義。

【字源】「夜」，夜晚，黑夜。《說文》：「夜，舍也。天下休舍也。」講得是天下人都入舍休息了。其實「夜」是個很有意思的字。古人看到有時黑

夜連月亮也沒有了，一定是「天」把月亮藏在什麼地方了。於是就把「月」夾藏在表示「天」的大人形（詳見「天」釋條）的腋下（腋古作「亦」）。所以金文寫作「（效卣）、（師酉簋）、（䡄侯鼎）、（夜君鼎）」，小篆寫作「」。都是一正面大人形，腋下有月（夕）字，另一側用一指事符告訴讀者：月在此人腋下。隸書《史晨碑》寫作「」。

（夢、㝱）

【原文】夢 mèng/méng　不明也。从夕，瞢省聲。莫忠切，又，亡貢切

【點評】甲金會意，小篆形聲。

【字源】「夢」是睡眠中大腦活動產生的幻覺。《說文》稱：「夢，不明也。」甲骨文寫作「（一期菁 5）、（一期後下 3.18）、（一期菁 3.1）、（一期佚 916）」，像人睡在「」（床）上有所動作形。會意夢中有所感覺，出現夢幻。戰國楚帛書省去床形，寫作「」。小篆又分化爲「」（夢，加「夕」表示夢常發生在夜間）「」（㝱）兩個字。隸書（唐•韓擇木書）以平直的筆劃寫作「」，完全失去古文字形，成爲今文。

多部

（多）

【原文】多 duō　重也。从重夕。夕者，相繹也，故爲多。重夕爲多，重日爲疊。凡多之屬皆从多。，古文多。得何切

【點評】以肉當夕，大謬也。

【字源】「多」字源自古祭祀形式。「多」是數量大。與「少」相對。又重疊的「重」。甲骨文寫作「（一期鐵 238.3）」，像切好的兩塊肉形。用一塊又一塊來會意增多。金文、「說文古文」、《石鼓文》及小篆與甲骨文字形近似，寫作「（辛巳簋）、（召尊）、（麥鼎）、（秦公鐘）、（說文古文）、（石鼓）、（說文）」。都是疊加（肉塊）的形狀。即是已成

今文的隸書（漢《尹宙碑》）也僅在筆勢上成方折，寫作「多」，基本結構未變。《說文》誤將肉當做「夕」，稱：「從重夕。」

毌部

毌 貫（毌、貫）

【原文】毌 guàn 穿物持之也。从一橫貫，象寶貨之形。凡毌之屬皆从毌。讀若冠。古丸切　貫 guàn 錢貝之貫。从毌、貝。古玩切

【字源】「貫」在古文字中最早寫作「毌」（讀 g uàn）。《說文》：「毌，穿物持之也。」甲骨文（1-5）寫作「毌（一期甲 3113）、毌（一期乙 6305）、毌（一期後下 37.2）、毌（一期乙 5248）、毌（一期林 2.24.6）」，正像繩索從物之孔中穿過的形狀。主要表示穿、串義。金文（1-3）寫作「貫（南宮中鼎）、貫（晉薑鼎）、貫（父乙甗）」則像繩穿兩「貝」（貝在古時曾作貨幣使用，也是高檔飾品，如項圈等）。所以小篆又在「毌」下加一「貝」字寫作「貫」，表示「錢貝之貫。」隸書（漢《樊敏碑》）寫作「貫」，但仍保留了古文字的基本字素。

马部

马（马）

【原文】马 hàn 嘾也。艸木之華未發圅然。象形。凡马之屬皆从马。讀若含。乎感切

【字源】「马」字出現較晚，未見甲、金文。小篆寫作「马」。《說文》稱：「艸木之華未發圅然」。即草木葉芽剛出地面，花苞尚未展開的形狀。所率之字並非全從「马」。如「圅」字則與草木無關。（下見「圅」字例）

㔿（函）

【原文】函 hán 舌也。象形。舌體㔾㔾。从㔾，㔾亦聲。胡男切

【點評】有失精準。

【字源】函（函）是裝箭的匣子。《說文》稱：「函，舌也。象形。」這裡所謂「舌」是指函的外形及箭在匣中像舌進出，表述欠精。「函」字甲骨文、金文寫作「（一期林 2.29.14）、（一期後下 22.6）、（一期京津 4467）、（一期粹 1556）、（函皇父匜）」。字形雖不盡相同，但均像箭在匣袋中的形狀。望文可知字義。小篆（1）寫作「」，略同甲、金文。同屬象形字。小篆（2）寫作「」，是「舌」的或體，有別「箭匣」，也是《說文》釋作「舌」的字形依據。隸書（漢簡）寫作「、、」。可以看到由「函」變「函」的過程。

马部

（马）

【原文】马 hán/hàn 木垂華實。从木㔾，㔾亦聲。凡马之屬皆从马。胡感切

【字源】「马」（讀 hàn）在《說文》中是個部首字。但因筆劃變化大和字形不穩定而成冷僻字。從甲骨文、金文及小篆寫作「（一期乙 6533）、（一期拾 13.18）、（一期合集 14294）、（詞料盆）、（說文）」看，當是加大果木支撐力而採取的一種保護措施。《說文》：「马，木垂花實。从木、㔾，㔾亦聲。」這裡講的「木垂花實」就是指樹木上的花和果實壓得枝條下垂。因此用東西把它纏繞起來。此義與束縛的「束」有相通處。與此義臨近的字是「韓」，左邊加一表示皮革的「韋」字，讀作 wéi。《說文》：「韓，束也。从马，韋聲。」進一步表明纏束樹木的材料是皮革。

𠧪部

（𠧪、卣）

【原文】𠧪tiáo 艸木實垂𠧪𠧪然。象形。凡𠧪之屬皆从𠧪。讀若調。，籒文三𠧪爲𠧪。徒遼切

【字源】「𠧪」在古文字中本作「卣」。是一種帶提梁的青銅酒器。甲骨文、金文、《石鼓文》寫作「（一期乙 7835）、（一期合集 2832）、（一期戩 25.9）、（盂鼎）、（毛公鼎）、（石鼓）」。或下加託盤，或加器皿的皿，會意「卣」是盛器。其中有三隻並列的，但器形相同。也是「說文籒文」傳承的依據。古陶文、小篆逐漸變形寫作「（古陶）、（說文）」。《說文》認爲是樹木的果實累累：「艸木實垂𠧪𠧪然」。從根本上改變了「卣」的字形字義。（下見「㮚」字例）

（㮚）

【原文】㮚 xù/sù 嘉穀實也。从𠧪从米。孔子曰：「㮚之爲言續也。」相玉切

【字源】「㮚」古代泛指穀類作物的子實。今北方稱「穀子」，去皮後叫「小米」。《說文》：「㮚，嘉穀實也。」甲骨文寫作「（二期掇 1.438）、（三期佚 563）、（一期後上 18.11）」。前者像「」（禾）周圍有「」（子實，穀粒）的形狀；後者下邊是「禾」和子實形；上邊的「」（右手）是手摘子實的形狀。古鉢文、「說文籒文」及小篆寫作「（群粟客鉢）、（郢粟客鉢）、（說文籒文）、（說文）」。下邊或從「禾」或從「米」，上邊或一或三表示子實的「」形。隸書（漢帛書、《西狹頌》）以直筆方折寫作「𥻆、粟」。徹底脫離了象形文字，成爲今文。

齊部

（齊）

【原文】齊 qí　禾麥吐穗上平也。象形。凡亝之屬皆从亝。徂兮切

【字源】「齊」是平、一致、整齊。《說文》：「齊，禾麥吐穗上平也。象形。」甲骨文、金文（1）字形相同，寫作「（一期林 2.25.16）、（二期合集 41020）、（齊卣）」。像禾穗齊出的形狀。金文（2）寫作「（齊卣）」，用植物葉子同時生出表示齊；金文（3）寫作「（商鞅方升）」，下加兩橫，表示等齊劃一。金文字形頗多，是秦未統一文字前的普遍現象。小篆規範了筆劃，寫作「」。隸書（漢《曹全碑》）以誇張的撇磔寫作「」，成爲今文。金文「（曾侯乙編鐘）」加「邑」，表示齊邑。即齊國的城市。

朿部

（朿、刺）

【原文】朿 cì　木芒也。象形。凡朿之屬皆从朿。讀若刺。七賜切

【字源】「朿」是「刺」的初文。「朿」字甲骨文寫法很多：「（一期前 4.41.6）、（一期乙 8851）、（一期京 2829）、（一期粹 1134）」，或像樹枝的鋒芒（甲 1）；或像射刺狀蒺藜（甲 3）；或像箭矢的鋒銳；或像鋒透一物（甲 2）；或在矢鋒周圍加小點，表示刺傷滴血（甲 4）。漸有殺傷義。金文後期和小篆在「朿」旁加「刀」，寫作「（刺鼎）、（說文）」，強化了殺義。「刀」字甲骨文寫作「」；金文寫作「」；小篆寫作「」。都是古刀形狀。「刀」與「朿」組合後，既是「從刀，朿聲」的形聲字；也可從「刀」和「朿」中會意刺殺。隸書（隋《楊德墓誌》、唐《葉慧明碑》）寫作「、」。從而成爲今文。

片部

（片、爿、牀）

【原文】片 piàn　判木也。从半木。凡片之屬皆从片。匹見切

【字源】「片」和「爿」最初是同一字，《說文》：「片，判木也。从半木。」都是樹木縱向鋸開的形狀，後分化成「爿、片、牀」三個字。「爿」本是「牀（床）」的初文。甲骨文寫作「(一期前 7.3.1）、(五期前 4.45.3）」，橫看「」正是原始木板床。小篆另加「」（木）成「」（牀）。隸書（唐人盧藏用書）以平直的筆劃寫作「牀」，脫離了古文字成爲今文。

鼎部

鼎（鼎）

【原文】鼎 dǐng 三足兩耳，和五味之寶器也。昔禹收九牧之金，鑄鼎荆山之下，入山林川澤，魑魅魍魎，莫能逢之，以協承天休。《易》卦：巽木於下者爲鼎，象析木以炊也。籒文以鼎爲貞字。凡鼎之屬皆从鼎。都挺切

【字源】「鼎」是古代重要器物。多爲兩耳三足（方鼎四足），用於烹調。相傳夏朝的大禹鑄九鼎以示天下，奉爲神器，爲傳國之寶。由此象徵王位和國家。甲骨文、金文、小篆寫作「(一期南南 2.9)、(一期甲 2851)、(一期甲 2902）、(一期乙 8998）、(文鼎）、(父乙鼎）、(作旅鼎）、(麥鼎）、」。都是形狀不同的鼎形，器形紋飾畢現，如描如畫，生動傳神，是典型的象形字。小篆誇張了「鼎」的耳、足部分，遠不如甲、金文直觀。隸書（漢《鮮於璜碑》）寫作「鼎」，以直筆方折改變了篆書的弧筆圓折。完成了漢字由「畫」到「寫」的進化過程，從而成爲今文。

克部

克（克）

【原文】克 kè 肩也。象屋下刻木之形。凡克之屬皆从克。，古文克。，亦古文克。苦得切

【字源】「克」字甲骨文、金文、「說文古文」等寫作「(英 326)、(一期合集 13754）、(一期甲 1249）、(利簋）、(井侯簋）、(曾伯簋）、

（者汜鐘）、（詛楚文）、（說文古文）、（說文古文）」，對其形、義諸學者認識極不統一。歸納起來有六種：一、肩負物；二、刻木形；此依據是《說文》稱：「克，肩也。象屋下刻木之形。」三、皮鏟形；四、鼓槌形；此依據是觀物象形。五、像井中汲水之工具「录」形。此依據是「說文古文」寫作「」，與「录」字相似。六、筆者意見，當是皮鏟形，《說文》稱「肩也」。是操作皮鏟剝獸皮時，爲便於用力，將鏟柄抵於肩頭。所謂「刻木之形」也是木工用鏟挖刻木料的鏟形工具。此字與制革的「革」對應，觀看可悟其中道理。而「說文古文」作「」或可視爲皮鏟刻木剔下木屑形。

彔部

（彔、祿）

【原文】彔 lù 刻木彔彔也。象形。凡彔之屬皆从彔。盧谷切

【點評】夫子未見古文，難免失據。無奈。

【字源】「彔」本是舊時水井上提水用的轆轤。甲骨文、金文寫作「（一期簠天 5）、（一期乙 543）、（一期前 7.3.1）、（牆盤）、（頌簋）」，上邊是轆轤，下邊是水門（汲水器）和滴落的水珠，字形明白無誤。《說文》：「彔，刻木彔彔也。」不確。小篆寫作「」，已不象形，但隱約可見與金文的關係。後又因以轆轤取水使人得到恩澤，故引申爲官員的薪水、俸祿。《說文》：「祿，福也。」祿字的小篆寫作「」。隸書（《夏承碑》）寫作「」。

禾部

（禾）

【原文】禾 hé 嘉穀也。二月始生，八月而孰，得時之中，故謂之禾。禾，木也。木王而生，金王而死。从木，从𠂹省。象其穗。凡禾之屬皆从禾。戶戈切

【字源】「禾」古時指「粟」，今稱穀、小米。《說文》：「禾，嘉穀也。二月始生，八月而熟……」甲骨文、金文、小篆順序寫作「（一期乙 4867）、（一期甲 191）、（一期後上 24.9）、（四期人 2362）、（昌鼎）、（郙公鈁鐘）、（鄂君車節）、（高奴權）、」，均爲象形字。特別是甲骨文（1）和金文（1-2），上像禾穗，中像莖葉，下像根鬚。如一禾株的圖畫。隸書寫作「」，已是今文。「禾」字所率字頭近百。（下見「穆」字例）

（穆）

【原文】穆 mù 禾也。从禾㬎聲。莫卜切

【點評】獨體象形，非形聲也。

【字源】「穆」是向日葵的形狀。因順日照方向轉動而表示和美恭穆之義。甲骨文寫作「（一期甲 3636）」。正像籽盤成熟下垂之形。金文寫作「（遹簋）、（牆盤）、（穆公鼎）」。字形與甲骨文近似，下加數點表示籽實脫落。此時屬象形字。小篆將植株和籽盤分離，寫作「」，已不象形。又因古文用「禾」統稱農作物而將向日葵歸禾屬。《說文》：「穆，禾也。」隸書（漢《西狹頌》）以直筆方折寫作「」，成爲今文。

秝部

（秝、曆）

【原文】秝 lì 稀疏適也。从二禾。凡秝之屬皆从秝。讀若曆。郎擊切

【字源】「秝」是「曆」（历）的字根，在古文字中也是個系列字。甲骨文寫作「（一期林 1.18.14）、（一期金 396）」。用兩株「禾」（農作物符號）表示莊稼年復一年地生長。另加表示走、足的「止」，寫作「（一期甲 544）、（一期前 1.33.1）」，表示走去又回來，周而復始。此字金文寫作「（禹鼎）」，小篆寫作「」。《說文》：「曆，過也」。隸書（《史晨碑》等）分別寫作「」。（下見「兼」字例）

（兼）

【原文】兼 jiān 并也。从又持秝。兼持二禾，秉持一禾。古甜切

【字源】「兼」字用一手持兩株禾表示同時把握兩件東西或涉及、辦理兩件事。金文、小篆等寫法近似，分別作「（邾王子鐘）、（詛楚文）、（說文）」，正是一隻手抓握住兩株禾的形狀。隸書寫作「」。已不直觀，成爲今文。

黍部

（黍）

【原文】黍 shǔ 禾屬而黏者也。以大暑而種，故謂之黍。从禾，雨省聲。孔子曰：「黍可爲酒，禾入水也。」凡黍之屬皆从黍。舒呂切

【點評】「禾入水」會意水田之禾，「雨省聲」形義兩誤。

【字源】「黍」是一種有黏性的糧食作物，可釀酒。甲骨文寫作「（一期前 3.29.5）、（一期鐵 72.2）、（四期甲 353）」。或像散穗的植株形；或像禾下有水，表示可制水酒。金文將水置於左邊，寫作「（仲䱷父盤）」。筆者疑爲水稻形。秦簡、小篆將水置於禾下寫作「（雲夢日乙）、（說文）」。尤其小篆下邊確如半個「雨」字，正是夫子誤作「雨省聲」的原因。隸書（《白石君碑》）省筆寫作「」，成爲今文。

香部

（香）

【原文】香 xiāng 芳也。从黍从甘。《春秋傳》曰：「黍稷馨香。」凡香之屬皆从香。許良切

【字源】「香」是氣味芬芳。甲骨文（1-2）寫作「（一期前 4.53.4）、（五期金 583）」，上邊的「」是黍或麥的形狀，四周的小點表示籽粒脫落，

作物成熟；下邊的「ㅂ」是盛籽粒的容器，表示正在脫粒時發出的新糧的香氣。也可理解爲用「口」嘗籽粒的香味。甲骨文（3-5）和金文寫作「𠿊（一期合集3108）、𠿊（五期英2565）、𠿊（獄簋）」。小篆將上邊定爲「黍」，下邊定爲「甘」，會意黍味甘香。隸書（漢《史晨碑》）精簡筆劃寫作「香」，將「黍」省作「禾」，「甘」字省作「日」，方便了書寫，成爲今文。

米部

米（米）

【原文】米 mǐ 粟實也。象禾實之形。凡米之屬皆从米。莫禮切

【字源】「米」指去皮殼後的糧食籽粒。甲骨文寫作「米（一期拾4.16）、米（四期粹228）」。金文寫作「米（米宮觚）、米（米宮卣）、米（張仲簋）」。其中「米」是「粱」（粱食）的初文。正是米粒從禾杆脫落下來的形狀。《楚簡》寫作「米」，小篆寫作「米」。已與今文近似。隸書（漢《曹全碑》）以特有的「八分」之勢寫作「米」，徹底脫離了象形字。

毇部

毇（毇）

【原文】毇 huǐ 米一斛舂爲八斗也。从臬从殳。凡毇之屬皆从毇。許委切

【點評】「毇」爲部首率字僅一。拆入臼、米、殳皆可成字。

【字源】「毇」字的本義是舂米。即去掉穀殼成爲精米。此字未見甲、金文。小篆寫作「毇」，是「從米，毀聲」的形聲字。也是「米」在「臼」中由「殳」舂成的會意字。

臼部

臼（臼）

【原文】臼 jiù 舂也。古者掘地爲臼，其後穿木石。象形。中，米也。凡臼之屬皆从臼。其九切

【字源】「臼」是凹形的舂米器具。遠古人類舂米時只在地下挖個坑，後來在木或石上鑿出凹槽。金文、古陶文、小篆等分別寫作「臼（敔敦）、臼（守丘石刻）、臼（古陶）、臼（說文）」，外輪廓像凹槽，爲了加大穀殼與臼、杵間的摩擦力，裡邊是砍鑿出的齒痕。也有學者認爲裡邊是米形，存參。隸書寫作「臼」。仍能看出由臼槽轉化來的痕跡。（下見「舂」字例）

舂（舂）

【原文】舂 ch ō ng 擣粟也。从廾持杵臨臼上。午，杵省也。古者雝父初作舂。書容切

【字源】「舂」是古時人們用手工的方式把穀皮搗掉。甲骨文、金文、小篆寫作「舂（一期續 5.2.4）、舂（三期京 4265）、舂（三期鄴 3.43.6）、舂（伯舂盉）、舂（說文）」。雖寫法不盡相同，但均像雙手持杵在「臼」內搗穀米的形狀。其中甲骨文（1）和金文最象形：「丨、丨」是「杵」；「ㄨㄨ」是雙手形；「凵」是臼形。如圖如畫，一見自明。隸書將篆書的弧筆圓折改爲直筆方折，雖便於書寫，但遠不如篆書直觀會意，雙手執杵的形象被「夫」代替。如不瞭解古文字演變的軌跡怕已不知所云了。

凶部

凶兇（凶、兇）

【原文】凶 xi ō ng 惡也。象地穿交陷其中也。凡凶之屬皆从凶。許容切

【字源】「凶」是兇惡，不吉利。「兇」是喧擾恐懼。「凶」字《楚帛書》、小篆寫作「凶、凶」。像地穴塌陷。「兇」字是在「凶」下有一「人」形。表示兇險降臨到人頭上。《說文》：「兇，擾恐也。」字形字義十分明白。隸書據此分別寫作「凶、兇」。今簡化字統一用「凶」。

說文解字卷第七下

朩部

朩（朩）

【原文】朩 pìn 分枲莖皮也。从中，八象枲之皮莖也。凡朩之屬皆从朩。讀若髕。匹刃切

【字源】「朩」是「木」字的繁衍字，出現較晚。在《說文》中表示剝離麻杆上的外皮。小篆寫作「朩」。中間的「中」表示草本植物，麻杆形；兩側的「八」是分離義，也是麻杆的皮從莖杆上剝離開的形狀。

𣏟部

𣏟（𣏟）

【原文】𣏟 pài 葩之總名也。𣏟之爲言微也，微纖爲功。象形。凡𣏟之屬皆从𣏟。匹卦切

【點評】朩、𣏟、麻三字三部。部首意義盡失也。

【字源】「𣏟」（讀pài）是「麻」的本字。因其密植如林，又用其皮纖維紡織，小篆寫作「𣏟」，正是似林非林，植皮剝落之形。「麻」字金文、《侯馬盟書》、小篆寫作「麻（師麻匡）、麻（侯馬盟書）、麻（說文）」。在「厂」或「广」下有一「𣏟」字。因「厂、广」源於石崖形，此字當是「𣏟」生崖下之意。

𣏟部

𣏟（𣏟）

【原文】𣏟 má 與𣏟同。人所治，在屋下。从广从𣏟。凡𣏟之屬皆从𣏟。莫遐切

【點評】即知「𣏟與𣏟同」，何須另建部首？「在屋下」爲「在崖下」之誤。

【字源】「𣏟」指大麻。是一年生草本植物，莖部韌皮纖維可供紡織。因其密植如林，又用其皮纖維紡織，小篆寫作「𣏟」，正是似林非林，植皮剝落之形。「𣏟」字金文、《侯馬盟書》、小篆寫作「𣏟（師𣏟匡）、𣏟（侯馬盟書）、𣏟（說文）」。在「厂」或「广」下有一「𣏟」字。因「厂、广」源於石崖形，此字當是「𣏟」生崖下之意。

尗部

尗 菽（尗、菽）

【原文】尗 shū 豆也。象尗豆生之形也。凡尗之屬皆从尗。式竹切

【字源】「尗」是「菽」字的初文。一般指豆類作物。但金文寫作「尗（叔史小子鼎）」。像用「弋」（木橛形）挖取地下莖塊形。或是刀耕點種（鬆土、播種）的景象。

耑部

耑 端（耑、端）

【原文】耑 duān 物初生之題也。上象生形，下象其根也。凡耑之屬皆从耑。多官切

【字源】「耑」指開端、初生。甲骨文寫作「（一期京津 4359）、（一期前 4.41.7）、（一期前 4.42.1）」，上邊是長出地面的枝杈，下邊是根鬚，中間一橫代表地面。會意草（植物）剛剛露出地面，下有根鬚，是初生並開始走向長大、長高之象。金文、古陶文、小篆分別寫作「（郝王耑）、（義楚耑）、（古陶）、（說文）」。上邊的枝杈逐漸失形，下邊的根鬚變化不大。此字後加「立」（站立的人形）成爲開端、端正的「端」。而「耑」字漸被其取代。「端」字小篆寫作「」。

韭部

（韭）

【原文】韭 jiǔ/zhuān 菜名。一種而久者，故謂之韭。象形，在一之上。一，地也。此與耑同意。凡韭之屬皆从韭。舉友切

【字源】「韭」是一種多年生草本植物，俗稱韭菜。可食。韭字未見甲骨文和金文，戰國簡牘及小篆寫作「（郭店語四）、（雲夢秦律）、（說文）」，下面一橫表示地面；上邊的「非」字形是韭菜的梗葉形狀。「韭」在古文字中是個部首。由「韭」字組成的字有「韱」（讀 xiān），指一種野生的韭菜。《說文》：「韱，山韭也。」又因韭葉纖細，後加表示絲的「糸」組成纖維的「纖」（纤）。

瓜部

（瓜）

【原文】瓜 guā 㼌也。象形。凡瓜之屬皆从瓜。古華切

【字源】「瓜」是葫蘆科植物，莖蔓生。果實種類很多，分蔬瓜和果瓜。如西瓜、金瓜、絲瓜等。甲骨文中有一「（義楚耑）」字，像棚架下垂之瓜形。金文、小篆寫作「（令狐君壺）、（說文）」，左右像莖蔓，中間像瓜果，十分逼真。漢帛書寫作「」，上下莖蔓，中間果實。隸書寫作「」，

雖成今文，依稀可見與古文字的傳承關係。以「瓜」作部首的字有：「瓝、瓣、瓠、瓢」等，除「瓝」均是古文字後期衍生出的形聲字。

瓠部

（瓠、瓢）

【原文】瓠 hù　匏也。从瓜，夸聲。凡瓠之屬皆从瓠。胡誤切

【字源】「瓠」與「匏」均爲葫蘆類枝蔓植物。瓜果嫩時可爲菜蔬。乾枯後可作水匏器物，俗稱「瓢」。「瓠、瓢」僅見小篆寫作「、」。

宀部

（宀）

【原文】宀 mián　交覆深屋也。象形。凡宀之屬皆从宀。武延切

【字源】「宀」是個重要的部首字。最初表現的是遠古人類簡易居所的形狀，後作爲屋室的專用部首，不單獨成字。甲骨文、金文寫作「(一期乙 8812)、（一期合 295）、（宀尊）」。確像上爲尖頂，左右是牆的屋室形。小篆寫作「」，開始向字元發展，已不如甲、金文象形。作爲部首，凡由「宀」組合的字一般均與房屋有關。

注：甲骨文「」字也表示草廬，仍為簡易居所。

（下見「家」字例）

（家）

【原文】家 jiā　居也。從宀，豭省聲。古牙切

【點評】非「豭省聲」。豭會意繁衍、財富、人畜同居之習俗也。

【字源】「家」指人的居所。《說文》：「家，居也。从宀，豭省聲。」甲骨文、金文寫作「（一期前 7.4.2）、（一期京津 2152）、（家戈父

庚卣）」。上邊是表示房屋的「宀」（讀 mián），裡邊是非常形象的豭（讀 jiā，公豬）形。《說文》將「豭」省去「叚」用「豖」做聲符，不確。此字有兩層意思：一、「豭」是公豬，有較強的繁殖能力；借此表示成家是爲了繁衍族群。這是「家」的本義；二、「家」字生動真實地反映了古代人類與家畜同居的情景。「說文古文」、小篆寫作「、」，逐步失去豬形而定格「豖」字。

宮部

（宮）

【原文】宮 gōng 室也。从宀，躳省聲。凡宮之屬皆从宮。居戎切。

【點評】整體象形，何須「躳省聲」。

【字源】「宮」本泛指房屋，後專指帝王住所。《說文》稱：「从宀，躳省聲。」不確。「宮」是個整體象形字。甲骨文寫作「（一期前 4.15.3）、（一期林 2.26.3）、（一期前 6.13.2）、（五期前 4.15.2）」，上邊的「∩」是房屋的外輪廓；裡邊的「、、、」表示兩個以上的房間或視窗。金文、楚簡、小篆寫作「（召尊）、（此鼎）、（興盨）、（江陵楚簡）、（說文）」，字形相似。均爲「宀」下兩個「口」字。

呂部

（呂）

【原文】呂 lǚ （脊）膂骨也。象形。昔太嶽爲禹心呂之臣，故封呂矦。凡呂之屬皆从呂。力舉切

【點評】本義爲並列，伴侶之義也。

【字源】「呂」本是戶外祭祀的一種。有同等並列義，如後來的伴侶。「呂」字形表現的也是上古時期比較簡單的宮室門窗。上邊的「口」是屋頂斜面的通氣孔（天窗）；下面的「口」表示牆壁上開的門口。以看到視窗門口表示在室外對室內祭祀。如「呂」字上邊加表示房屋輪廓的「宀」，正好

是有窗有門的「宮」形。《說文》誤將「呂」看作「膂」（脊椎骨），稱：「呂，脊骨也，象形。」用的是膂骨節並排義。在金文中，將兩口填實表示金屬鑄錠（詳見「金」釋），故後加「金」旁作「鋁」，專指金屬鋁。

穴部

（穴）

【原文】穴 xué 土室也。从宀八聲。凡穴之屬皆从穴。胡決切

【字源】「穴」是個部首字，指洞窟。爲遠古人類居住處。《說文》：「穴，土室也。从宀，八聲。」意爲形聲字。其實「穴」是個象形字。甲骨文部首寫作「、」，正像掉土的屋室形。其中有「口」者爲石室，表示岩穴。內有人居。金文部首寫作「」，像有石褶的岩洞形。小篆寫作「」，仍可看到洞穴的形狀。隸書（三國《王基斷碑》等）寫作「、」，成爲今文。（下見「突」字例）

（突）

【原文】突 tū 犬从穴中暫出也。从犬在穴中。一曰滑也。徒骨切

【字源】「突」是猝然、忽然。《說文》：「犬从穴中暫（竄）出也。」甲骨文寫作「（一期拾 5.7）、（三期佚 775）」。上邊的「、」是洞穴形；下邊的「、」是犬形。正是犬科動物從洞中竄出的情景。古璽文寫作「」，已成「穴犬」結構。小篆規範了筆劃寫作「」。隸書將「」（穴）寫作「」，「」（犬）寫作「」，成爲今文。

㝱部

（㝱、夢）

【原文】寢 mèng 寐而有覺也。从宀从疒，夢聲。《周禮》：「日月星辰占六寢之吉凶。」一曰正寢，二曰噩寢，三曰思寢，四曰悟寢，五曰喜寢，六曰懼寢。凡寢之屬皆从寢。莫鳳切

【字源】「寢」即「夢」。是睡眠中大腦活動產生的幻覺。《說文》稱：「夢，不明也。」甲骨文寫作「𦫳（一期菁 5）、𦫳（一期後下 3.18）、𦫳（一期菁 3.1）、𦫳（一期佚 916）」，像人睡在「爿」（床）上有所動作形，會意夢中有所感覺，出現夢幻。戰國楚帛書省去床形，寫作「夢」。小篆又分化爲「夢」（夢，加「夕」表示夢常發生在夜間）「寢」（寢）兩個字。隸書（唐•韓擇木書）以平直的筆劃寫作「夢」，完全失去古文字形，成爲今文。

疒部

疒 病（疒、病）

【原文】疒 nè/chuáng　倚也。人有疾病，象倚箸之形。凡疒之屬皆从疒女戹切

【字源】「疒」（讀 nè）是「病」的初文，也是表示各種疾病的象形字符。小篆將「疒」和「病」分釋。「病」指重病。古時稱重病爲「病」，輕病爲「疾」。《說文》：「病，疾加也。」「疒，倚也。人有疾病，象倚箸之形。」甲骨文寫作「疒（一期乙 738）、疒（一期後下 11.9）」。正像人躺在「爿」（爿，讀 pán，是床的省文。橫看「爿」正是床形）上。人形或身下有水，表示汗或血；或呈鼓腹狀，表示婦、內科。小篆（1）將病人省作一橫，後多用作部首。小篆（2）加聲符「丙」寫作「病」。成爲「從疒，丙聲」的形聲字。隸書（《孔宙碑》、漢帛書等）據小篆結構寫作「病、病」。

冖部

冖（冖）

【原文】冖 mì 覆也。从一下垂也。凡冂之屬皆从冂。莫狄切

【字源】「冖」是「冪」的初文，在古文中是個很重要的字元，表示覆蓋。此字甲骨文、金文、小篆無別，寫作「冖（一期乙 2110）、冖（盂鼎）、冖（說文）」都是像一條布巾遮搭下垂狀，主要用作部首。由此字元組成的字很多，都有遮蓋義，如「冃」（mǎo）、「冃」（mào）、「冡」（méng）、「冠」等。直接表達以巾覆物時，小篆寫作「幎」（冪），或「幔」（幔）。《說文》將兩個字互釋：「冪，幔也。」、「幔，冪也。」

冃部

冃（冃）

【原文】冃 mǎo 重覆也。从冂一。凡冃之屬皆从冃。讀若艸苺之苺。莫保切

【點評】「冖」、「冃」、「冃」並部可也。

【字源】「冃」與「冖」、「冃」同爲冡覆義。《說文》一部分三部實無必要。略。

冃部

冃 冒 帽（冃、冒、帽）

【原文】冃 mào 小兒蠻夷頭衣也。从冂；二，其飾也。凡冃之屬皆从冃莫報切

【字源】「冃」的本義是帽子。「帽」字的演化軌跡是：「冃」—「冒」—「帽」。最初的甲骨文寫作「冃（一期簠征 39）、冃（五期前 4.19.3）、冃（五期續 1.5.1）」，幾乎是帽子的寫真。金文、秦簡寫作「冒（九年衛鼎）、冒（詛楚文）、冒（雲夢語書）」，在帽子下邊加一「目」字，表示帽是戴在頭面上的物品，同時爲眼目遮光；「說文古文」寫作「冒」。初看與金文差異較大，但上邊的帽形仍十分明顯，下邊的「目」字失形。小篆據金文寫作「冒」。隸書另加頭巾的「巾」成「帽」字。

㒳部

㒳 㒳（㒳、兩）

【原文】㒳 liǎng 再也。从冂，闕。《易》曰：「參天㒳地。」凡㒳之屬皆从㒳。良獎切

【字源】「㒳」（兩）與「輛」都是與車輛有關的數詞。「兩」（㒳）本義是成對的兩個。既指雙馬駕轅的車，也是兩個人推拉的輦。是車輛的輛的初文。金文（1）寫作「㒳（駒尊）」，金文（2）加一指事符寫作「兩（齊侯壺）」，說明㒳是指的車上的衡和軛；小篆隨之寫作「兩」，成一、㒳的合文（與一、白合成百相同）借指重量單位（周代：十二粟爲一分，十二分爲一銖，二十四銖爲一兩）。後加「車」字表示一乘車，即「輛」。加「人」（亻）字表示二人的「倆」。

网部

网 䋄（网、網）

【原文】網 wǎng 庖犧氏所結繩以田以漁也。从冂，下象網交文。凡网之屬皆从网。罔，網或从亡。䋄，網或从糸。𦊆，古文網。𠔭，籀文網。文紡切

【字源】「网」是「網」的本字。是用繩結成捕獲禽獸的工具。傳說是遠古時名叫庖犧（伏羲）的人發明並傳給後人的。甲骨文寫作「网（一期甲3112）、网（一期後下8.12）、网（一期乙5329）」，都是網的象形字。古璽文寫作「网」；「說文古文、籀文」寫作「𦊆、𠔭」；小篆（1）寫作「网」。均保留著網的特徵。小篆（2-3）分別加形符「糸」（讀 mì）和聲符「亡」，作「罔、䋄」。成爲「從網，亡聲」的形聲字。隸書（漢《曹全碑》、《乙瑛碑》）分別寫作「罔、網」，成爲今文。

襾部

襾（襾）

【原文】襾 yà/xià 覆也。从冂，上下覆之。凡襾之屬皆从襾 讀若晋。呼訝切

【字源】「襾」字是上下反覆覆蓋的意思。未見甲、金文。字形由表示凹坑的「凵」和表示冡蓋的「冖」組成上下包覆。上邊再加一橫壓緊。由「襾」組成的字頭多與包裹覆蓋有關。

巾部

巾（巾）

【原文】巾 j ī n 佩巾也。从冂，丨象糸也。凡巾之屬皆从巾。居銀切

【點評】獨體象形，丨非糸也。

【字源】「巾」是個部首字。指用一幅布做的頭巾、佩巾或纏束物、擦拭物。甲骨文、金文、小篆字形高度一致，分別寫作「巾（一期前 7.5.3）、巾（一期京津 1425）、巾（元年師兌簋）、巾（說文）」。均像一下垂的布幅形。是古今字中變化最小的象形字之一。表示這一形義的小篆有「帗」（讀 fú，b ō ）字。在「巾」旁加一聲符「犮」。《說文》：「帗，一幅巾也。」隸書據此分別寫作「巾、帗」。

注：以「巾」組成的字未必均有「巾」義。

（下見「帚」字例）

帚（帚）

【原文】帚 zh ǒ u 糞也。从又持巾埽冂內。古者少康初作箕、帚、秫酒。少康，杜康也，葬長垣。支手切

【點評】從又持帚，非持巾也。

【字源】「帚」指掃帚。多用禾秸穗或竹枝紮成。《說文》：「帚，（掃）糞也。」指掃除穢物。甲骨文、金文字形近似，順序寫作「（一期乙 3130）、（一期乙 6585）、（一期甲 944）、（婦好甗）、（比簋）」。像有根無根的植物，中間一橫或表示捆紮，或表示切下植株上端的穗。此形在甲、金文中同「婦」（參看「婦」、「掃」二字釋文）。小篆規範筆劃後寫作「」。已不如甲、金文象形，但與《說文》所說：「从又（右手）持巾掃冂內」相合，字義尚通。隸書以直筆方折寫作「」，跳出古文字行列，成爲今文。

巿部

（巿、韍）

【原文】巿 fú　韠也。上古衣蔽前而已，巿以象之。天子朱巿，諸侯赤巿，大夫蔥衡。从巾，象連帶之形。凡巿之屬皆从巿。韍，篆文巿从韋从犮。分勿切

【字源】「巿」指上古禮服中圍在腰間遮蓋膝蓋的布幅。金文、楚簡、小篆分別寫作「（盂鼎）、（師旋簋）、（趞簋）、（江陵楚簡）、（說文）」。上邊一橫是腰帶，下邊的「巾」就是「巿」。因「巿」有時也用皮革製作，所以小篆也寫作「」（韍）。

帛部

（帛）

【原文】帛 bó　繒也。从巾白聲。凡帛之屬皆从帛。㫁陌切

【點評】宜入巾部。

【字源】「帛」是白色的絲織物，也是絲織品的總稱。商甲骨文、周金文、秦《石鼓文》和小篆都是上「白」下「巾」結構。白是白色，是絲未染前的本色。「白」字一說最初是由「日」字演化來的。古人看到最白、最亮的東西是日（太陽），特別是夜晚結束時，太陽剛剛露頭天就白了。所以把

白字寫成「有尖頭的日」，表示太陽剛露出個尖的樣子。帛字下邊的「巾」字是一幅布的形狀。「巾」來自人類早期的「遮羞布」。直到人類有了禮服，腰部以下仍保留著一條稱作「巾」的布幅。

白部

白 伯（白、伯）

【原文】白 bái 西方色也。陰用事，物色白。从入合二。二，陰數。凡白之屬皆从白。皀，古文白。旁陌切

【字源】「白」字甲骨文、金文、「說文古文」、小篆寫作「白（一期前4.3.4）、白（一期續64）、白（微伯輿匕）、皀（說文古文）、白（說文）」。有學者認為是「日」（太陽）初露尖頂；另一說是拇指形，因拇指居十指之首，故又為伯仲之「伯」。另有「水珠說」、「白米說」、「燈芯說」（略）。各家釋義不同，源自字形在長期使用中的演變和傳抄中的訛誤，致使字義不一。後為區別「白、伯」，金文在「白」旁加「亻」（人形）成「伯」。小篆將「白（白）、伯（伯）」分開：《說文》：「白，西方色也。」此按陰陽五行說，西方屬金，色白。

注：「說文古文」字形不同，但仍可看出與甲、金文的變異關係。

㡀部

㡀 敝（㡀、敝）

【原文】㡀bì 敗衣也。从巾，象衣敗之形。凡㡀之屬皆从㡀。毗祭切　　敝bì 帔也。一曰敗衣。从攴从㡀，㡀亦聲。毗祭切

【字源】「㡀」與「敝」是同源字。「敝」是指破舊的衣服，引申衰敝。意思是「敝」像一幅布，也指破舊的衣服。甲骨文寫作「敝（一期前6.11.4）、敝（一期前6.11.5）、敝（三期京4454）」。右邊的「攴」（支）是手持棍棒敲打；左邊的「巾、巾、巾」（㡀）加小點表示破碎。會意破敝的衣巾。簡牘、

小篆寫作「𢿌（詛楚文）、𢿌（說文）」。與甲骨文（3）近似。隸書（漢帛書等）筆劃改圓爲方，寫作「敝、敝」，成爲今文。

黹部

黹（黹）

【原文】黹 zhǐ 箴縷所紩衣。从㡀，丵省。凡黹之屬皆从黹。陟几切

【字源】「黹」是用針線刺繡，縫製帶圖案的衣服。一說是用亂草一樣的針線縫補破舊的衣服。《說文》：「黹，箴縷所紩衣。」從甲骨文、金文寫作「黹（一期乙 7009）、黹（一期乙 8287）、黹（三期人 3100）、黹（三期京 4632）、黹（乃孫作且己鼎）、黹（曾伯簠）、黹（頌鼎）、黹（訇簋）、黹（黹簋）、黹（𤸫鐘）」看，均像回文盤繞的圖案形狀。其中有寫作「黹、黹」者，在「黹」旁有一「處」字，「處」是祭祀時端坐的偶像，衣著自然綴有圖案。小篆將字形規範爲「黹」；隸書隨之作「黹」。

說文解字卷第八上

人部

𠆢（人）

【原文】人 rén 天地之性最貴者也。此籀文。象臂脛之形。凡人之屬皆从人。如鄰切

【字源】「人」是由古類人猿進化來的，能製造使用工具進行勞動的高級動物。《說文》：「人，天地之性最貴者也。」甲骨文、金文寫作「𠆢（一期後上 31.6）、𠆢（一期鐵 191.1）、𠆢（周甲探 69）、𠆢（令簋）、𠆢（王人甗）、𠆢（般甗）」。字形雖略有不同，但均像側立的人形。小篆爲字形結構豐滿，寫作「𠆢」。雖躬身提臀，仍不失人形。隸書（漢《郭有道碑》）以「八分」之勢寫作「**人**」，成爲今文。

七部

七 𠤎（七、化）

【原文】**七**huà 變也。从到人。凡**七**之屬皆从**七**。呼跨切

【點評】與「匕」形似，極易混淆。單獨建部，弊大於利。

【字源】「**七**」讀 huà，是倒立的人形。是從變化的「化」分解出來的後起字。「化」的本義是變化。甲骨文、金文字形寫作「化（一期乙 4051）、化（一期乙 6494）、化（中子化盤）」，基本相同。都是一正一反兩個人形。似前後翻滾，忽而向上，忽而朝下。由此表示顛倒變化。與道教中的「陰陽魚」圖案有異曲同工之妙。此屬會意字。小篆寫作「化」的兩個人形已不完全相同。漢隸書（《趙寬碑》）將正反兩個人寫作一「人」一「**七**」（與匕首的「匕」不同）。顯然是受小篆字形的影響。此時已是「從人，**七**聲」的形聲字。

匕部

𠤎（匕）

【原文】匕 bǐ 相與比敘也。从反人。匕，亦所以用比取飯，一名柶。凡匕之屬皆从匕。卑履切

【字源】「匕」人多從簡釋作勺或匕首、箭頭等。《說文》也比較含糊地稱：「匕，相與比敘也。从反人。匕，亦所以用比取飯。一名柶。」其實「匕」當是指女性生殖器的位置。甲骨文、金文、「楚簡」、小篆字形近似，順序寫作「 （一期前 4.8.2）、 （豖妣辛簋）、 （江陵楚簡）、𠤎（說文）」。都是伏身聳臀形（甲骨文有寫作「 」，形更確）。遠古人類性交姿勢與其他脊椎動物相同，多用後位式，此體形最易暴露陰部。古「比」字即此形。隸書寫作「 」，無形可象，已是今文。今專指勺、匕首等。

从部

从 從（从、從）

【原文】从 cóng/zòng 相聽也。从二人。凡从之屬皆从从。疾容切 從 cóng/zòng 隨行也。从从辵，从亦聲。慈用切

【字源】「从」是「從」的簡化字，古已有之。但「从」有「比」義，時有混淆；而「從」（从）則專指二人（或三人）相從。引申爲追隨、順從等義。甲骨文的「从」字寫作「 （二期後上 27.2）」或「 （一期京 1372）」，正是一人或二人相隨於後的形狀。後加義符「止」，寫作「 （一期後下 25.9）」；金文寫法很雜「 （宰櫨角）、 （從鼎）、 （啓卣）、 （芮公鐘）」，屬文字未統一前的混亂現象。但基本字素仍是在「从」的基礎上增加表示「行」（省文「彳」）或「辵」（讀 chuò）的字元。小篆繼承甲骨文和金文的寫法，分別寫作「从」（从）和「從」（從）。隸書（漢《禮器碑》）將篆書的「辵、从」重新組合，寫作「 」。今簡化字用「从」，使古字恢復了新生。

比部

（比）

【原文】比 b ǐ /bì 密也。二人爲从，反从爲比。凡比之屬皆从比。，古文比。毗至切

【字源】「比」的本義是親密、親和、勾結等義。甲骨文、金文及小篆寫作「（一期京 1266）、（四期人 1822）、（比簋）、（諶鼎）、（說文）」，都是兩個側面的人形。有學者認爲是後體位交合形。今多用於考校、對比等義。「說文古文」寫作「」，是兩個正面站立的人形，比較、並列義更明顯。隸書（漢《史晨碑》）將二人形橫置寫作「」，徹底脫離了古文字形。

北部

（北、背）

【原文】北 bèi/b ě i 乖也。从二人相背。凡北之屬皆从北。博墨切

【字源】「北」是乖違、相背。引申脊背，借指方向，南的對面。屬會意字。甲骨文寫作「（一期乙 3925）」；金文寫作「（師虎簋）」；小篆寫作「」，都是二人背對背的形狀。此形表達三個意思：1. 背對背，指脊背；2. 方向反，指乖違；3. 面不見，指背後。後來小篆下加「肉」表示人體的背；而原本借指方向的「北」，卻借而不還，成爲字主。隸書（漢《白石神君碑》等）將篆書中兩個相背的人形四肢拉平，寫作「」。從此脫離了古文字行列，成爲今文。

丘部

（丘）

【原文】丘 qiū　土之高也，非人所爲也。从北从一。一，地也，人居在丘南，故从北。中邦之居，在崐崘東南。一曰四方高，中央下爲丘。象形。凡丘之屬皆从丘。𡊁，古文从土。去鳩切

【字源】「丘」本義是人類穴居時高出地面的通氣口，狀如小山丘形，後對形狀近似的小土山亦稱丘。甲骨文寫作「（一期乙 7119）、（一期乙 6684）、（二期南明 395）」確像穴居氣口，後引申爲墳墓。又引申爲古代田地單位（四邑爲一丘）。爲與高山區別，省去山形中間最高處，十分合理。金文（1）寫作「（子禾子釜）」像山丘的遠視形，金文（2）寫作「（商丘叔簠）」形已不確，「說文古文」下加一「土」字，寫作「𡊁（說文古文）」，意在強調丘指土山。（注：石頭大山稱山，小而尖的石山稱嶺，小土山稱丘，大土山稱陵或阜，但常被混用。）小篆略同金文（2），寫作「」，形全失。

㐺部

（㐺、眾）

【原文】㐺 yín　眾立也。从三人。凡㐺之屬皆从㐺。讀若欽崟。魚音切
眾 zhòng　多也。从㐺目，眾意。之仲切

【點評】從「目」之眾晚於從「日」之眾。

【字源】「㐺」即「𡈼」字。與「眾」同義。「㐺」是用三個人表示很多人。而「眾」則表現的是眾多的人在太陽下勞動的場面。古時人類有「日出而作，日落而息」的習慣。日出時人們都出來從事各種活動，是看到的人最多的時候。「眾」也是指商周時期從事農業勞動的奴隸和管理奴隸的頭目。《詩•周頌•臣功》：「命我眾人，庤以錢鎛。」商甲骨文寫作「（一期前 7.30.2）、（一期人 3162）、（四期粹 369）」，上邊是「日」字（口內有無一橫或一點均是日字。；下邊是二人或三人，以表示眾人。周時的金文和秦小篆字形近似，寫作「（昌鼎）、（師寰簋）、（詛楚文）、（說文）」，將「日」改作橫寫的「目」，表示眼睛。會意眾人（奴隸）在被看

管、監視下勞動。漢隸書（《樊敏碑》）將小篆的「罒」寫作「由」，三人「巛」寫作「仈」，與象形字徹底脫離而成為今文。

注：古文字中有一「眔」字，是「眾」（众）字的訛變。《說文》：「眔，眾詞，與也。」首先認定是「眾詞」，與大眾有關，本義待考。

壬部

𡈼 挺（壬、挺）

【原文】壬 tǐng 善也。从人士。士，事也。一曰象物出地挺生也。凡壬之屬皆从壬。他鼎切

【點評】從土，非士也。

【字源】「壬」是「挺」的初文。甲骨文寫作「𡈼（一期簠人 47）、𡈼（二期天 69）、𡈼（一期林 1.24.13）」，像一直立的人站在高高的土坡上瞭望遠方。望遠之人勢必挺拔身體，可見古人造字時對生活進行了深入觀察。後來的楚簡、小篆為書寫方便，將下邊帶有繪畫意味的高土坡直接寫作「土」。由於「壬」逐漸用於偏旁部首，表示挺拔義時另加一「手「（扌）作「挺」。《說文》：「挺，拔也」。（下見「朢」字例）

朢（朢）

【原文】朢 wàng 月滿與日相朢，以朝君也。从月从臣从壬。壬，朝廷也。𦣠，古文朢省。無放切

【點評】以望月喻朝君，釋字雖嫌迂迴，然念君忠直之心可見也。

【字源】「朢」與「望」最初是同一字。甲骨文寫作「朢（一期佚 726）、朢（四期合 32967）、朢（一期合 6183）」。像睜大眼睛站在土坡上仰望的人形，極為傳神。金文寫作「朢（無叀鼎）、朢（望簋）」，將人和土坡合成「壬」（讀 tǐng，即人挺直腰身）將人眼變成「月」，用「亡」作聲符，成為形聲字。「說文古文」省筆寫作「𦣠」，把上邊望月眼睛直接寫作臣子的「臣」。這也是《說文》釋為「以朝君也……壬，朝廷也。」用以突出封建思想的依

據。小篆將其化成「」（望）、「」（朢）兩個字。《說文》：「望，出亡在外，望其還也。」「朢，月滿與日相望……」指月滿之時與太陽遙遙相望。隸書（漢《封龍山碑》、《曹全碑》）分別寫作「、」，已是今文。

重部

（重）

【原文】重 zhòng 厚也。从𡈼東聲。凡重之屬皆从重。柱用切

【字源】「重」是分量大，與「輕」相對。引申厚、濃、大等義。早期的「重」字金文寫作「（爵文）、（鼎文）」。正像人背負沉重口袋的形狀。東周時金文將口袋和人形串在一起，寫作「（井侯簋）」和「（外卒鐸）」。上面是「人」形。「人」字甲骨文寫作「」；金文寫作「」；小篆寫作「」。都是人的側身象形字。下邊是「東」字。「東」字甲骨文寫作「（四期合集 33422）」，是兩頭紮住繩子，裝滿東西的口袋形。用人背負大口袋來表示沉重的「重」。此時的「重」是會意字。後期的金文下加一土地的「土」字，用「天高地厚」使「重」字具有「厚重」義。小篆將「人」和「土」合成「𡈼」（讀 ting），寫作「」。由此成爲「從𡈼，東聲」的形聲字。（下見「量」字例）

（量）

【原文】量 liáng 稱輕重也。从重省，曏省聲。，古文量。呂張切

【字源】「量」的本義指稱輕重。《說文》：「量，稱輕重也」。甲骨文、金文、說文古文寫作「（一期合 22096）、（一期合 31823）、（一期合 22094）、（量侯簋）、（克鼎）、（大梁鼎）、（說文古文）」，上邊是「日」表示露天，下邊是用口袋（古稱橐 tuó）表示裝有重物；可以理解爲將一口袋東西或是糧食拿到太陽底下涼曬，同時便於看清重量。此字後加「米」作糧食的糧。小篆寫作「」。量、糧二字在隸書（《郭有道碑》、《禮器碑》）中分別寫作「、」。

臥部

（臥）

【原文】臥 wò 休也。从人臣，取其伏也。凡臥之屬皆从臥。吾貨切

【點評】臥乃人之常形。夫子言不忘君臣，其忠可嘉也。

【字源】「臥」是人休息睡眠或彎身視物的身形。該字出現較晚，未見甲、金文。戰國簡牘與小篆寫作「、」，這是將人體和表示面目的「目」（即所謂「臣」字）斷開而形成的字形。參看甲骨文、金文的「監」和「臨」（（一期拾 11.13）、（應監甗）、（盂鼎））字可知，「臥」是人屈體彎腰的形狀。《說文》將「臨」和「監」二字上彎腰的人形摘下來用以表示俯臥之義。（下見「監」、「臨」字例）

（監）

【原文】監 jiān 臨下也。从臥，䘓省聲。，古文監从言。古銜切

【字源】「監」指古代盛水或冰的大盆，貯水後也用作鏡子照面，與「鑒」同。《說文》：「監，臨下也。」這裡說的「臨下」是照面時頭部向下看。甲骨文、金文（1-2）非常形象地寫作「（一期拾 11.13）、（應監甗）、（頌鼎）」，正是人彎腰對水盆照面的畫圖。金文（3-4）、小篆將頭與身體斷開，寫作「（史監簋）、（善鼎）、（說文）」。「說文古文」寫作「」，將下邊的「皿」（盆）改作「言」，除屬異寫外，當是以「監」爲「鑒」，自省其言之意。《三體石經》下邊的「皿」字雖與甲、金文不同，仍可見器皿之形。隸變後各部字素均已失形。

（臨）

【原文】臨 lín 監臨也。从臥品聲。力尋切

【字源】「臨」是居上視下。金文(1-2)寫作「𦣞(盂鼎)、𦣞(堇臨鼎)」，右上方是一彎身瞠目向下看的人形，左下方是有口器皿或流水。會意人居高臨下觀察靜動物體。後期金文和小篆寫作「𦣞(毛公鼎)、𦣞(詛楚文)、𦣞(說文)」，將人頭與身體分開，下邊的物體也直寫成三個口。簡牘、隸書寫作「臨、臨、臨」。進一步將人形省作「𠂉」，是「畫」(象形字)向「字」(符號)演化的結果。

身部

𨈐(身)

【原文】身 shēn 躳也。象人之身。从人厂聲。凡身之屬皆从身。失人切

【字源】「身」本指人和動物的軀體，也特指婦女懷孕，腹內有胎的身形。由於身主要指頭以下的主軀幹，商代甲骨文(1)寫作「𨈐(一期佚586)」，突出隆腹的形象，腹內有一子，字義十分明確；甲骨文(2)寫作「𨈐(一期乙8504)」，進一步表明懷孕必須是女性，把人體直接寫(畫)成女人形；甲骨文(3)寫作「𨈐(一期乙687)」，作了簡化，更加突出腹內有子的立意；甲骨文(4)寫作「𨈐(一期乙3378)」，增加手的指事，表示手指處是「身」。金文寫作「𨈐(叔向簋)」，在甲骨文(3)的下部加一指示符，標明身是指人的下半部分，故後人也將人體的下部(生殖器官)稱爲身，如淨身、失身等。秦小篆寫作「𨈐」，誇大了指示符，已失形，但初意尚在。

㐆部

㐆(㐆)

【原文】㐆 yī/yīn 歸也。从反身。凡㐆之屬皆从㐆。於機切

【字源】「㐆」與「身」最初是一個字。用作部首，為字形結構和書寫方便，將「身」字反寫成「㐆」。甲、金文參看「身」字。小篆寫作「」。（下見「殷」字例）

（殷）

【原文】殷 yīn 作樂之盛稱殷。从㐆从殳。《易》曰：「殷薦之上帝。」於身切

【字源】「殷」字一般釋為盛大、眾多和富裕。但從早期字形看當是與女子生育有關的活動。最初的金文寫作「（弋其卣）」，像在一裝飾了屋頂的房屋內手持器械在孕婦身上作某種動作。既可理解為臨產前的祭祀和祈禱，也可理解為以「手術」方式接生或為孕婦理療。古時對生育看的很神秘，以聲樂助產也不無可能。後人釋作盛大，富裕等當是多生子的引申義。甲骨文和其它金文寫作「（三期乙 276）、（保卣）、（盂鼎）、（臣辰卣）、（牆盤）、（虢叔簠）」，更像手持器械在孕婦腹部施術形。

衣部

（衣）

【原文】衣 yī 依也。上曰衣，下曰裳。象覆二人之形。凡衣之屬皆从衣。於稀切

【點評】衣為獨體象形。釋「象覆二人之形」大謬也。

【字源】「衣」是部首字，是為人體遮蔽或禦寒的物品。古時稱上衣為「衣」，下衣為「裳」。甲骨文、金文、楚簡、小篆等字形近似，順序寫作「（一期後下 34.1）、（五期後上 20.1）、（此鼎）、（昌壺）、（江陵楚簡）、（說文）」，均像有領、袖、掩襟的上衣形。隸書（《婁壽碑》）寫作「衣」，成為今文。

裘部

𧚍（裘）

【原文】裘 qiú 皮衣也。从衣求聲。一曰象形，與衰同意。凡裘之屬皆从裘。求，古文省衣。巨鳩切

【字源】「裘」是皮毛衣服。甲骨文寫作「⿱（一期京 1972）、⿱（一期後下 8.8）」，正像有毛的衣服形狀，屬象形字。金文寫作「⿱（叉鼎）、⿱（衛簋）、⿱（君夫簋）」，在衣服裡邊加一「又」（或「寸」，古文字中「又、寸、手」均表手義）字作聲符，成形聲字。或是會意將手納於懷中取暖。金文（3）、「說文古文」和《石鼓文》以「求」代「裘」，寫作「求」，爲假借字。將「求」置於「衣」內，是「從衣，求聲」的形聲字。

老部

耂（老）

【原文】老 lǎo 考也。七十曰老。从人毛匕。言鬚髮變白也。凡老之屬皆从老。盧皓切

【字源】「老」的本義是年老、衰老。《說文》：「老，考也。七十曰老。」意思是人到七十歲可以稱老。老是尊稱。至今人們還對這一年齡的人稱「某某老」。商甲骨文寫作「⿱（一期前 7.35.2）、⿱（一期乙 8712）、⿱（一期後下 35.2）」，像長頭髮、佝僂腰，拄著拐杖蹣跚而行的老人形狀。簡單幾筆把老態龍鍾的神形描繪得非常生動。金文和小篆寫作「⿱（中山王鼎）、⿱（殳季良父壺）、⿱（夆叔匜）、⿱（說文）」，逐步將拐杖變成「匕」（即吃飯的勺），或是爲了說明老人除了吃就什麼也不能做了。金文（3）寫作「⿱」，將老人頭寫作「古」，表示人已古老了。不同的寫法也反映了秦未統一文字前的混亂狀態。《侯馬盟書》寫作「⿱」，還可以看到人頭上長髮的痕跡；漢隸書（《曹全碑》）寫作「老」，則用平直的筆劃完全改變了象形字的面貌。

毛部

𣬛（毛）

【原文】毛 máo 眉髮之屬及獸毛也。象形。凡毛之屬皆从毛。莫袍切

【字源】「毛」指人和動物身上的毛髮。金文、小篆字形近似，分別寫作「𣬛（毛公鼎）、𣬛（召伯毛鬲）、𣬛（毛公旅鼎）、𣬛（毛叔盤）、𣬛（說文）」，正是毛髮之形。爲表示毛髮細密叢生，另制「毳」字，金文、小篆寫作「毳（守宮盤）、毳」。《說文》：「毳，獸細毛也。从三毛。」屬象形兼會意字。隸書（漢《孔彪碑》等）分別寫作「毛、毳」，毛形盡失，已是今文。

毳部

毳（毳）

【原文】毳 cuì 獸細毛也。从三毛。凡毳之屬皆从毳。此芮切

【字源】「毳」指動物的毛髮細密。金文、小篆寫作「毳（守宮盤）、毳（說文）」。均用三根毛會意毛的細小茂密。《說文》：「毳，獸細毛也。从三毛。」屬象形兼會意字。隸書寫作「毳」，毛形盡失，已是今文。

尸部

尸 屍（尸、屍）

【原文】尸 shī 陳也。象臥之形。凡尸之屬皆从尸。式脂切

【字源】「尸」是古代祭祀時代替死者受祭的人（後改用牌位或畫像）。故有陳列義。《說文》：「尸，陳也。象臥之形。」因用活人代替死者，所以甲骨文寫作「尸（一期粹 1187）」，與「人」字近似，僅下肢作曲線以區別。金文寫作「尸（狽人作父戊卣）、尸（屍作父己卣）、尸（無杞簋）、尸（魚鼎匕）」，與「人」相同，其中（1-2）頭、身畢現，如人的側影。小篆（1）寫

作「𡰣」，將人下肢拉長，失去人形。同時在屍下加一「𣦸」（死）字，繁衍出「𡲬」（屍）字。《說文》：「屍，終主。从尸，从死。」

說文解字卷第八下

尺部

𡱀（尺）

【原文】尺 chǐ　十寸也。人手卻十分動脈爲寸口。十寸爲尺。尺，所以指尺規榘事也。从尸，从乙。乙，所識也。周制，寸、尺、咫、尋、常、仞諸度量，皆以人之體爲法。凡尺之屬皆从尺。昌石切

【字源】「尺」是長度單位。古代的度量多以人體的部位長度爲標定。因爲從人的肘到腕或從踝到膝約爲一尺，所以，金文、小篆的「尺」字寫作「𡱀（子𧇫）、𡱀（兆域圖）、𡱀（說文）」，都是在表示人體側臥形的「尸」字下邊（腿的部位），加一指事符號，意在告訴人們「這裡有一尺長」。

尾部

𡰣（尾）

【原文】尾 wěi　微也。从到毛在尸後。古人或飾系尾，西南夷亦然。凡尾之屬皆从尾。無斐切

【字源】「尾」指動物的尾巴。引申動物交配和事物的末端。甲骨文寫作「𡰣（一期乙 4293）」，古鉢文、小篆及漢簡寫作「𡰣（古鉢）、𡰣（說文）、𡰣（漢簡）」，都是人身後有一倒垂的「毛」形，反映了古人愛美而用動物毛、羽裝飾的習俗。一說是給奴隸裝的標誌。也是造字者惟恐用某一動物的形狀不足表示「尾」義的苦心。

履部

（履）

【原文】履 lǚ　足所依也。从尸，从彳，从夂，舟象履形。一曰：尸聲。凡履之屬皆从履。，古文履从頁从足。良止切

【字源】「履」的本義是行走。甲骨文寫作「（一期京津 3922）、（四期合 33284）、（四期存 2.847）」，突出人的足，表示行走義。金文發生很大變化，寫作「（五祀衛鼎）、（大簋）、（仲履盤）」在足下加了「舟」的形狀。表示出行已使用舟。雲夢簡和小篆演變成「（雲夢封診）、（說文）」。這個「舟」形竟被《說文》作者釋作「履」（鞋）。

舟部

（舟）

【原文】舟 zhōu　船也。古者，共鼓、貨狄，刳木爲舟，剡木爲楫，以濟不通。象形。凡舟之屬皆从舟。職流切

【點評】釋義精準完備，善之善者也。

【字源】「舟」即船。《說文》：「舟，船也。古者共鼓、貨狄刳木爲舟，剡木爲楫，以濟不通。象形（這裡的「共鼓、貨狄」指兩位始造船的古人）。」「舟」字甲骨文、金文、《石鼓文》及小篆均爲象形字，分別寫作「（一期前 7.21.3）、（一期戩 4.7）、（一期乙 930）、（舟父丁卣）、（愙觶）、（舟簋）、（鄂君舟節）、（石鼓）、（說文）」。均是舟船的形狀。直至隸書，筆劃變圓爲方，寫作「」，才脫離了象形字。

方部

（方）

【原文】方 fāng/fáng/páng 併船也。象兩舟省、總頭形。凡方之屬皆从方。府良切

【點評】方爲多義假借字，夫子釋義大謬也。

【字源】「方」字釋義頗多：一、「耒耜說」，像古時翻土之農具形；二、「戴枷說」，像罪人肩頸有枷形；三、「挑擔說」，像人行前後，擔在左右形；四、「船舫說」，像兩船相並成「舫」形。《說文》持此說：「方，併船也。」以上諸說俱可引證，迄無定論。今多用其假借或引申義。漢簡和隸書（漢《禮器碑》等）寫作「方、方」，已成今文，更無形可釋。

儿部

𠘧 𠘧（儿、人）亦作（儿）

【原文】儿 rén 仁人也。古文奇字人也。象形。孔子曰：「在人下，故詰屈。」凡儿之屬皆从儿。如鄰切

【點評】實無必要單獨建部。

【字源】「儿」即「人」字的異寫。用作部首多置於字的下邊。如「兒、允、兌、充、兇、兄」等字。（下見「兒」字例）

兒（兒）

【原文】兒 ér/ní 孺子也。从儿，象小兒頭囟未合。汝移切

【字源】「兒」字甲骨文、金文（1-2）寫作「兒（一期粹 67）、兒（一期佚 11）、兒（者兒觶）、兒（小臣兒卣）」，像小兒頭上紮有總角形，生動表述了三、四千年前古人的幼兒形象，金文（3-5）和小篆寫作「兒（易兒鼎）、兒（沇兒鐘）、兒（余義鐘）、兒（說文）」，總角逐漸變成了臼齒，或是表現正在換乳齒長臼齒時的少兒。隸書（《武梁祠刻石》）寫作「兒」，已是今文。

兄部

（兄）

【原文】兄 xiōng 長也。从儿，从口。凡兄之屬皆从兄。許榮切

【字源】「兄」指同輩中比自己大的男性。甲骨文、金文、小篆寫作「（一期前 1.40.2）、（二期蔔 31）、（三期寧 1.21.4）、（一期佚 518 背）、（蔡姞簋）、（保卣）、（史㚇兄簋）、（帥鼎）、（說文）」，多在「人」上加一「口」。因古代祭祀祖先時由兄長負責禱告。「口」即表示說話。也表示兄長有口授，教育弟、妹的權力。甲骨文中有作「」者，像以手膜拜，指手畫腳之形；又有加「」（往）字者，表示行動時由兄長帶領。

兂部

（兂）

【原文】兂 zēn/zān 首笄也。从儿匸，匕象簪形。凡兂之屬皆从兂。，俗兂从竹，从朁。側岑（或作琴）切

【字源】「兂」（讀 zān、zēn）在古文字中是個部首字，也是「簪」的初文。本是古人綰住髮髻或冠的一種長針。甲骨文寫作「（三期粹 538）、（三期戩 2.8）、（三期甲 753）」，正是一側跪女人頭上插有兩隻簪子的形狀。小篆（1）寫作「」，將甲骨文的女人形改爲無性別的「人」形（說明古時男女均用簪綰髮），頭上兩隻簪子變爲一「匕」字形，離原形不遠。小篆（2）寫作「」，上邊是「竹」（古時一般人簪子多用竹製，貴族用牙、玉、金、銀）下邊是「朁」（讀 cǎn）。成爲《說文》所稱：「兂（簪），首笄（讀 jī，竹簪）也。从竹，朁聲」的形聲字。

皃部

皃（皃）

【原文】皃 mào 頌儀也。从人，白象人面形。凡皃之屬皆从皃。䫉，皃或从頁。豹省聲。貌，籀文皃从豹省。莫教切

【字源】面貌的「貌」字，甲骨文、金文均寫作「皃（二期明727）、皃（貌畁）」上邊是「白」字，是人面的概括形，下邊是「人」字。古人也認爲，面白的人爲好看的容貌。《說文》：「皃，頌儀也。从人，白象面形。」金文（2）和「說文籀文」分別寫作「貌（齊侯甗）、貌（說文籀文）」，增加了動物「馬」或「豸」（脊椎動物）的字形，使面貌的含義擴大到了動物。小篆寫作「貌、䫉」，除將「皃」保留下來作爲本字外，另按「說文籀文」的結構將「皃」改爲「頁」（古文字中表示人面的字），於字義不悖。

𠑹部

𠑹（𠑹）

【原文】𠑹 gǔ 廱蔽也。从人，象左右皆蔽形。凡𠑹之屬皆从𠑹。讀若瞽。公戶切

【點評】古無此字，由「兜」字取形耳。

【字源】「𠑹」字出現較晚，《說文》作爲部首表示左右被遮蔽的意思，但所率字頭僅一「兜」字。筆者同意「雪茶齋主人」曰「古無此字，由「兜」字取形耳。」或是「卯」字的變形。待考。（下見「兜」字例）

兜（兜）

【原文】兜 dōu 兜鍪，首鎧也。从𠑹，从皃省。皃象人頭也。當侯切

【字源】「兜」本義是古時作戰戴的頭盔，也稱冑（讀 zhòu）。秦漢後叫兜鍪，《吳越春秋•闔閭內傳》：「令三百甲人皆披甲兜鍪，操劍盾而立。」甲

骨文寫作「(一期存1.616)、(一期存1.618)、(一期鐵1.16)」，像人頭上戴盔形，小篆強調了對頭的包裹和保護，「兜」的功能性表現的更明顯。「漢簡」將「」形寫作「」，像兩手抱頭，失去兜的本義。《說文》：「兜，兜鍪，首鎧也。」解說甚是。

先部

(先)

【原文】先 xiān 前進也。从儿，从之。凡先之屬皆从先。穌前切

【字源】「先」本義是走在前面。甲骨文、金文、小篆寫作「(一期甲3338)、(一期合272)、(四期粹370)、(壺文)、(虢季子白盤)、(中山王鼎)、(說文)」，均是人字前面有一隻腳，表示先邁出一步，可謂「出人頭地」。金文(2)乾脆將「止」字畫成一隻腳(印)形。也是先人一步的意思。金文「(余義鐘)」在「先」旁加一「彳」(讀chì是與行走有關的字元)，強調「先」是行進中走在前邊。隸書以特有的波磔筆劃寫作「」，成爲今文。

禿部

(禿)

【原文】禿 tū 無髮也。从人，上象禾粟之形，取其聲。凡禿之屬皆从禿。王育說：蒼頡出見禿人伏禾中，因以制字，未知其審。他谷切

【點評】避諱漢光武，爲秀之訛變也。「蒼頡出見禿人伏禾中」是夫子無奈之時借蒼聖烘托帝字耳。

【字源】「禿」字是「秀」字的訛變。始見於《說文》。許慎成書時爲東漢時期，爲避諱漢光武劉秀的「秀」字，將「秀」改爲「禿」。其實「禿」

字與甲骨文早期結構相同。上禾下人（同兒）無別。可惜許慎未見甲骨文，只好穿鑿附會了。

見部

（見）

【原文】見 jiàn/xiàn 視也。从儿，从目。凡見之屬皆从見。古甸切

【字源】「見」是看到。甲骨文、金文寫作「（一期戩 26.1）、（一期前 7.28.2）、（周甲探 69）、（匽侯鼎）、（鼚鼎）、（作冊鯱卣）」。都是突出大眼睛的人形，會意人在用眼看。小篆及其它字體分別寫作「（說文）、（江陵楚簡）、（矦馬盟書）」，雖字形不同，但無一例外地是「上目下人（儿）」結構。直至簡化字才寫作「见」，失去象形字的特徵。

覞部

（覞）

【原文】覞 yào 竝視也。从二見。凡覞之屬皆从覞。弋笑切

【點評】一義兩部，失之編排。

【字源】「覞」指二人相對而視。未見甲、金文。係《說文》爲建部首而設立的會意字。小篆寫作「」。

欠部

（欠）

【原文】欠 qiàn 張口气悟也。象气从人上出之形。凡欠之屬皆从欠。去劒切

【字源】「欠」是取形於因疲倦而打哈欠的象形字，也表示張口飲食言說。甲骨文寫作「(一期乙 4275）、(一期合 1）、(一期後下 41.5.1）、(一期前 1.31.5）」，均像人跪坐直身，張口打哈欠的形狀。特別是「」字，上身直挺，以手捂口，尤其傳神。金文寫作「(欠父丁爵)、(欠父乙鼎）」，張口之形與甲骨文無別，唯身體已成立姿，是生活習慣逐步變化的寫照。小篆規範筆劃後寫作「」，已不如甲、金文直觀。隸書寫作「」，無形可象。由「欠」組成的字頭多達六十餘字。

㱃部

(㱃)

【原文】㱃 yǐn 歠也。从欠酓聲。凡㱃之屬皆从㱃。，古文㱃从今水。，古文㱃从今食。於錦切

【點評】宜歸「欠」部。

【字源】「飲」，喝。古文字寫作「㱃」。《說文》：「㱃，啜也。从欠，酓聲。」釋爲形聲字。其實「飲」是會意字。甲骨文的典型字寫作「(一期菁 4）、(一期合 229）」。「」是酒罈形，「」是張口吐舌手捧酒罈的人形，字形字義十分明確。金文（1-2）寫作「(杞仲壺）、(辛伯鼎）」，字形略變，仍可看出彎腰飲酒的身影。金文（3）寫作「(伯作姬飲壺）」，省略了人的口舌形，出現了以「今」爲聲的形聲字。「說文古文」（1）寫作「」，將所飲之物直接寫作「水」；（2）將「水」改爲「食」，寫作「」。成爲今文寫作「飲」的依據。小篆在規範筆劃時確立了「酓、欠」結構，寫作「」。隸書（漢《景君碑》等）寫作「」，成爲今文。

次部

(次、羨)

【原文】㳄 xián 慕欲口液也。从欠从水。凡㳄之屬皆从㳄。，㳄或从侃。，籀文㳄。敘連切

【字源】「㳄」是「涎、羡」的初文。是「想得到、貪婪」。甲骨文寫作「（一期前 6.35.6）、（一期存 2.584）、（一期存 2.153）、（一期甲 2907）、（一期存 2.154）、（四期鄴 3.45.13）」；像人口水流淌，表示「饞」，食欲。刻畫十分生動。金文寫作「（秦公鎛）」；進一步誇張了口水，同時下加表示食器的「皿」，強化了食欲的字義。也有學者認爲是想偷盜別人的器皿，可備一說。「說文籀文」寫作「」，簡直是口水氾濫；「說文古文」寫作「」，人和口被大水沖散，浪漫至極。《石鼓文》在金文「」的基礎上加「竹」擴大了貪欲的範圍。小篆根據先前的不同字形分化成「」（㳄）和「」（羡）兩個字。

旡部

（旡）

【原文】旡 jì 㱴食气屰不得息曰旡。从反欠。凡旡之屬皆从旡。，古文旡。居未切

【字源】「旡」讀 jì。甲骨文、「說文古文」寫作「（一期前 4.33.5）、（二期庫 1945）、（說文古文）」，均像一跪坐之人背轉臉張口打嗝形，以此表示吃飽，飲食結束。是「既」字的初文。小篆寫作「」。

說文解字卷第九上

頁部

（頁）

【原文】頁 xié 頭也。从**百**从儿。古文**䭫**首如此。凡頁之屬皆从頁。**百**者，**䭫**首字也。胡結切

【字源】「頁」是個部首字，指頭部，與「首」實爲同一字。「首」突出有發之頭形（詳見「首」釋）；「頁」則表現頭在身體的部位。甲骨文寫作「（一期乙 8780）、（一期乙 8815）、（二期乙 4718）」，均是突出頭部的人形。金文寫作「（無頁尊）、（卯簋）」，仍能看出與甲骨文的傳承關係。小篆寫作「」，已不直觀。

百部

（**百**、首）

【原文】**百**sh ǒ u 頭也。象形。凡**百**之屬皆从**百**。書九切

【字源】「**百**」、「首」同指頭部。甲骨文、金文寫作「（一期合集 6032）、（一期合集 13613）、（二期合集 24956）、（二期前 6.7.1）、（沈子簋）、（師䚄鼎）、（師施簋）、（師俞簋）」，從字形看，最初並非僅指人頭，當泛指一切動物的頭。是用高度概括的手法，描繪出包括人在內的動物頭部最突出的眼睛、鬚髮和面部側面輪廓。小篆在規範筆劃時，將鬚髮與面部分開，寫作「、」兩個字。《說文》稱：「**百**，頭也。象形」，「首，**百**同，古文**百**也。」

面部

（面）

【原文】面 miàn 顏前也。从𦣻，象人面形。凡面之屬皆从面。彌箭切

【字源】「面」指臉部正面，區別於頭。《說文》：「面，顏前也。」甲骨文寫作「[古文字]（一期甲 416）、[古文字]（一期後下 155）、[古文字]（一期甲 2375）」。外輪廓是面龐，因面部最引人注意的是眼目，所以面內只突出了「目」的形狀。秦簡、漢帛書擴大了面部比例，寫作「[古文字]、[古文字]」。楚簡、小篆將「目」改作「𦣻」（同首），強化了面與首的關係。漢瓦文中有一「[古文字]」，正是面部五官的全形，惜未成系列文字。隸書寫作「[古文字]、[古文字]」，雖依稀可見初文遺痕，畢竟已不象形。

丏部

[篆文]（丏）

【原文】丏 miǎn 不見也。象壅蔽之形。凡丏之屬皆从丏。彌兖切

【點評】無字可率，建部何爲。

【字源】「丏」字無甲、金文，是《說文》建立的單字部首，無正字可率。據《說文》稱「丏，不見也。象壅蔽之形」。筆者從「丏」的字形看當是「乏」字的異寫。上邊一橫表示覆蓋物；下邊是表示剛剛長出葉芽的「止」字（與「趾」字相同）。《說文》將「乏」釋爲「正」字的反寫，即「反正爲乏」。金文寫作「[古文字]（中子化盤）、[古文字]（貨系 2648）」，與小篆「[篆文]」（丏）近似。葉芽初生纖細微弱，上邊再用「一」（一橫在古文字中有地面的形義。如「屯」、「在」等字）覆蓋更覺乏力，也就更不容易見到了。

首部

[篆文]（首）

【原文】首 shǒu 𦣻同。古文𦣻也。巛象髮，謂之鬊，鬊卽巛也。凡𩠐之屬皆从𩠐。書九切

【點評】「首」、「𦣻」同音同義同源，分爲二部何益之有？

【字源】「首」指頭。甲骨文、金文寫作「(一期合集 6032)、(一期合集 13613)、(二期合集 24956)、(二期前 6.7.1)、(沈子簋)、(師𩛥鼎)、(師施簋)、(帥俞簋)」，從字形看，最初並非僅指人頭，當泛指一切動物的頭。是用高度概括的手法，描繪出包括人在內的動物頭部最突出的眼睛、鬚髮和面部側面輪廓。小篆在規範筆劃時將鬚髮與面部分開，寫作「、」兩個字。《說文》稱：「百，頭也。象形」；「首，百同，古文百也。」隸書（漢《曹全碑》）寫作「首」，將鬚髮省為兩點，用直筆方者代替了篆書的弧筆圓折，使「首」從象形字中脫離出來。

𥄉部

(𥄉、県、縣)

【原文】𥄉（県）jiāo 到首也。賈侍中說：此斷首到縣𥄉字。凡𥄉之屬皆從𥄉。古堯切 縣 xuán 繫也。从系持𥄉（県）。胡涓切。

【字源】「県」（縣、縣）是「懸」的本字，本義是懸掛，後分化成兩個字。金文寫作「(縣妃簋)、(郘鐘)」，像繩索將人頭吊在樹上的形狀，是古代將罪人梟首示眾的現象，以此表示懸掛之「懸」。小篆將人頭（首）與繩索樹木分開，寫作「」，已不象形。隸書（漢《張遷碑》、帛書）寫作「、」，專指行政區劃。

須部

(須)

【原文】須 xū 面毛也。从頁从彡。凡須之屬皆从須。相俞切

【字源】「須」本指人面部的鬍鬚。《說文》：「須，面毛也。从頁，从彡（讀 shān）」金文寫作「(卯簋)、(鄭義伯盨)、(白多父盨)」，均是在表示人面部的「頁」字上加幾筆鬚線，一幅長髮飄髯的寫真圖像躍然

紙上。小篆將鬚髯與面部脫離，寫作「[ancient form]」，是文字進化的需要，但已不象形。隸書將須髯寫作三斜橫「須」，徹底從古文字中脫離出來。

彡部

彡（彡）

【原文】彡 shān 毛飾畫文也。象形。凡彡之屬皆从彡。所銜切

【字源】「彡」字最初指一種遠古的祭祀方式。即反覆、多次重複一個動作。甲骨文、金文、小篆甚至成爲今文的隸書，均以三、四斜劃表示此義。甲骨文寫作「[ancient form]（一期粹 107）、[ancient form]（二期合 25091）、[ancient form]（乙 629）、[ancient form]（五期合 35657）」，用一遍又一遍的重複一個斜劃來表示連續和多次。此字也寫作「肜」（讀 chēn，後又作「彤」，讀 tóng）。從字形和讀音的變化可見，字義也發生了變化。金文的「彤」，則用表示朱紅色的「丹」加「彡」來會意彩畫器物。「肜」也當是用（紅色）油漆一遍一遍髹刷船體，後來又指鬍鬚毛髮和裝飾彩畫的筆紋。

彣部

[ancient form]（彣）

【原文】彣 wén 䰮也。从彡从文。凡彣之屬皆从彣。無分切

【字源】「彣」是「紋」字的異寫。寫作「[ancient form]、[ancient form]」。小篆寫作「[ancient form]」。所率字頭僅一「彥」字。（下見「彥」字例）

[ancient form]（彥）

【原文】彥 yàn 美士有文，人所言也。从彣，厂聲。魚變切

【字源】「彥」本指有才能的人。遠古時對有才人的認定不僅是文才，包括口才、力量等高於一般人的能力的人。「彥」字金文寫作「[ancient form]（彥鼎）、[ancient form]

（厚氏彥會）」。上邊是一站立在高崖上的人形（人形爲「文」字），是身上繪有花紋的人，表示人有文彩。下邊無論從「弓」還是從「口」，都是指人的能力和特長。金文寫法不一是未統一文字前的常見現象，當然也有傳寫筆誤的原因在內。隸書《史晨碑》寫作「」。

文部

（文、紋）

【原文】文 wén 錯畫也。象交文。凡文之屬皆从文。無分切

【字源】「文」本指在身體上刺畫花紋，即紋身。甲骨文、金文寫作「（一期乙 6820）、（五期合集 36534）、（令簋）、（旂鼎）、（文姬匜）、（井人鐘）」，均像正面站立的人形，胸前有「目、十、乂、心、點」等花紋。小篆省去花紋，直寫作「」。後加表示絲束纖維的「糸」（讀 mì）而成「紋」字，專表花紋、紋絡；而「文」側重文字、言辭等義。隸書（漢《乙瑛碑》）寫作「」，以平直波磔的特有筆劃，將「文」從象形字中剝離出來。

髟部

（髟）

【原文】髟 biāo/shān 長髮猋猋也。从長从彡。凡髟之屬皆从髟。必凋切。又，所銜切

【字源】「髟」字是用長著長長頭髮的人形表示「髟」的本義是長髮猋猋。甲骨文、金文寫作「（一期合集 767）、（一期合集 4558）、（一期合集 4557）、（髟莫觚）、（太保罍）」。字形不一，但均是盡力突出和誇張長髮的象形字。小篆寫作「」，成爲從長從彡的會意字。（下見「髮」字例）

（髮）

【原文】髮 fà 根也。从髟，犮聲。，髮或从首，，古文。方伐切

【字源】「髮」指人或動物的毛髮。《說文》稱：「髮，根也。」金文寫作「（召卣二）、（牆盤）、（髮鐘）」。均由長有長髮的「首」和一犬形動物組成。可見「髮」並非只指人的頭髮，也包括動物的長毛。小篆在金文基礎上分作兩個字：一個從金文結構由「首、犮（犬走狀，讀 bá）」組成「」；一個在「犮（犬）」旁加表示長髮的「髟」（shān）寫作「」。「說文古文」寫作「」，雖與金文、小篆不合，但主要字素是表示人頭面的「頁」，左旁的「爻」有斑駁義，仍可會意花髮。

后部

（后、毓、育）

【原文】后 hòu 繼體君也。象人之形。施令以告四方，故厂之。从一、口。發號者，君后也。凡后之屬皆从后。胡口切

【字源】解釋「后」字須從「毓」入手。「毓」字甲骨文寫作「（後上20.2）、（前二 24.7）」。像女人生育之象，故又稱爲「育」。而「后」字因子生於身後，而有前、後之後義。同時又因后是帝王之妻，並爲之生育後代，而稱爲「后」，即皇后。《說文》：「后，繼體君也。」「后」又因其地位能同君王，可向下發號施令，而與司令之「司」相同。甲骨文、金文的「后」與「司」同形，寫作「（牆盤）、（商尊）、（夫簋）」或「（吳王光鑑）」。或稱「反司爲后」，即「后」是「司」字的反寫。小篆將其分爲「」（毓）、「」（育）、「」（后）三個字。

司部

（司）

【原文】司 sī　臣司事於外者。从反后。凡司之屬皆从司。息茲切

【字源】「司」字甲骨文、金文、楚帛書、《侯馬盟書》、小篆等分別寫作「（一期乙 2274）、（後下 9.13）、（前 2.14.3）、（牆盤）、（夫鐘）、（好壺）、（楚帛書）、（侯馬盟書）、（說文）」。字形變化不大，但釋義不一。主張「司」是「飼養」者認爲：上邊是倒匕（匕讀 bǐ，飯勺），下邊是「口」，合起來表示以勺餵食，故有飼養義。主張「司」是司令（官吏，發號施令）者認爲「司」字上邊是手形，手在口上表示大聲發出指令。《說文》附議稱：「司，臣司事於外者。从反后。」意思是「司」是「后」（遠古領袖也稱作「后」）的反寫，是幫助王管理外部事物的官。後人可能考慮到，無論是飼養（人和動物）還是司令（發號令）都有管理者的含義。故今人多理解爲：掌管、管理。如司機、司藥、司務長等。

卮部

（卮、巵）

【原文】卮 zhī　圜器也。一名觛。所以節飲食。象人，卩在其下也。《易》曰：「君子節飲食。」凡巵之屬皆从巵。章移切

【字源】「卮」、「巵」是同一字。未見甲、金文。戰國文字和小篆寫作「、」。上邊是一隻手（見「司」、「后」釋文）；下邊是一跪姿的人形，表示進行某種禮節。本義是人用手指揮或阻止人的禮節。《說文》稱：「所以節飲食。象人」，接近字義。

卩部

（卩、節）

【原文】卩 jié　瑞信也。守國者用玉卩，守都鄙者用角卩，使山邦者用虎卩，士邦者用人卩，澤邦者用龍卩，門關者用符卩，貨賄用璽卩，道路用旌卩。象相合之形。凡卩之屬皆从卩。子結切

【點評】節之初文爲卩，卩之本形爲禮。

【字源】「卩」是「節」的初文。「卩」（讀 jié）字甲骨文寫作「（一期乙 7280）」，是人在祭祀時跪拜的形狀，故有禮節義，是象形字，「節」字出現晚於殷商。周代的金文寫作「（陳猷釜）」，用「」（竹）作形義符，增加了節段義；「」（即）作聲符。成爲形聲字。秦小篆隨金文結構寫作「」。漢隸書（帛書和《曹全碑》）寫作「節、節」，成爲今文。今簡化字寫作「节」。《說文》分作「卩」、「節」兩個字，分別稱：「卩，瑞信也。」即節符；「節，竹約也。」指竹子的節。

印部

（印、归、抑）

【原文】印 yìn 執政所持信也。从爪从卩。凡印之屬皆从印。於刃切 归 yì 按也。从反印。，俗从手。於棘切

【字源】「印」、「归」、「抑」三字同出一源。最初甲骨文寫作「（一期乙 18）、（一期乙 112）、（一期乙 307）、（一期前 4.46.3）」，上邊是一隻手在按下邊的一個跪姿的人形，本義是按壓、壓迫、壓抑。金文寫作「（毛公鼎）、（曾伯簠）」雖字形不一，但均是手按人形。又因蓋印章時用力下壓，故引申「印」。爲區別於印章之印，小篆將「」（印）反寫成「」（归）。《說文》稱「归 yì 按也。从反印。於棘切 」。後又另加「手」（扌）成「」（抑）專指壓抑。隸書隨之寫作「印、抑」，成爲今文。

色部

（色）

【原文】色 sè 顏气也。从人从卩。凡色之屬皆从色。，古文。所力切

【字源】「色」指人的臉色、神情。《說文》：「色，顏氣也。」甲骨文寫作「（一期乙 1056）」。「」是人下跪；「」是「刀」，也表示持刀的

人。會意人在刀的威脅下，臉變色，或看人（持刀人）的臉色。《楚簡》將「刀」寫成「爪」（手），跪人亦無形。「說文古文」寫作「[illegible]」，由「疑、首、彡」組成，雖可理解爲面色猶疑，但畢竟與甲骨文不合。小篆寫作「[illegible]」，保留了「[illegible]」（人）形，跪人形（卩）依稀可見。可會意在人的壓抑下，人變色。隸書（漢《校官碑》）寫作「[illegible]」，恢復了「刀」和「跪人」結構，但已成爲今文。

卯部

[illegible]（卯）

【原文】卯 qīng 事之制也。从卩、[illegible]。凡卯之屬皆从卯。闕。 去京切

【字源】「卯」讀qīng。是「鄉」和「卿」字的初文。甲骨文寫作「[illegible]（一期乙1277）、[illegible]（一期戩33.15）」，是兩個人相對而踞的形狀。反映的是鄉黨（同族親屬）會面的禮節。（下見「卿」字例）

[illegible]（卿）

【原文】卿 qīng 章也。六卿：天官冢宰、地官司徒、春官宗伯、夏官司馬、秋官司寇、冬官司空。从卯皀聲。去京切

【字源】「卿、鄉、饗、卯」幾個字同出一源。「卯」是「卿」、「鄉」、「饗」的初文，甲骨文寫作「[illegible]（一期乙1277）、[illegible]（一期戩33.15）、[illegible]（一期甲752）、[illegible]（一期合集16050）」，像兩人對面進食之形。金文寫作「[illegible]（乙亥丁鼎）、[illegible]（遹簋）、[illegible]（召仲考父壺）、[illegible]（信仰楚簡）」。《金文編》：「卿，象兩人相向就食之形。」左右的人形雖寫法不同，或跪、或蹲、或立，但人物生動可辨；中間是有蓋的食器，故金文（3）也寫作「合」（盒）。本表示同鄉，鄉黨（原始部落的族人）；爲表示族人集會「大餐」下加「食」字成「饗」。「卿」字後借指天子對諸侯及高級官員的稱呼。《說文》：「卿，章也。六卿……。」秦小篆分別寫作「[illegible]（卿）、[illegible]（饗）、[illegible]（鄉）」。漢代的隸書（《乙瑛碑》）寫作「[illegible]」，雖努力將筆劃拉平，但仍可看到與篆書的傳承關係。

辟部

辟（辟）

【原文】辟 bì 法也。从卩从辛，節制其辠也；从口，用法者也。凡辟之屬皆从辟。必益切

【字源】「辟」本義是刑法。甲骨文寫作「（一期乙 6768）、（一期前 4.7.5）、（一期甲 1046）」，由「」（辛，爲罪人行刑的尖刀）「」（卩，讀 jié，跪著的人形，表示罪人）和「」（口，表示訊刑人在問話）組成，字義十分明顯。金文寫作「（於鼎）、（牆盤）、（師害簋）」，可以看到與甲骨文的演變痕跡。只是將「口」改爲「⊙」或「○」。筆者認爲這或是對罪人的一種「宮刑」。又因法律代表著帝王的利益，故「辟」又指國君。《爾雅》：「辟，君也。」隸書（《曹全碑》）寫作「」，用平直的筆劃改變了篆書的弧筆特徵，從而脫離了古文字的行列。

勹部

（勹、抱）

【原文】勹 bāo 裹也。象人曲形，有所包裹。凡勹之屬皆从勹。布交切

【字源】「勹」是《說文》中的部首字。甲骨文寫作「（一期合 14295）」，是人身體前傾兩臂環攏作「抱」狀的象形字。戰國陶文寫作「（陶三 616）」；小篆寫作「」。

包部

（包、勹）

【原文】包 bāo 象人裹妊，巳在中，象子未成形也。元气起於子。子，人所生也。男左行三十，女右行二十，俱立於巳，爲夫婦。裹妊於巳，巳爲子，十月而生。男起巳至寅，女起巳至申。故男秊始寅，女秊始申也。凡包之屬皆从包。布交切

【字源】「包」字本指育兒的胎衣，屬象形字。甲骨文寫作「[illegible]（三期合28905）」，正是胎衣中包一人形（此字爲後來的「勹」字《說文》：「勹，覆也。从勹覆人。」）。小篆寫作「[illegible]」，裡邊的「[illegible]」是後來的「巳」。「巳」的甲骨文寫作「[illegible]」或「[illegible]」，正是未成人的胎兒形。漢《馬王堆帛書》寫作「[illegible]」，已開始向今文轉化；後隸書寫作「[illegible]」，「巳」露出胎衣外，遂無形可象，成爲今文。

茍部

[illegible][illegible][illegible]（茍、敬、警）

【原文】茍 jì 自急敕也。从羊省，从包（省）、（從）口，〔包〕口猶慎言也。从羊，羊與義、善、美同意。凡茍之屬皆从茍。[illegible]，古文羊不省。己力切

【字源】「茍」，古讀 jì（與苟且之苟有別），是「警、儆、敬」的初文。甲骨文和早期金文（1-2）字形近似。順序寫作「[illegible]（前 8.7.1）、[illegible]（一期佚441）、[illegible]（大寶簋）、[illegible]（盂鼎）」。像人機警地豎起狗一樣的耳朵。表示警惕、恭敬。故有「敬、警」的含義。小篆分成「[illegible]」（茍）、「[illegible]」（敬）、「[illegible]」（警）三個字義近似的字。《說文》分別釋：「茍，慎言也。」；「敬，肅也。」；「警，戒也。」隸書（漢《封龍山碑》等）分別寫作「茍、敬、警」。

鬼部

[illegible]（鬼）

【原文】鬼 guǐ 人所歸爲鬼。从人，象鬼頭。鬼陰气賊害，从厶。凡鬼之屬皆从鬼。䰟，古文从示。居偉切

【字源】「鬼」指鬼魂。古人認爲人死後成鬼。引申指一切精靈鬼怪。商甲骨文（1-2）寫作「[illegible]（乙 6684）、[illegible]（菁 5.1）」像一頭形巨大而醜的人形（實際是頭戴面具的人）。表示鬼源於人，但不是一般正常人。甲骨文（3）和金文（2）各加一「示」旁（示是神主牌位）寫作「[illegible]（前 4.18.6）、[illegible]（陳昉簋）」。可見古人是把神和鬼聯繫在一起的。金文（3）或加「攴」（讀 pū，是手持杖械形）寫作「[illegible]（粱伯戈）」，增加了鬼的殺氣和恐怖感。秦小篆在甲、金文的基礎上加一「厶」字表示鬼出的陰氣。「說文古文」寫作「䰟」；《楚帛書》寫作「[illegible]」；而秦《睡虎地簡》則與漢隸書《曹全碑》一脈相承，寫作「[illegible]、[illegible]」。

甶部

[illegible]（甶）

【原文】甶 fú 鬼頭也。象形。凡甶之屬皆从甶。敷勿切

【點評】已有鬼部，何須化整爲零，另建甶部。

【字源】「甶」本指遠古祭祀時用的戰俘或奴隸的人頭。《說文》：「甶，鬼頭也。象形。」甲骨文、金文寫作「[illegible]（合集 22248）、[illegible]（長甶盉）」，是概括的簡筆人頭形。小篆寫作「[illegible]」。

厶部

[illegible] [illegible]（厶、私）

【原文】厶 sī 姦衺也。韓非曰：「蒼頡作字，自營爲厶。」凡厶之屬皆从厶。息夷切

【字源】「厶」本指男性生殖器。是「士」的變形。甲骨文「士」寫作「[illegible]（合集 28195）、[illegible]（合集 28195）」。《說文》：「厶，姦衺（讀 xié）也。」

小篆寫作「厶」。而「厶」字加「我」字省去「戈」寫作「私」。這已是隸變後的事了。故人們隱指生殖器爲「私處」。引申爲僅僅是個人的。

嵬部

嵬 巍（嵬、巍）

【原文】嵬 wéi 高不平也。从山鬼聲。凡嵬之屬皆从嵬。五灰切　巍 wēi 高也。从嵬委聲。牛威切又，語韋切

【點評】字源一體，音義類同，分體建部，宜歸山也。

【字源】「嵬」源自「巍」。本指山高而崎嶇險峻，故地勢不平。「嵬」字未見甲、金文。東周有一組簡牘和鉢文寫作「巍（巍突鉢文）、巍、巍、巍（鳳凰山漢簡）」。字形結構相同：左上角爲聲符「委」字；右上角爲義符「鬼」字，表示山高可怖如鬼。下方是形符「山」字。小篆省去「委」字，將山置於鬼上而成「嵬（說文）」（嵬），用作部首統帥「巍」字。

說文解字卷第九下

山部

山（山）

【原文】山 shān 宣也。宣氣散，生萬物，有石而高。象形。凡山之屬皆从山。所閒切

【字源】「山」是地面上凸起的巨大土石體。《說文》稱：「有石而高。象形。」甲骨文、金文都像山峰並立的形狀。特別是甲骨文（1）和金文（1—2）寫作「山（甲 3642）、山（父丁觚）、山（父壬尊）」，幾乎是山的寫真和剪紙畫。此後經帛書「山」、楚簡「山」的傳演，小篆統一並規範了筆劃，寫作「山」，仍可見到甲、金文的痕跡。即使是隸書《曹全碑》寫作「山」，也未能全部抹掉象形字的影子。

屾部

（屾）

【原文】屾 shēn 二山也。凡屾之屬皆从屾。所臻切

【點評】爲嵞字而建一部，何如併入山部。

【字源】「屾」是《說文》爲九江當塗（嵞）縣之「嵞」字專設的部首。無甲、金文。小篆寫作「」。

屵部

（屵、岸）

【原文】屵 è 岸高也。从山、厂，厂亦聲。凡屵之屬皆从屵。五葛切 岸 àn 水厓而高者。从屵，干聲。五旰切

【字源】「屵」（è）和「岸」（讀àn）是讀音略異的同一字。「屵」是《說文》爲「岸」字特設的部首。「岸」爲戰國文字，指山崖高聳。又因山崖高出水面而稱岸。鈢文、小篆寫作「、」。「屵」字上邊是「山」，下邊是表示岩崖的「厂」（讀hān），本已具備了山石高的條件，但造字者另加一聲符「干」成「岸」字。小篆寫作「」。

广部

（广、廣）

【原文】广 yǎn 因（广）〔厂〕爲屋，象對刺高屋之形。凡广之屬皆从广。讀若儼然之儼。魚儉切

【字源】「广」和「廣」在古文字中是音義不同的兩個字。「广」（讀yǎn）是依靠山崖建造的敞棚式房屋。《說文》：「广，因广爲屋。」遠古人類常依靠山崖下的空地，或只做頂部簡單搭建，不築牆。形如現在靠牆的

「棚」。因此，「广」多與房屋有關。甲骨文、金文的偏旁與「厂」混用，寫作「[illegible]、[illegible]、[illegible]、[illegible]、[illegible]、[illegible]」後來甲骨文、金文加聲符「黃」而成「廣」字。甲骨文寫作「[illegible]（合集 4881）」；金文寫作「[illegible]（班簋）、[illegible]（牆盤）」；小篆寫作「[illegible]」。都是這種靠崖「棚」的象形字。因無牆壁限制，才有寬廣義。《說文》：「廣，殿之大屋也。」今「廣」的簡化字用「广」。

厂部

厂（厂、厈）

【原文】厂 hǎn 山石之厓巖，人可居。象形。凡厂之屬皆从厂。[illegible]，籀文从干。呼旱切

【字源】「厂」字本指山石岩崖。遠古人類穴居時多借崖下凹處棲身。「厂」字甲骨文寫作「[illegible]（一期前 8.6.1）」，正像石崖上伸出的岩石，下邊呈棚狀凹入形。金文寫作「[illegible]（折觥）、[illegible]（遣卣）」在厂下加一干形。《說文》「厂，山石之崖岩，人可居，象形。[illegible]， 籀文从干。」這裡的「干」或是古人爲了頂棚安全加固的支撐物，即後世蓋房時使用的柱、樑之屬。金文也有直接寫作「[illegible]（散盤）」形者，爲後來簡化字工廠的「厂」提供了參數。

丸部

[illegible]（丸）

【原文】丸 wán　圜，傾側而轉者。从反仄。凡丸之屬皆从丸。胡官切

【字源】「丸」，指體積不大的圓形物。如藥丸、肉丸等。小篆寫作「[illegible]」，《說文》釋作「傾側而轉者。从反仄」。意思是把「仄」（zè側身）反過來寫。表述的不夠精準。甲骨文中有一「[illegible]（一期前 4.42.5）」字，像勺中之「丸」，此字尚有爭議，待考。

危部

䄖（危）

【原文】危 wēi 在高而懼也。从产，自卪止之。凡危之屬皆从危。魚爲切

【字源】「危」是危險、戒懼。此義最初甲骨文寫作「（一期乙 6382）、（四期京 4386）、（五期甲 3690）」，像下尖上彎，不穩定的物體，隨時可能顛覆，以此會意危險。「說文古文」寫作「」，像人站在高臺上，仍有危義。也像人在「爿」（讀 pán，床形）上，是病危義。小篆有兩個字，一是「」（产），像一人站在岩崖邊，自然十分危險。另一個寫作「」，是在「产」下邊有一「卪」，即跪姿的人形。以此會意人在崖上，崖下都有危險。也是「從人，從厄」（厄讀 ě，表示人有危險、災難）的會意字。隸書（漢《子游殘石》）寫作「」，成爲今文。

石部

𥐘（石）

【原文】石 shí 山石也。在厂之下；口，象形。凡石之屬皆从石。常隻切

【字源】「石」指岩石。《說文》：「石，山石也。在厂之下，口象形。」這裡講的「厂」（讀 hǎn）指山崖下的凹處；「口」像山崖下的石塊。甲骨文寫作「（一期前 8.6.1）、（一期乙 4693）」。上邊的「」即山崖形，下邊的「口」即石塊形。金文、小篆及漢帛書字形近似，順序寫作「（鄭子石鼎）、（說文）、」。隸書（漢《王舍人碑》）以直筆方折取代了篆書的弧筆圓折，寫作「」。成爲今文。用「石」作部首的字多與石頭有關。

長部

𠑷（長）

【原文】長 cháng/zhǎng 久遠也。从兀从匕。兀者，高遠意也。久則變化。亾聲。𠑷者，倒亾也。凡長之屬皆从長。𠀋，古文長。𠑷，亦古文長。直良切

【點評】謬之千里矣！

【字源】「長」是用長髮的老人形表示「長，長久」。此義讀作 cháng；《說文》：「長，久遠也。」又用老人形表示「長者、長輩、生長」。此義讀 zhǎng。甲骨文、金文及「說文古文」寫作「𠑷（一期合集 6057）、𠑷（一期合集 14294）、𠑷（三期後上 19.6）、𠑷（五期前 2.8.3）、𠑷（牆盤）、𠑷（易長鼎）、𠑷（驫羌鐘）、𠀋（說文古文）、𠑷（說文古文）、𠑷（說文）」，字形相近，都是長著長髮，彎腰駝背的老人形。其中金文或加「口」，或加「古」，或加「立」，寫法頗多。說明這個時期（主要是春秋戰國）由於連年戰爭，諸侯割據，政不一統，字形駁雜。秦小篆對字形進行了規範，但離象形字漸遠。下邊的「匕」形當是拐杖的訛變。也有學者稱「匕」是飯勺，說明老人只能吃而不能做了。隸書（漢《禮器碑》）寫作「長」，從而進入今文時期。

勿部

勿（勿）

【原文】勿 wù 州裡所建旗。象其柄，有三遊。雜帛，幅半異。所以趣民，故遽，稱勿勿。凡勿之屬皆从勿。𣃦，勿或从㫃。文弗切

【點評】義隨形變之字。

【字源】「勿」是個演變幅度較大的字：最初，甲骨文、金文寫作「勿（一期前 5.22.2）、勿（勿鼎）」，像弓弦顫抖之形。以弦顫抖的聲音假借作否定詞：不、不可、不要。甲骨文也寫作「勿（一期前 4.54.4）」，與表示犂地的刀混淆，像犁翻起土壤的形象。小篆除保留「勿」（勿）。小篆除保留「勿」

字外另加「㫃」（讀 yǎn）成「㫚」（讀 wù），即古代旗幟尾部的裝飾。即《說文》所說：「勿，州里所建旗。」隸書（漢《張君碑》）以直筆方折寫作「勿」，成爲今文。

冄部

冄（冄、冉）

【原文】冄 rǎn 毛冄冄也。象形。凡冄之屬皆从冄。而琰切

【字源】古文字「冄」即今文「冉」字，指毛髮柔軟下垂的樣子。甲骨文、金文、小篆雖字形略異，但表現方法相同。順序寫作「冄（一期前 8.14.2）、冄（一期佚 688）、冄（師袁簋）、冄（南疆鉦）、冄（說文）」，均可看出鬚毛柔軟下垂的形狀。後另加表示長毛的「髟」（讀 biāo，又 shān，用長彡會意）作「髯」。隸書以直筆方折和特有的「蠶頭雁尾」寫作「冉、髯」。

注：甲骨文「冄」字也釋「竹」字，表示竹葉下垂。

而部

而（而）

【原文】而ér 頰毛也。象毛之形。《周禮》曰：「作其鱗之而。」凡而之屬皆从而。如之切

【字源】「而」指面頰的鬚毛。甲骨文、金文、《石鼓文》、小篆，甚至《石經》、帛書、隸書等均爲頰毛的象形字，分別寫作「而（一期乙 1948）、而（一期人 271）、而（蔡侯申殘簋）、而（石鼓）、而（說文）、而（三體石經）、而、而」。字形略異，是千年演變的必然，結構基本相同或近似。上邊的橫劃表示面頰的下弧線；下邊的四豎劃是鬚毛下垂的形狀。尤其是甲骨文（2），將鬚毛置於「口」下，字形字義十分明確。

豕部

豕（豕）

【原文】豕 shǐ 彘也。竭其尾，故謂之豕。象（毛）〔頭四〕足而後有尾。讀與豨同。按：今世字，誤以豕爲（彘）〔豕〕，以（彘）〔彖〕爲豕。何以明之？爲（啄）〔啄〕（琢）〔琢〕從（豕）〔豕〕，蠡从（彘）〔豕〕。皆取其聲，以是明之。凡豕之屬皆从豕。豕，古文。式視切

【字源】「豕」指大豬（有野豬稱豕，家飼稱豬之說）。《說文》：「豕，彘也。」豕（豬）是人類最早的捕獵物件和家飼的動物之一，在出土的六七千年前新石器時代的黑陶上就刻有野豬的形象「（黑陶.良渚）」。甲骨文（1-3）寫作「（一期粹 947）、（二期菁 10.2）、（一期合集 11223）」，正是突出了這一長嘴、大腹的特有形象，猶如豕的簡筆劃。金文、《石鼓文》、「說文古文」和小篆分別寫作「（函皇父簋）、（石鼓）、（說文古文）、（說文）」，逐步擺脫了象形字的特徵，向符號化發展。隸書（漢《封龍山碑》等）寫作「豕」，徹底告別了古文字。

㣇部

㣇（㣇）

【原文】㣇yì 脩豪獸。一曰河內名豕也。从彑，下象毛足。凡㣇之屬皆从㣇。讀若弟。，籀文。，古文。羊至切

【字源】「㣇」在古文字中是個部首字。同「彖」（讀 tuàn）與「䌰、豪」等字都是由「豕」（讀 sh ǐ 。豬）繁衍而來的。這種解釋是針對小篆字形而言的。甲骨文、金文分別寫作「（二期粹 302）、（一期前 5.40.3）、（屰象爵）」。確像長有長毛或尖刺的動物。「說文籀文」寫作「」。彑頭下有一「豕」字，說明是豕類動物。「說文古文」寫作「」，雖做了進一步省改，但仍能看出由「豕」演變的痕跡，也爲小篆字形寫作「」奠定了基礎。

彑部

彑（彑）

【原文】彑 jì 豕之頭。象其銳，而上見也。凡彑之屬皆从彑。讀若罽。居例切

【字源】「彑」在《說文》中是個部首字，後被歸到「彐」部。用其作部首的字有「彘（彘）、彖（彖）」等字。「彑」是豬頭。《說文》：「彑，豕之頭。」除小篆寫作「彑」（彑）外，未見甲骨文、金文。（下見「彘」字例）

彘（彘）

【原文】彘 zhì 豕也。後蹏發謂之彘。从彑矢聲；从二匕，彘足與鹿足同。直例切

【點評】彘，會意字。「矢」非聲，形也。

【字源】「彘」是野豬。《說文》：「彘，豕也。」人類對豬的馴養經歷了一個由獵獲到家飼的過程，現在的家養豬正是由野豬演化來的。商周時的甲骨文和金文都像被箭射中的野豬形。「彘（一期乙 2381）、彘（一期合集 11260）、彘（一期乙 6011）」都是體形不同的豬形；「矢、矢」則是箭的形狀，表示「彘」是人射獵到得野豬。金文、小篆和《侯馬盟書》將豬的四肢和頭拆散作「彘（三年瘨壺）、彘（說文）、彘（侯馬盟書）」，失去豬的形象。但演化痕跡十分明顯。隸書寫作「彘」，將小篆的筆劃進行規整，豬的頭和前、後腿被分解成三部分，象形字蹤影全無。

豚部

㣇（豚）

【原文】豚 tún 小豕也。从彖省，象形。从又持肉，以給祠祀。凡豚之屬皆从豚。豚，篆文从肉豕。徒魂切

【字源】「豚」指小豬和小豬的肉。《說文》：「豚，小豕也。……从又持肉，以給祠祀。」小豬肉鮮美，今稱「乳豬」。是祭祀用牲。甲骨文寫作「（一期前 5.2.2）、（一期前 3.31.1）、（一期乙 8698）」，都是在「豬」身（或旁邊）加一「」（肉）形。金文寫作「（臣辰卣）、（豚鼎）」。豬形不如甲骨文直觀，又加「」（又，手形），表示手持豬肉獻給神。小篆有兩個寫法：「」、「」。前者結構同甲骨文，後者同金文。隸書將「」（肉）寫作「」，「」（豕）寫作「」，成爲今文。

豸部

（豸）

【原文】豸 zhì　獸長脊，行豸豸然，欲有所司殺形。凡豸之屬皆从豸。池爾切

【字源】「豸」指虎豹類長脊椎猛獸。甲骨文寫作「（一期後下 30.13）、（一期乙 442）」，正是巨口修身的野獸形象。金文（偏旁）寫作「」進一步突出了巨口的威猛形狀。小篆規範爲「」，遂定形，至今無大變。後多作部首使用，如「豹、貓、豺、貉、狸、貘、貙」等。（下見「豹」字例）

（豹）

【原文】豹 bào　似虎，圜文。从豸勺聲。北教切

【字源】「豹」是體形比虎小的一種貓科動物。「豹」字甲骨文寫作「（一期佚 375）、（一期合 3303）、（一期合 10208）、（一期合 4620）」，都是利爪巨齒的猛獸形狀。金文加「勺」寫作「（師酉鼎）、（條戒鼎）」。古鉢文和小篆的「豹」字形與金文基本相同，左邊是形符「豸」（讀 zhì，參看「豸」釋條）；右邊是聲符　「勺」。「勺」字甲骨文寫作「」；金文寫作「」；小篆寫作「」，本是挹酒的器具，但在這裡只表發聲，與「豸」組成「从豸，勺聲」的形聲字。隸書將小篆的「」寫作「」，從此成爲今文。

𢊁部

𢊁 兕（𢊁、兕）

【原文】𢊁 sì 如野牛而青。象形。與禽、离頭同。兕，凡𢊁之屬皆从𢊁。古文从（几）〔儿〕。徐姊切

【字源】「𢊁」（兕）是古代的一種犀牛。甲骨文寫作「（一期合集 10405）、（一期合集 10403）、（四期甲 620）、（一期乙 764）、（一期佚 427）」，正像頭生獨角的犀牛形象。因犀牛皮常用來製造武士的盔甲，所以「說文古文」將兕寫作「」，上是犀牛皮帽，下是「兒」（人形）。古代稱貫甲武士爲「兕羆之士」即源於此。小篆保留了皮帽，卻使用了動物的四肢，寫作「」。隸書隨「說文古文」和小篆結構，寫作：「、兕」，以特有的波磔將「兕」從古文字中剝離出來。

注：隸書的「」下邊是表示豬字的「豕」，或是當時人們把兕看作大豬一樣的動物。

易部

易 賜（易、賜）

【原文】易 yì 蜥易，蝘蜓，守宮也。象形。《祕書》說：日月爲易，象陰陽也。一曰从勿。凡易之屬皆从易。羊益切

【點評】「蜥易」者，未見初文之故也。「日月」者，衍易學之說也。

【字源】「易」和「益」、「溢」關係緊密。本是交換、給予，使之受益。又因給予使其增溢。甲骨文寫作「（一期合集 5458）、（一期合集 8253）、（一期合集 6728）」。其中（1-2）是將器中水注給另一器中，是易換、給予，因此「易」也用爲賞賜的「賜」；（3）像器中水滿外溢，橫看成「」形，與甲骨文的「益」（溢）寫作「（一期乙 7096）」近似。《說文》稱：「易，蜥蜴……。」是假借易音，與易形無關。金文字形多且亂，是秦未統一文字前的普遍現象。主要有「（德鼎）、（毛公鼎）、（蔡侯鐘）」等。

（1）與甲骨文可對應；（2-3）是小篆寫作「[seal script character]」的基礎。隸書（漢《景君碑》）寫作「[clerical script character]」，已無形可象。

象部

[seal script character]（象）

【原文】象 xiàng 長鼻牙，南越大獸，三秊一乳，象耳牙四足之形。凡象之屬皆从象。徐兩切

【字源】「象」是陸地上現存最大的哺乳動物。《說文》：「象，長鼻牙，南越大獸。」甲骨文、金文都是突出象的長鼻子的象形字。特別是甲骨文和金文（1-2）寫作「[oracle bone character]（一期合集 10222）、[bronze character]（且辛鼎）、[bronze character]（象尊）」。簡直是大象的簡筆劃和剪影。小篆在規範筆劃時寫作「[seal script character]」模糊了象的形狀，但爲隸書的變革提供了依據。隸書（漢《乙瑛碑》）寫作「[clerical script character]」，以平直的筆劃使「象」字脫離了畫的階段，從而成爲今文。

說文解字卷第十上

馬部

（馬）

【原文】馬 mǎ　怒也。武也。象馬頭髦尾四足之形。凡馬之屬皆从馬。，古文。，籀文馬與同。有髦。莫下切

【字源】「馬」是個部首字，也是古時主要的交通運輸工具和征戰動力。甲骨文（1-2）寫作「（一期乙 9092）、（一期鐵 2.2）」的馬頭、鬃、尾、蹄畢現，極爲象形，是「書畫同源」的例證。甲骨文（3-4）寫作「（三期粹 943）、（四期合集 32994）」，書寫比較簡便，形象猶存。金文、《石鼓文》小篆分別寫作「（馬戈）、（馬觚）、（盂鼎）、（克鼎）、（九年衛鼎）、（石鼓）、（說文）」，不同寫法可以看出馬字由「畫」到「字」的演變軌跡和秦未統一文字前字形的混亂狀態。漢隸書（《史晨碑》、《馬王堆帛書》）改篆書的弧筆圓折爲直筆方折，分別寫作「、」，徹底脫離了象形字。

廌部

（廌）

【原文】廌 zhì　解廌，獸也，似山牛，一角。古者決訟，令觸不直。象形，从豸省。凡廌之屬皆从廌。宅買切

【字源】「廌」也作「解廌」。是傳說中一種神獸，能判斷疑難案件。甲骨文、金文寫作「（三期後下 33.4）、（四期南明 472）、（亞廌父鼎觚）」。戰國早期的《侯馬盟書》寫作「」。從字形看當是雙角，尾多毛的野牛。秦小篆規範筆劃後寫作「」，已趨符號化。隸書寫作「」，完全無形可象，成爲今文。

鹿部

（鹿）

【原文】鹿 lù 獸也。象頭角四足之形。鳥鹿足相似，从匕。凡鹿之屬皆从鹿。盧谷切

【字源】「鹿」是哺乳綱鹿科動物的通稱。甲骨文和金文寫作「（一期乙 308）、（一期甲 1222）、（命簋）」，都是典型的象形字。寥寥數筆把鹿這種動物的美麗、溫順而又行動敏捷刻畫的活靈活現、惟妙惟肖。金文「（貉子卣）」用高度概括的的寫意手法，突出鹿最具代表性的角、目、肢，足見古人敏銳的觀察力和高超的造型能力。《石鼓文》作爲秦本土文字是小篆的先行字，字形自然近似。小篆規範筆劃時保留了鹿字最基本的構成要素，寫作「」，但已遠不如甲、金文直觀生動。漢隸書（《孔宙碑》）寫作「」，大膽變革篆書筆劃，徹底跳出象形字的行列。

麤部

（麤）

【原文】麤 cū 行超遠也。从三鹿。凡麤之屬皆從麤。倉胡切

【字源】「麤」本指群鹿奔馳場面粗獷。也指鹿跳越的距離遠。甲骨文的「麤」字寫作「（一期合 75）」，是兩隻鹿的形狀。在甲骨文中，三和二意思往往相同，均表示多。如「從」字，甲骨文寫作「（二期明 742）」（二人）或「（一期京 1372）」（三人），字義相同。小篆寫作「」（三隻鹿）。因「麤」筆劃繁多，後也簡寫作「麁」；異寫作「𪊨」。後與粗糙的「粗」通，字義漸變爲粗疏、粗放、粗暴等，與「麤」並用。

注：由於「麤」字筆劃繁雜，人們在使用中不斷尋求簡化方法，其中《漢帛書》寫作「」，以三個鹿頭表示三鹿，進而用「三女」表示，實屬異寫，在此一提。

㲋部

（㲋）

【原文】㲋 chuò 獸也。似兔，青色而大。象形。頭與兔同，足與鹿同。凡㲋之屬皆从㲋。，篆文。丑略切

【字源】「㲋」（讀 chuò）《說文》中有詳細描述：「獸也。似兔，青色而大。象形。頭與兔同，足與鹿同。」並例舉篆文（古文）寫作「」此字由上下兩個「」組成，上邊是兔耳，下邊是鹿足，正是《說文》突出描繪的「兔頭鹿足」的依據。此字有兩種解釋，一是群兔的樣子。因兔上竄下跳，時而見其頭耳，時而見其尾足，故用兩組「」表示起伏之態；另一說法是大耳無角的鹿類動物。亦無不可，小篆寫作「」，在「」下加一表示親密、朋比、相從的「比」字，當是會意兔群的又一佐證。

兔部

（兔）

【原文】兔 tù 獸名。象踞，後其尾形。兔頭與㲋頭同。凡兔之屬皆从兔。湯故切

【字源】「兔」是食草類哺乳動物。甲骨文合早期金文寫作「（一期乙918）、（一期甲 270）、（兔戈）、（婦好墓丹斝）」。或長耳、或豁唇、或短尾，十分傳神。金文後期、《石鼓文》寫作「（函皇父鼎）、（石鼓）」，已不如甲骨文直觀。小篆寫作「」，完全失形。隸書以直筆方折和特有的波磔寫作「」，象形字蹤影皆無。

萈部

（萈）

【原文】萈 huán 山羊細角者。从兔足，苜聲。凡萈之屬皆从萈。讀若丸。寬字从此。胡官切

【字源】「萈」讀 huán，本指一種犄角長的比較細的山羊。《說文》：「萈，山羊細角者。」甲骨文寫作「（一期乙 808）、（一期乙 1984）、（一期乙 6705）」，確像一種細角山羊形。至金文時字形簡化，寫作「（壽春鼎）」，小篆寫作「」，逐漸失去象形特徵。

犬部

（犬、狗）

【原文】犬 quǎn 狗之有縣蹏者也。象形。孔子曰：「視犬之字如畫狗也。」凡犬之屬皆从犬。苦泫切

【字源】「犬」（狗）是人類最早馴化的家畜之一。早在四五千年前馬廠時期的彩陶上就繪有「」形圖案。稍後的甲骨文將「犬」寫作「（前 7.3.3）」，線條簡潔，造型生動，突出了犬的卷尾特徵。金文寫作「（犬鼎）」，猶如犬的投影畫，再次印證了「書畫同源」的理論。小篆寫作「」，已失形。同時另作「狗」的形聲字，以「犬」作形符，以「句（勾）」作聲符（「句」是「勾」的本字）。但在這裡「句」字只表發聲，組成「從犬，句聲」的「」（狗）字。

㹜部

（㹜、狺、獄）

【原文】㹜 yín 兩犬相齧也。从二犬。凡㹜之屬皆从㹜。語斤切

【字源】「㹜」（犾，讀 yín）是兩隻狗互吠互咬。《說文》：「㹜，兩犬相齧也。从二犬。」甲骨文寫作「（鐵 104.1）」，正是兩隻犬的形狀。金文寫作「（伯信父鬲）」，用「」（犬）「」（言）來會意犬吠。小篆寫作「」，犬形已失，但結構與甲骨文相同。隸書寫作「狺、㹜、犾」，

已是今文。用「犾」作部首的字有「獄」字。甲骨文、金文、小篆分別寫作「（五期前 4.15.2）、（五期前 2.3.7）、（獄卣）、（牆盤）、（說文）」。均像兩隻犬中間有一梳篦，是爲狗梳理毛髮的工具。筆者認爲是指狗的飼養員。後專指管理監獄的官員，《說文》：「獄」司空也。」

鼠部

（鼠、鼫）

【原文】鼠 shǔ　穴蟲之總名也。象形。凡鼠之屬皆从鼠。書呂切

【字源】「鼠」是穴居動物的泛稱。遠古人對動物分類尚不詳盡，統稱作「蟲」，「穴蟲」即穴居動物。甲骨文、秦簡、小篆寫作「（一期前 8.12.3）、（一期戩 7.16）、（一期京 2005）、（秦簡）、（說文）」。鼠頭、兩爪、鼠背及尾具現，是典型的象形字。作爲部首，凡鼠類動物僅增聲符。如加「由」成「」（鼬）；加「各」成「」（鮥）；加「冬」成 「」（鼨）；加「石」成「」（鼫）；加「吾」成「」（鼯）。鼯鼠能作低空短時飛行。也稱「鼫鼠」或「五技鼠。《說文》：「鼫，五技鼠也。能飛不能過屋，能緣不能窮木，能游不能渡穀，能穴不能掩身，能走不能先人。从鼠，石聲。」

能部

（能）

【原文】能 néng　熊屬。足似鹿。从肉㠯聲。能獸堅中，故稱賢能；而彊壯，稱能傑也。凡能之屬皆从能。奴登切

【點評】能，熊之本字，合部可也。

【字源】「能」是「熊」的本字。金文寫作「（沈子簋）、（能匋尊）、（毛公鼎）、（番生簋）」，正是巨口利齒的猛獸形狀。後加「火」另制「熊」字，金文寫作「（詛楚文）」。小篆在規範筆劃後分別寫作「、」。

雖將動物形體打散，但依稀可見變化軌跡。隸書寫作「熊」，將下邊的「火」化爲「灬」，完全脫離了象形字。

熊部

（熊）

【原文】熊 xióng 獸似豕。山居，冬蟄。从能，炎省聲。凡熊之屬皆从熊。羽弓切

【字源】（見能部）

火部

（火、燔）

【原文】火 huǒ 燬也。南方之行，炎而上。象形。凡火之屬皆从火。呼果切

【字源】「火」是重要的部首字。甲骨文寫作「（一期後下 9.1）、（一期前 5.14.6）、（三期京津 4634）」，正是火苗的形狀。金文、小篆漸變爲「（部首）、（說文）」，仍有火的神韻。凡與「火」組成的字多與燃燒有關。如「燔」字，金文、小篆寫作「（戰國秦虎符）、（說文）」，左邊是「火」表示火燒；右邊是「番」，表示田間野獸的足跡。本指古時「刀耕火種」的焚田現象。《說文》：「燔，爇也。」

炎部

（炎、焱）

【原文】炎 yán 火光上也。从重火。凡炎之屬皆从炎。于廉切

焱 yàn 火華也。从三火。凡焱之屬皆从焱。以冄切

【點評】火、炎同部可也。

【字源】「炎」是焚燒時火苗升騰。引申熱、盛大等義。甲骨文、金文及小篆分別寫作「𤆍（五期後上 18.6）、𤆍（五期粹 1190）、𤆍（令簋）、𤆍（召尊）、炎（說文）」。雖然時間跨度上千年，且筆劃不盡相同，但字形結構無別。均由上下兩個「火」字組成，正是火苗向上竄騰之象。既是已成爲今文的隸書（《趙寬碑》）也未改變這一結構，寫作「炎」。

與「炎」字音義相近的同源字是「焱」，由三個「火」組成。《說文》：「焱，火花也」。甲骨文寫作「焱（乙 8691）、焱（一期乙 8880）」；小篆寫作「焱」，都是火苗向上竄騰之象。

黑部

黑（黑）

【原文】黑 hēi 火所熏之色也。从炎，上出**四**。**四**，古窗字。凡黑之屬皆从黑。呼北切

【字源】「黑」指被火煙熏燒後的顏色。甲骨文寫作「黑（黑卣）」，上邊是田地的「田」，下邊是「火」。會意火燒田野，遍地焦黑，是古代刀耕火種的寫真。金文、古鉢文、《盟書》、小篆等分別寫作「黑（鄘伯厓簋）、黑（鑄子叔黑臣簋）、黑（臧孫黑璽）、黑（矦馬盟書）、黑（說文）」。可以清楚看到字形演變的軌跡。因字形變化較大，導致對「黑」字釋義的歧說。如：「煙囪說」、「火煙熏面說」等。但無論被熏燒爲何物，因熏燒致黑的基本成因均無異議。隸書（漢帛書、《史晨碑》）寫作「黑、黑」，恢復了燒「田」的本色。

說文解字卷第十下

囱部

𡇒 窗 囧（囱、窗、囧）

【原文】囱 chuāng/cōng 在牆曰牖，在屋曰囱。象形。凡囱之屬皆从囱。窗，或从穴。囧，古文。楚江切

【字源】「窗」字經歷了由「囧」（讀 jiǒng）至「囱」（讀 chuāng）再至「窗」的發展過程。人類穴居時代房屋半在地下，在屋頂開一洞口，用樹枝略加遮擋，以便釋出煙和潮氣。甲骨文、金文、「說文古文」寫作「囧（一期甲 278）、囧（戈父辛鼎）、囧（說文古文）」，正是這一洞口形。斯時稱「囧」，屬象形字，即「煙囱」和天窗。小篆（1）寫作「囱」，已讀作「窗」。隨著穴室下挖越來越淺，牆壁逐漸加高，遂在牆壁上開（留）視窗，以便通氣和採光。小篆（2）加「穴」字成「窗」，又稱「牖」。《說文》：「囱，在牆曰牖，在屋曰囱。」隸書（見清人鄧奎書）將小篆的「穴」（穴）寫作「穴」；「囱」（囱）寫作「囱」。

注：小篆另有一「窻」（同窗字）。《說文》釋「通孔」。應是「窗」的繁衍字。

焱部

焱（焱）

【原文】焱 yàn 火華也。从三火。凡焱之屬皆从焱。以冄切

【字源】（見炎部釋文）

炙部

炙（炙）

【原文】炙 zhì 炮肉也。从肉在火上。凡炙之屬皆从炙。𤎆，籀文。之石切

【字源】「炙」是在火上燒烤肉食。古鉢文、小篆分別寫作「炙、炙」，上邊是肉塊，下邊是火，十分形象。「說文籀文」寫作「𤎆」，右邊另加一「𤎆」，當是野炊時，架穿肉食的木杠。相當現在烤羊肉串的釺子。隸書（漢帛書、秦簡等）寫作「炙、炙、炙」，或用雙手（廾，讀ｇǒｎｇ）持肉燒烤。

赤部

赤（赤）

【原文】赤 chì 南方色也。从大从火。凡赤之屬皆从赤。烾，古文从炎土。昌石切

【點評】形義皆誤。

【字源】「赤」本指火的顏色，即紅色。「赤」是個會意字。甲骨文、金文及小篆字形結構相同，寫作「赤（一期拓續 291）、赤（一期乙 2908）、赤（三期後下 18.8）、赤（三期鐵 10.2）、赤（麥鼎）、赤（師施簋）、赤（師嫠簋）、赤（邾公華鐘）、赤（說文）」。上邊是「大」，「大」是正面的人形，伸開四肢表示體形巨大，已長大成人；下邊是火苗的形狀。小篆已與今文形似。「大」（人）在「火」上烤，出現紅彤彤的顏色，以此表示「赤」色。也有學者稱「赤」是古代的一種酷刑：將人脫光衣服活活在火上燒死。所以，身上不穿衣服也稱作「赤身」。在古漢語中「赤」也表示「誅滅」和袒露。「說文古文」寫作「烾」，是上「炎」下「土」結構。「炎」是重火，表示在土地反覆燒烤，土呈紅色。隸書（唐人韓擇木書）寫作「赤」，徹底脫離了古文字形。

大部

大（大）

【原文】大 dà/dài 天大，地大，人亦大。故大象人形。古文亣（他達切）也。凡大之屬皆从大。徒蓋切

【字源】「大」與「小」相對，是個不好表現的抽象字，所以《說文》只好說：「大，天大、地大、人亦大，故大象人形。」這是古人看到人的身體是由小逐漸長大，而將成年人的軀體作爲大字來表現。甲骨文、金文、《石鼓文》、小篆寫作「（一期合集 19813）、（一期合集 12704）、（一期乙 7280）、（大祝禽鼎）、（牆盤）、（鄂君舟節）、（石鼓）、（說文）」，都是張開兩臂、叉開兩腿的大人形狀。特別是金文「」將成人健壯的肌肉都生動地表現出來了。隸書（漢《禮器碑》）寫作「」，儘管用典型的波磔筆劃取代了篆書的「玉筋鐵線」，但「大」字的基本結構並未改變。

亦部

（亦）

【原文】亦 yì 人之臂亦也。从大，象兩亦之形。凡亦之屬皆从亦。羊益切

【字源】「亦」本指人的腋窩。甲骨文、金文、小篆、《三體石經》等寫作「（一期林 2.3.15）、（一期合集 6.57）、（一期存 2.297）、（召伯簋）、（伯公父簠）、（者瀘鐘）、（哀成叔鼎）、（說文）、（三體石經）」，均像在「」（大，乍開兩臂、叉腿站立的人形）的兩側各一劃指在人的腋處，表示「這裡是腋」，是典型的指事字。後將此字作爲副詞（又、也、都等），另造形聲字「腋」指此義。隸書（漢《華山廟碑》）寫作「」，以其特有的「蠶頭雁尾」將人體斷開，告別了古文字成爲今文。

夨部

（夨）

【原文】夨 zè　傾頭也。从大，象形。凡夨之屬皆从夨。阻力切

【字源】「夨」在古文字中與「夭」同是表示人體動作的象形字（夭另見「夭、妖」字條）。「夨」指人頭向一邊傾斜、側轉。《說文》：「夨，傾頭也。从大，象形。」甲骨文、金文分別寫作「（一期後下 4.14）、（一期前 1.45.3）、（一期乙 5317）、（夨簋）、（能匋尊）、（夨王鼎蓋）」。均像一人頭向一側傾斜的人形。小篆規範筆劃時寫作「」，已遠不如甲金文生動。隸變後寫作「」，完全從象形字中脫離出來。

夭部

（夭、妖）

【原文】夭 yāo 屈也。从大，象形。凡夭之屬皆从夭。於兆切

【字源】「夭」是「妖」的初文。本是人搖頭擺臂，非常人態。甲骨文、金文寫作「（一期前 4.29.4）、（三期甲 2810）、（夭卣）、（亞毀爵）」，像人有頭或無頭，兩臂無端亂擺，正是裝妖作怪的形狀。《說文》：「夭，屈也。从大，象形。」所謂的「大」是正常的人形，甲骨文、金文寫作「（一期合集 12704）、（頌鼎）」，反襯「夭」是不正常的人。小篆的「夭」寫作「」，僅作側頭狀，特點不明顯。隸書（漢《夏承碑》）或體會到「夭」的怪異，寫作「」。彎頭屈臂加一斜劃，在今文中實不多見，後加「女」成「妖」。

交部

（交）

【原文】交 jiāo 交脛也。从大，象交形。凡交之屬皆从交。古爻切

【字源】「交」有兩個意思：一、用人的脛（小腿）相交表示交叉；二、用交叉的部位來表示脛骨。《說文》：「交，交脛也。」；「骹，脛也。」甲骨文、金文、楚簡、小篆等，字形近似。順序寫作「（三期甲 807）、（三期甲 961）、（交君簠）、（江陵楚簡）、」，均像人腿脛部交叉的形狀。

小篆另加「骨」寫作「骹」（骹）。隸書（漢《沈君神道闕》等）寫作「交、骹」。

尣部

尣（尣）

【原文】尣 wāng 尣，曲脛也。从大，象偏曲之形。凡尣之屬皆从尣。𡯂，古文從㞷。烏光切

【字源】「尣」是去往，抬腿起步走。金文寫作「尣（牆盤）」，像一人抬起一條腿準備走出去的形狀。「說文古文」寫作「𡯂」，在抬腿的人旁加一聲符「往」字，成形聲字。小篆寫作「尣」，恢復了單人屈腿形。隸變後用作部首寫作「尢」。

壺部

壺（壺）

【原文】壺 hú 昆吾圜器也。象形。从大，象其蓋也。凡壺之屬皆从壺。戶吳切

【字源】「壺」是古今常用的盛酒、茶等液體的器具。器形感應於葫蘆，故早期的壺多呈葫蘆形，並稱「壺」（與葫同音）。甲骨文、金文、小篆寫作「壺（一期乙 2924）、壺（一期前 5.5.5）、壺（四期屯南 523）、壺（隹壺爵）、壺（番匊生壺）、壺（齊侯壺）、壺（盛季壺）、壺（說文）」，雖字形略有不同，但均像葫蘆加蓋及耳的形狀。即使已經隸化的漢簡「壺」也依稀可見壺形。今簡化字寫作「壶」。

壹部

壹（壹）

【原文】壹 yī 專壹也。从壺吉聲。凡壹之屬皆从壹。於悉切

【字源】「壹」是「一」的後起字。（參看「一」部釋文）戰國時才出現金文，寫作「[illegible]（商鞅方升）、[illegible]（詛楚文）」。用作「一」的大寫。小篆的「壹」是在「壺」內加「吉」作聲符，寫作「[illegible]」。

㚔部

[illegible]（㚔）

【原文】㚔 niè 所以驚人也。从大从羊。一曰大聲也。凡㚔之屬皆从㚔。一曰：讀若瓠。一曰：俗語以盜不止爲㚔，㚔讀若籋。尼輒切

【點評】原始之梏形，語多而失其要也。

【字源】「㚔」（幸）和「㚖」是同源同音逆反字。「幸」的甲骨文寫作「[illegible]（一期前 7.24.1）、[illegible]（一期人 337）、[illegible]（一期前 6.62.8）」，當是古代一種刑具，相當現在的「銬」。將被拘人的兩腕夾在中間，兩端用繩紮緊。金文用線條概括「銬」形，已不如甲骨文直觀。因被銬是不幸的事，故《說文》稱：「幸，所以警人也。」後《侯馬盟書》和小篆訛變爲「[illegible]、[illegible]」（㚔，讀 niè）。字形、字義發生了變化同時衍生出反義。《說文》：「㚖，吉而免凶也。」此時的「幸」已是幸運、幸福義。隸書（漢《曹全碑》等）寫作「[illegible]、[illegible]」，成爲今文。今統一作「幸」。

奢部

[illegible]（奢）

【原文】奢 shē 張也。从大者聲。凡奢之屬皆从奢。[illegible]，籀文。式車切

【點評】者，煮字初文也。非聲。

【字源】「奢」指在物質享受上奢靡、過度、張揚。《說文》：「奢，張也。从大，者聲。」其實「奢」字西周金文寫作「[illegible]（奢虎簠）」，上邊是「大」字，也是高大的成人形；下邊的「者」是煮飯的「煮」字。「大煮」合在一起，

猶如今天辦喜事、支大鍋、擺大席、大操辦。稍後的金文、說文籀文寫作「𡘜（鄦奓魯鼎）、奓（說文籀文）」，把下邊的「者」（煮）變成了「多」。「多」字由兩塊肉組成（參看「多」字釋條）。表示場面大，肉煮得多，仍然是奢侈義。小篆隨西周金文的字形結構，寫作「奢」。隸書寫作「奢」。

亢部

亢 抗（亢、抗）

【原文】亢 gāng/kàng 人頸也。从大省，象頸脈形。凡亢之屬皆从亢。頏，亢或从頁。古郎切

【字源】「亢」在古文字中是個部首字。《說文》稱：「亢，人頸也。从大省，象頸脈形。頏，亢或从頁。」意思是「亢」指人的脖頸。筆者認爲：「亢」是「抗」的本字和初文。從甲骨文、金文寫作「亢（一期屯 312）、亢（亢毀）、亢（亢爵）、亢（亢僕父己毀）」可知，是在人的兩腿之間栓一限制物，當是遠古的腳鐐「𨮩」。既表示因人（奴隸、罪犯）抗爭而受限制，也表示兩腿受抗（被物支撐）。此義小篆加「手」（扌）成「抗」（抗）。

夲部

夲（夲）

【原文】夲 tāo 進趣也。从大从十。大十，猶兼十人也。凡夲之屬皆从夲。讀若滔。土刀切

【字源】「夲」是「逃」的同音異寫字。未見甲、金文。小篆寫作「夲」，上邊是一個大人形，下邊用數字「十」表示加大力度。即奔逃的速度快。此字與根本的「本」字音、義絕不相同，但字形極易混淆。

夰部

夰（夰）

【原文】夰 gǎo 放也。从大而八分也。凡夰之屬皆从夰。古老切

【字源】「夰」字未見甲、金文。《說文》稱：「放也。从大而八分也」。小篆寫作「夰」，上邊是一大人的形狀，下邊是表示分開的「八」字，會意人形放大。（下見「昦」字例）

昦（昦）

【原文】昦 hào 春爲昦天，元氣昦昦。从日夰，夰亦聲。胡老切

【字源】「昊」本義是指浩大、廣大的天。《說文》：「昊，春爲昊天。」說得是春天多晴日，無雲少雨，天色淨朗。金文寫作「昊（單伯昊生鐘）、昊（牆盤）」，上邊是「日」，表示紅日當空；下邊是表示頭頂藍天的巨人形。以此會意天宇廣大。「楚簡」與小篆寫作「昦、昦」，漸將巨人形化作「夰」（讀 gǎo，表示放大的人形），成爲從日夰的會意兼形聲字。可能是受戰國時文字混亂的影響（見楚簡「昦」字）。隸書又將「夰」改回「天」，寫作「昊」。

亣部

亣（亣、大）

【原文】亣 tà 籀文大，改古文。亦象人形。凡大之屬皆从大。他達切

【點評】與「大」同音同義，分而另建，實無必要。

【字源】「亣」是「大」的異寫。籀文寫作「亣」，是針對小篆「奕（奕）、奚（奚）」等字設定的，似無必要。

夫部

㚘（夫）

【原文】夫 fū/fú 丈夫也。从大，一以象簪也。周制以八寸為尺，十尺為丈。人長八尺，故曰丈夫。凡夫之屬皆从夫。甫無切

【字源】「夫」是對成年男子的通稱。《說文》：「夫，丈夫也。」古時兒童披髮，成人束髮戴簪。甲骨文、金文、楚簡、小篆等寫作「夫（一期京 3870）、夫（一期前 5.32.1）、夫（大簋）、夫（吉父簠）、夫（中山大鼎）、夫（盂鼎）、夫（信陽楚簡）、夫（說文）」。都是在「大」（正面的成年人形，參看「大」字釋條）字頭頂上加一橫，表示戴簪。字形字義一目了然。隸書（漢《史晨碑》）寫作「夫」，雖努力將筆劃拉平，仍然可以看出古文字留下的遺痕。

立部

立（立）

【原文】立 lì 住也。从大立一之上。凡立之屬皆从立。力入切

【字源】「立」本指人站立。引申豎起、建樹等義。甲骨文、金文、小篆字形近似，順序寫作「立（一期前 7.22.1）、立（一期佚 252）、立（立鼎）、立（吳方彝）、立（克鼎）、立（中山王壺）、立（說文）」，上邊是四肢展開的正面人形，即「大」字；下邊一橫表示地面。會意人站在地上，字形字義十分明確。隸書（漢帛書、《華山廟碑》等）寫作「立、立」，漸失人形，成為今文。

竝部

竝 竝（竝、並）

【原文】竝 bìng 併也。从二立。凡竝之屬皆从竝。蒲迥切

【字源】「竝」是「並」的古字，指合併，二合一。《說文》：「並，相從也。」甲骨文、金文及小篆（1）寫作「[古文字]（三期甲 774）、[古文字]（一期合集 52）、[古文字]（中山王壺）、[古文字]（並爵）、[古文字]（中山王鼎）、[古文字]（說文竝）、[古文字]（說文並）」，均像二人並立之形。此時是「竝」字。《說文》：「竝，併也」，或將二人成側面形，下加兩橫畫表示等同是「並」字；小篆（2）寫作「[古文字]」，另加一立人，強調人的並列。此字是「併」字。隸書（漢《史晨碑》、《武梁祠刻石》）等寫作「[隸書]、[隸書]」，從此脫離了古文字的行列。簡化字統一作「并」。

囟部

[篆文]（囟）

【原文】囟 xìn 頭會，匘蓋也。象形。凡囟之屬皆从囟。[篆文]，或从肉宰。[古文]，古文囟字。息進切

【字源】「囟」和「由」是同源、形似、義近的兩個字。「由」本指遠古祭祀時用的戰俘或奴隸的人頭。《說文》：「由，鬼頭也。象形。」甲骨文、金文寫作「[古文字]（一期珠 437）、[古文字]（長由盉）」，是概括的簡筆人頭形。「說文古文」和小篆寫作「[古文]（古文）、[篆文]（說文）」。《說文》：「囟，頭會，腦蓋也。」本來仍指人頭，或因東周時祭祀的方式有了變化，「囟」字形義也漸變；轉指人的頭顱，腦蓋骨。同期或稍後的古陶文、《三體石經》寫作「[古文字]、[古文字]」，表現了在屋室內祭祀的情景。上邊是屋室的形狀，裡邊用燈火、子（人）和「肉」組成，雖不知具體表示何意，但可聯想到用人頭祭祀的延伸。小篆據此寫作「[篆文]」。

思部

[篆文]（思）

【原文】思 sī 容也。从心，囟聲。凡思之屬皆从思。息茲切

【點評】「囟」，形符，非聲符也。

【字源】「思」是用大腦思索和心裡想。「囟」是象形字，戰國簡牘和小篆寫作「（郭店楚簡）、（楚帛書）、（古鉥文）、（說文）」表現的是嬰兒頭頂骨未閉合的形狀。也指人思索的部位：頭。與「心」組合起來表示頭腦和心同是思想的器官。聰明的「聰」就是用「耳、囟、心」三個器官會意「耳能聽；心能想；囟能思」就是聰明的人。曾有外國學者抨擊中國人不懂科學，稱「心」是用來想問題的，他們認爲「思」僅是大腦的功能。其實現代科學早就證明：沒有「心」向大腦供血和氧，大腦很快壞死，更不用說思索了。中國人把「思」歸功爲「囟」（大腦）和「心」的共同作用說明是認識上的更加科學完整。

心部

（心）

【原文】心 xīn 人心，土藏，在身之中。象形。博士說：「以爲火藏。」凡心之屬皆从心。息林切

【字源】「心」是動物的重要內臟之一。《說文》：「心，人心。土藏（臟），在身之中。象形。」這裡是用金、木、水、火、土「五行說」解釋心臟的屬性。甲骨文「心」字出現的不多，但與金文同爲象形字。字形的變化始於秦簡。從小篆、秦簡、帛書到隸書（漢《尹宙碑》）寫作「（說文）、（秦簡）、（帛書）、」，可以清楚地看到「心」字從古文字向今文演變的軌跡。

惢部

（惢、縈）

【原文】惢 suǒ/cuǐ/cuī 心疑也。从三心。凡惢之屬皆从惢。讀若《易》「旅瑣瑣」。或作才規切。又，才累切

【字源】「惢」指人多疑。未見甲、金文。小篆寫作「惢」，用三個心來表示心眼多。作爲部首只率一個「繠」（讀 rui）字。

說文解字卷第十一上

水部

巜 𣻏（水、淼）

【原文】水 shuǐ 準也。北方之行。象眾水並流，中有微陽之气也。凡水之屬皆从水。式軌切

【字源】「水」是個部首字。「水」的古文字均像水流動的形狀。甲骨文、金文、石鼓文、小篆順序寫作「巜（一期前 4.12.7）、巜（一期戩 40.12）、巜（一期合集 10161）、巜（沈子簋）、巜（啓尊）、巜（石鼓）、巜（說文）」。因水可測平，故《說文》稱：「水，準也。」表示水大無邊際的字有「淼」。《說文》：「淼，大水也。从三水。」是以三爲多，水多則大的會意字。隸書（漢《白石神君碑》等）寫作「**水、淼**」。

說文解字卷第十一下

沝部

𣲋（沝）

【原文】沝 zhuǐ　二水也。闕。凡沝之屬皆从沝。之壘切

【點評】二水亦水，何必另建。

【字源】「沝」（讀 zhuǐ）與「水」字無別。涉及到的字只有「流、涉」等少數幾個小篆字，且這幾個字的甲、金文也非「沝」部。

瀕部

𤅢（瀕）

【原文】瀕 pín/bīn 水厓。人所賓附，頻蹙不前而止。从頁从涉。凡頻之屬皆从頻。符眞切

【字源】「瀕」是人到了水（河）邊，因不能度過而皺起眉頭。《說文》：「瀕，水厓，人所賓附，頻蹙不前也。」金文（1-2）寫作「（井侯簋）、（夫簋）」，左旁是「水」，表示河邊，右邊是一個突出眼睛的大頭人形（即「頁」字。表示用眼看到了水），中間是上下兩隻腳（即「步」字）。水和兩隻腳合成一「涉」字。會意人到了河邊要涉水過河。此字展開講有三個意思：一、行人遇水而愁，瀕字省掉水與「卑」組合成「顰」，即皺眉；二、臨近河邊而稱作「濱」，即濱臨；三、遇河難渡而沿岸徘徊。瀕字省掉水是「頻」，即頻繁、來回走動。秦小篆將「水」橫置於兩足之間，寫作「（說文）」，字義與金文相同。隸書將小篆的「」（水）改爲「氵」，兩足合成「步」，人形寫作「頁」，完全跳出象形字進入今文時代。

𡿨部

𡿨（く）

【原文】く quǎn 水小流也。《周禮》：「匠人爲溝洫，枱廣五寸，二枱爲耦；一耦之伐，廣尺、深尺，謂之く。」倍く謂之遂；倍遂曰溝；倍溝曰洫；倍洫曰巜。凡く之屬皆从く。，古文く，从田，从川。，篆文く，从田，犬聲。六畎爲一畝。姑泫切

【點評】く、巜皆小水流，並部何妨。

【字源】「く」指田間澆水用的水壟溝。《說文》：「く，水小流也。」因爲表示水形的「川、水」寫作「（一期合集 10161）、（一期戩 40.12）」，而小水流則是在川、水字形的基礎上減少筆劃，爲強化「く」是澆田的小水流。古文加農田的「田」寫作「」，是田間流水的會意字；小篆寫作「」，成爲「从田，犬聲」的形聲字。

巜部

巜（巜）

【原文】巜 kuài 水流澮澮也。方百里爲巜，廣二尋，深二仞。凡巜之屬皆从巜。古外切

【點評】く、巜成川，源自水也。

【字源】「巜」與「く」同爲田間水壟溝。是「水」和「川」字的省略字。無甲、金文獨立字形，係《說文》爲「𠟭、粼」等幾個字而設的部首。

川部

川（川）

【原文】川 chu ā n 貫穿通流水也。《虞書》曰：「濬く巜，距川。」言深く巜之水會爲川也。凡川之屬皆从川。昌緣切

【字源】「川」指水道和河流的源頭。《說文》：「川，貫穿通流水也。」引申平坦的陸地「平川」。「川」是個象形字，甲骨文寫作「川（一期合集 10161）」。兩側是岸，中間是通暢的水流，後水形省筆，漸與金文、小篆相同。金文寫作「川（夨簋）」；小篆寫作「川」。仍可看到水流的痕跡。「川」與「水」字同出一源，字形相近，使用中逐步分化成兩個字。隸書將篆書的波畫調直，寫作「川」，至今字形未變。

泉部

泉 原（泉、原）

【原文】泉 quán 水原也。象水流出成川形。凡泉之屬皆从泉。疾緣切

【字源】「泉、原、源、灥」均源於「泉」字。本指地下湧出的水源。甲骨文、金文寫作「泉（一期前 4.17.1）、泉（一期菁 785）、原（克鼎）、

𠂢（好盗壺）」，字形雖不盡相同，但都像水從罅穴中流出的形狀，屬典型的象形字。小篆寫作「𠩘」（原）、「泉」（泉）兩個字。《說文》也分別釋作：「泉，水原（源）也。象水流出成川形。」；「厵（泉、源），水泉本也。」隸書（漢《曹全碑》、《郭有道碑》）寫作「泉、原」，成爲今文。

注：「厵」是「原」的古字；「源」是「厵」的後起形聲字。作為陸地平原的「原」古文字寫作「邍」。

灥部

灥 厵（灥、厵）

【原文】灥 xún 三泉也。闕。凡灥之屬皆从灥。詳遵切

【字源】「灥」無甲、金文。僅見小篆寫作「灥」。用三個「泉」字表示泉水眾多。與同樣三個「原」字組成的「厵」均表示泉之源頭。金文寫作「厡（散盤）、厡（克鼎）」《說文》：「厵 yuán 水泉本也。从灥出厂下。」

永部

永 泳 派（永、泳、派）

【原文】永 yǒng 長也。象水巠理之長。《詩》曰：「江之永矣。」凡永之屬皆从永。于憬切

【字源】「永、泳、派」三字一源。甲骨文寫作「𣱵（一期前 4.10.3）、𣱵（一期前 4.13.1）」。像「人」（人）在「水」（水）中「彳」（彳，行字省文，表示行）走，即游泳的「泳」字；又因水長流而表示永久的「永」。《說文》稱：「永，長也。」爲與「泳」有別，金文、《石鼓文》、小篆將「永」寫作「永（頌鼎）」（永），又因此形象水流的分支而反寫成「𠂢（吳方彝）」。隸書（漢《白石神君碑》等）分別寫作「永、泳、派」，成爲今文，字形徹底分開，各表其義。

𠂢部

𠂢 𣲖（𠂢、派）

【原文】𠂢 pài 水之衺流，別也。从反永。凡𠂢之屬皆从𠂢。讀若稗縣。匹卦切

【字源】「𠂢」（讀 pài）是「派」字的初文，指水的支流。《說文》：「𠂢，水之衺流，別也。从反永。」「派，別水也。」在甲骨文、金文中「𠂢、派」與「永」是同一字，或將永字反寫。甲骨文寫作「𠂢（一期乙 7040）、𠂢（一期前 4.10.3）」，金文寫作「𠂢（吳方彝）」，都是人在水中游的形狀。甲骨文或另加「氵」（水）作「派（一期前 4.13.1）」。小篆隨之寫作「𣲖」（派），和「𠂢」（𠂢）兩個字，實有添足之嫌。

谷部

谷（谷）

【原文】谷 gǔ 泉出通川爲谷。从水半見，出於口。凡谷之屬皆从谷。古祿切

【字源】「谷」是兩山之間狹長的通道或流水口。《說文》：「谷，泉出通川爲谷。从水半見，出於口。」甲骨文、金文寫作「谷（二期佚 113）、谷（啓卣）」，下邊的「ㅂ」是谷口，上邊的「仌」（小篆讀 bié）是水衝擊而下的形狀。表示水從谷口流出。字義十分明確。小篆在規範筆劃後寫作「谷」，反不如甲、金文直觀。隸書（漢《曹全碑》）寫作「谷」。

仌部

仌 冰（仌、冰）

【原文】仌 bīng 凍也。象水凝之形。凡仌之屬皆从仌。筆陵切

【字源】「仌」（冰）指液體在零度以下凝結的固體。《說文》：「仌，凍也。象水凝之形。」；「冰，水堅也。从仌，从水。凝，俗冰。」說明「冰、仌、凝」同義。最初甲骨文寫作「（甲 2471）」，當是「从水，丙聲」的形聲字。後省去當中的「丙」，將水紋橫置成「（一期續 3.36.7）」形。金文、古陶文寫作「（仌卣）、（古陶）」，像水面成冰隆起或冰裂紋狀。小篆規範字形時，在保留此字的基礎上另加「水」作「」，成形聲字。同時另制「」（凝）。後「仌」漸不流行；「凝」也多指凝結、凝聚等義。

雨部

（雨）

【原文】雨 yǔ　水从雲下也。一象天，冂象雲，水霝其閒也。凡雨之屬皆从雨。，古文。王矩切

【字源】「雨」是從雲層中降向地面的水滴。甲骨文、金文、「說文古文」、《石鼓文》、小篆等雖字形不盡相同，但表現方法一致。順序寫作「（一期粹 666）、（一期合集 20983）、（五期前 3.17.4）、（子雨己鼎）、（子雨卣）、（說文古文）、（石鼓）、（說文）」。正如《說文》所稱：「雨，水从雲下也。一象天，冂象雲，水霝其間也。」屬一看可知其義的象形字。隸書（漢《華山廟碑》）寫作「」，已是今文。

雲部

（雲）

【原文】雲 yún　山川气也。从雨，云象雲回轉形。凡雲之屬皆从雲。，古文省雨。，亦古文雲。王分切

【字源】「雲」是空中的水蒸氣凝結物。《說文》：「雲，山川气也。从雨，云象雲回轉形。」甲骨文寫作「（一期合集 13392）、（四期合集 33273）、（一期合集 11501）」。雖字形不一，但表達方式相同。上邊的

兩橫表示天，下邊的迴旋紋表示雲朵，此是「云」的本字。「古鉢文」、「說文古文」寫作「（古鉢）、（說文古文）、（說文古文）」。前者與甲骨文近似，後者以畫代字，是字源於畫和書畫同源的例證。小篆加「雨」寫作「」。隸書（漢《西狹頌》）據此寫作「雲」。今簡化字寫作「云」，恢復了三千年前的結構。

魚部

（魚）

【原文】魚 yú 水蟲也。象形。魚尾與燕尾相似。凡魚之屬皆从魚。語居切

【字源】「魚」是典型的象形字，屬水生脊椎動物，後混稱某些水棲動物，如鱷魚、鯢魚等。《說文》：「魚，水蟲也。象形。魚尾與燕尾相似。」甲骨文寫作「（一期乙 6751）、（三期甲 2824）、（三期南明 726）」，寫法雖多，但均像一條魚形。金文和《石鼓文》寫作「（鳳魚鼎）、（犀伯鼎）、（番生簋）、（魚鼎匕）、（石鼓）」，部分字形略變，或將尾部寫成火字。但金文「（商・鳳魚鼎）」卻形象生動頗帶裝飾藝術性。小篆在金文基礎上規範了筆劃，寫作「」，但也失去魚的形狀。隸書（漢《曹全碑》）寫作「魚」，將魚尾的「火」改爲「四點」，完全脫離了象形字的行列。

𩺰部

（𩺰）

【原文】𩺰 yú 二魚也。凡𩺰之屬皆从𩺰。語居切

【字源】「𩺰」字甲骨文寫作「（一期乙 1610）」，是遠古祭祀的一種形式。殷商以後未見此字。秦小篆寫作「」。《說文》僅釋爲「二魚也」，將其列爲部首僅率一個「漁」字。（下見「漁」字例）

𣿰 瀺(漁、瀺)

【原文】瀺 yú 捕魚也。从𩺰从水。𣿰，篆文瀺从魚。語居切

【字源】「漁」是捕魚。甲骨文寫作「(一期前 5.45.4)、(一期後下 35.1)、(一期前 6.50.7)」。(1)是手持杆釣魚；(2)是用網捕魚；(3)是捕到許多魚。金文寫作「(子魚卣)、(遹簋)」。順序爲：雙手撈魚；放水抓魚。《石鼓文》、小篆分別寫作「(石鼓)、𣿰(說文)、瀺(說文)」。都是魚在水外的形狀。即「從水，魚聲」的形聲字。隸書(漢《武梁祠刻石》)寫作「漁」，已是今文。

燕部

燕(燕)

【原文】燕 yàn 玄鳥也。籋口，布翄，枝尾。象形。凡燕之屬皆从燕。於甸切

【字源】「燕」是鳥綱燕科類飛禽。《說文》：「燕，玄鳥也。」體形小，翼尖長，尾分叉成剪狀，羽黑腹白。甲骨文寫作「(一期合集 5287)、(一期 12751)、(一期存 1.746)、(一期前 6.44.8)、(三期林 2.16.13)」，正像這一鳥形，尤其是甲骨文「」幾乎是燕子的正面畫像，屬典型的象形字。小篆在統一文字時將燕的喙、翼、尾拆散，寫作「燕」，完全失去鳥形。隸書(漢《夏承碑》)寫作「燕」，用平直的筆劃和特有的波磔徹底掩去燕子形狀，成爲今文。

龍部

龍(龍)

【原文】龍 lóng 鱗蟲之長。能幽、能明、能細、能巨、能短、能長；春分而登天，秋分而潛淵。从肉，飛之形，童省聲。凡龍之屬皆从龍。力鍾切

【字源】「龍」是人類綜合多種動物的形狀，經長期添加裝飾演化而成的想像中的神奇動物。起源有多說：如蛇、鯢、海馬等。《說文》稱：「龍，鱗蟲之長。能幽、能明、能細、能巨、能短、能長。」甲骨文、金文等寫作「（一期乙 3797）、（一期乙 5409）、（二期金 729）、（龍母尊）、（昶仲無龍鬲）」，是原始的龍形，確有蟲蛇之相。小篆寫作「」，將龍的身首分開，已不如甲、金文象形。隸書（漢《郭有道碑》）據此結構寫作「龍」，脫離了象形字。

飛部

（飛、非）

【原文】飛 fēi 鳥翥也。象形。凡飛之屬皆从飛。甫微切

【點評】兩羽分張，飛義明確。小篆增筆調順「違」義。

【字源】「飛」和「非」在古文字中是同一個字，《說文》：「飛，鳥翥也。」「非」是反向飛，引申違背。《說文》：「非，違也。」早期甲骨文寫作「（一期續 5.11.6）」，像兩隻相反的手和兩片張開的羽翅，表示將飛行的方向分開（一說表示排斥義），以示相反和違背。甲骨文晚期和金文、小篆等寫作「（二期明 166）、（一期拾 111.8）、（班簋）、（傳卣）、（毛公鼎）、（中山王鼎）、（說文）」，雖省去反手，但也是用相反的兩片羽毛表示方向不同。此形又是鳥飛翔時突出雙翅的形狀。小篆另增一翅寫作「」（飛）。隸書（漢《袁博碑》等）分別寫作「飛、非」。仍可看到鳥羽的遺痕。

非部

（非）

【原文】非 fēi　違也。从飛下翄，取其相背。凡非之屬皆从非。甫微切

【字源】見「飛」部釋文。

卂部

𠃧（卂）

【原文】卂 xùn 疾飛也。从飛而羽不見。凡卂之屬皆从卂。息晉切

【字源】「卂」《說文》稱：「卂，疾飛也。从飛而羽不見。」這是以小篆的字形來解釋「卂」是「飛」（飛）省去羽毛而成「𠃧」字。其實「卂」字金文寫作「卂（卂伯簋）」，是地面上樹一旗杆，上繫飄帶，一是部族旗幟；二可辨別風向；三可用於報告訊息（如同後來的信號樹），是通風報訊的「訊」字，與刑訊的「訊」不同。由「卂」作部首組成的字有「煢」。《說文》：「煢，回疾也。」意思是鳥回轉來疾飛，並因一隻鳥飛來飛去而引申孤獨，如煢然一身。

說文解字卷第十二上

乚部

（乚、乙）

【原文】乚 yǐ　玄鳥也。齊魯謂之乚。取其鳴自呼。象形。凡乚之屬皆从乚。，乙或从鳥。烏轄切

【點評】由「乙」化「乚」，自亂陣形，大謬也。

【字源】「乚」字是《說文》對「乙」字的孳乳。作爲部首僅率「孔」、「乳」二字，且均爲乳房的側面形。《說文》釋作「玄鳥也。齊魯謂之乚。取其鳴自呼。」錯得很嚴重。請參看「乙」字釋文。（下見「孔」、「乳」字例）

（孔）

【原文】孔 kǒng　通也。从乚从子。乚，請子之候鳥也。乚至而得子，嘉美之也。古人名嘉字子孔。康董切

【點評】近乎扶乩語耳。

【字源】「孔」是用小兒吃乳表示通孔，即乳汁經過乳腺通孔達到嬰兒口中。金文、《石鼓文》字形近似，寫作「（孔鼎）、（虢季子白盤）、（王孫誥鐘）、（石鼓）」。左邊的「」是孩子的「子」；右邊的「」是乳房的側面形。小篆寫作「」，乳房已不如金文直觀。隸書（漢《曹全碑》）寫作「」，脫離了古文字，成爲今文。

（乳）

【原文】乳 rǔ　人及鳥生子曰乳，獸曰產。从孚从乚。乚者，玄鳥也。《明堂月令》：「玄鳥至之日，祠于高禖，以請子。」故乳从乚。請子必以乚至之日者，乚，春分來，秋分去，開生之候鳥，帝少昊司分之官也。而主切

【點評】雲山霧罩，不知所云也。

【字源】「乳」字甲骨文寫作「（一期合集 22246）」，像女（母）抱子哺乳。用女字突出胸前一點表示母親乳頭；「子」字與普通子也有不同，乍開小手張開口向母乳，表示吮吸母乳。此字造型生動，準確簡潔，是會意字的典範。可惜此字在發展演化過程中失形太多。金文「（叔朕簠）」將女（母）變成了側面的人形但保留一手（爪）撫子之頭；金文「（史頌父鼎）、（伯碩父鼎）」像乳房和流淌的乳汁形，字形近「泉」。小篆據金文（1）字形，將「爪、子」變成「孚」；女（母）變成「乚」字，乚是乳房的側面曲線形。用乳房和一隻愛撫的手代表母親，是很高明的創意。隸書將「」寫作「」；「」寫作「」，完全脫離了象形字。

不部

（不、丕、否）

【原文】不 fǒu/bù 鳥飛上翔不下來也。从一，一猶天也。象形。凡不之屬皆从不。方久切

【點評】芽未出土，與鳥何干？

【字源】「不」、「丕」（否）最初是同一字。甲骨文、金文寫作「（一期前 6.59.7）、（四期佚 76）、（一期簠典 94）、（五期後上 32.10）、（大豐簋）、（虢季子白盤）、（者滬鼎）、（王子午鼎）」，上邊一橫表示土地，下邊是植物的種子和根鬚。會意土地堅硬，籽芽不能破土而出。以此表示否定義的「不」和「丕」（否）。「丕」古音同「不」。後分化，表示大。甲骨文寫作「（一期拾 14.16）」，用兩個「不」字區別「不」；古陶文、《侯馬盟書》寫作「（陶文）、（侯馬盟書）」，加點以示不同。小篆在「不」下加一橫或口，寫作「丕」（）和「否」（），徹底與「不」分離。從隸書（漢《樊敏碑》和《華山廟碑》）寫作「、、」可以看到由古文字向今文演變的最後遺跡。

至部

（至、到）

【原文】至 zhì 鳥飛从高下至地也。从一，一猶地也。象形。不，上去；而至，下來也。凡至之屬皆从至。，古文至。脂利切

【點評】夫子心中唯鳥可以上下乎。

【字源】「至」是「到」的初文。與「到」同義。《說文》：「至，鳥飛从高下至地也。」不確。從甲骨文寫作「（一期合 264）、（二期存 1468）」看，像箭矢由遠而至地的形狀。同時又在「至」旁加一「止」字的變形「」（suī）作「」。金文、小篆字形近似，分別寫作「（盂鼎）、（說文）」。小篆的到寫作「」，不過是在「至」旁加一「人」字，表示人到此。《說文》：「到，至也。」。「至」加「夂」（讀 zhǐ，表示趾，腳），會意送到。小篆中還有個「臸」字（讀 rì），與「至」同義，《說文》：「臸，到也。」

西部

（西、棲）

【原文】西 xī　鳥在巢上。象形。日在西方而鳥棲，故因以爲東西之西。凡西之屬皆从西。，西或从木妻。，古文西。，籀文西。先稽切

【字源】「西」是「棲（栖）」的初文。用黃昏後飛鳥入巢來會意棲息。又由鳥入巢是日落西方之時而專指西方。《說文》：「西，鳥在巢上。象形。」甲骨文寫作「（一期鐵 133.2）、（一期甲 622）、（一期後下 38.3）」，正像鳥巢形。金文和「說文古文、籀文」寫作「（散盤）、（國差𦉜）、（說文古文）、（說文籀文）」，與甲骨文近似，唯巢中露出鳥頭更能表明鳥已入巢。小篆有兩個寫法：（1）寫作「」，上邊的「」是長尾鳥的形狀。仍是會意字；（2）寫作「」，用「」（木）作形符，「」（妻）作聲符，成爲「從木，妻聲」的形聲字。隸書（漢《張遷碑》、《郭有道碑》）寫作「西、棲」，已成今文。

鹵部

鹵 鹽（鹵、鹽）

【原文】鹵 lǔ 西方鹼地也。从西省，象鹽形。安定有鹵縣。東方謂之㡿，西方謂之鹵。凡鹵之屬皆从鹵。郎古切

【字源】「鹵」也是「鹽」的初文。甲骨文寫作「（一期粹 1585）、（一期京 2966）、（一期存 1.68）」，此形多釋作鹽盛於容器之中。筆者認爲當是鹽田之形。外框是「田」字的變形，是不規則的鹽田，區別阡陌規整之農田；裡邊的小點是曬出的鹽粒形。金文、古鉢文寫作「（免盤）、（古鉢）」，字形雖異，仍有「田」的痕跡。小篆分作「」（鹵 lǔ）和「」（鹽 yán）兩個字。隸書隨之寫作「鹵、鹽」。「鹽」是漢代著名的曬鹽池，用地名代表「鹽池」，《說文》：「鹽，河東鹽池。」古鉢文寫作「」，由鹽田、器皿和讀音「古」組成；小篆寫作「」，由監看的「監」（金文寫作「（頌鼎）」）和讀音「古」組成。

鹽部

鹽（鹽）

【原文】鹽 yán 鹹也。从鹵，監聲。古者，宿沙初作煮海鹽。凡鹽之屬皆作鹽。余廉切

【字源】「鹽」屬會意兼形聲字。由煮淋鹽鹼的布包「鹵」和監看煮淋的人和器皿「監」組成。「鹵」字金文寫作「（免盤）」，像布包中有鹽鹼顆粒的形狀。「古鉢文」寫作「（戰國鉢文）」，像鹽田形，反映了煮鹽工藝由小作坊向規模化生產的發展軌跡。「監」字甲骨文、金文寫作「（佚 932）、（頌鼎）」，像人在器皿中觀看的形狀。「監、鹵」二字合成的「鹽」既是「從鹵，監聲」的形聲字，也是監看制鹵（鹽）的會意字。

戶部

戶（戶）

【原文】戶 hù 護也。半門曰戶。象形。凡戶之屬皆从戶。㦾，古文戶从木。侯古切

【字源】「戶」指單扇的門（雙扇稱門，單扇稱戶）。《說文》；「戶，護也。半門曰戶，象形。」甲骨文寫作「戶（一期乙 1128）、戶（三期鄴 3.41.6）」。正是單扇門的形狀。秦簡、小篆寫作「戶、戶」，與甲骨文近似。「說文古文」寫作「㦾」，上邊是「戶」，下邊是「木」字，表示門由木制，即木門。隸書（漢帛書、《校官碑》）寫作「戶、戶」，已成今文。

門部

門（門）

【原文】門 mén 聞也。从二戶。象形。凡門之屬皆从門。莫奔切

【字源】「門」是房間或區域可以進出的口，古時特指兩扇對開的大門。兩扇稱門，單扇稱戶（指小門）。《說文》：「門，聞也。从二戶，象形。」這裡的「聞」指內外可以聽到聲音，區別於牆。甲骨文、金文、小篆字形近似，順序寫作「門（一期前 4.16.1）、門（四期甲 896）、門（門簋）、門（說文）」，均像兩扇門的形狀，上有一橫者是門楣形，用於固定門扇，至今偏遠農村還可見到這種形式的院門。隸書（漢《郭有道碑》等）寫作「門、門」，雖已是今文，但依稀可見原始門形。

耳部

耳（耳）

【原文】耳 ěr 主聽也。象形。凡耳之屬皆从耳。而止切

【字源】「耳」是聽覺和平衡器官。甲骨文、金文字形近似。順序寫作「[古文字]（一期後下 15.10）、[古文字]（一期京 1648）、[古文字]（亞耳尊）」，正像一隻耳朵的形狀。小篆、《三體石經》寫作「[古文字]、[古文字]」。已不如甲金文直觀。隸書逐步寫作「[隸書]」，成爲今文。

𦣝部

[篆文]（𦣝）

【原文】𦣝 yí 顄也。象形。凡𦣝之屬皆从𦣝。[篆文]，篆文𦣝。[籀文]，籀文从首。與之切

【字源】「𦣝」因字形變化很大，字義岐說不一。《說文》認爲是人的下頷，是對小篆的字形而言。甲骨文偏旁寫作「[古文字]（四期鄴 7.31.2）」，是梳篦形；金文寫作「[古文字]（鑄子簠）、[古文字]（杞伯匜）」，已經變形，成爲訛說的開始。其中「說文籀文」加表示頭部的「首」成爲「[籀文]」。小篆將首改爲「頁」成「[篆文]」。即腮和下巴。

手部

[篆文]（手）

【原文】手 shǒu 拳也。象形。凡手之屬皆从手。[古文]，古文手。書九切

【字源】「手」是腕以下的指掌部分。《說文》：「手，拳也。」最初甲骨文表示手的形狀和動作時寫作「[古文字]（四期京 4068）」（右，右手），與「又」、「寸」相同（詳見「又、寸」釋條），都是將五指省略爲三指的形狀。金文始寫作「[古文字]（柞鐘）、[古文字]（諫簋）」，像中指最高，五指展開的手掌形。小篆爲均衡筆劃結構寫作「[篆文]」，與金文相去不遠。「說文古文」是六國異寫文字，寫作「[古文]」，仍依稀可見手的影子。隸書（漢帛書）逐漸將五指拉成橫畫，寫作「[隸書]」，完全脫離了象形字。

𠦬部

𠦬 脊（𠦬、脊）

【原文】𠦬 guāi 背呂也。象脅肋也。凡𠦬之屬皆从𠦬。古懷切　脊 jǐ 背呂也。从𠦬从肉。資昔切

【字源】「𠦬」、「脊」《說文》皆指「背呂」，即脊背、膂骨。此字未見甲、金文。出現在戰國時期的簡牘、鉢文和小篆中，分別寫作「脊（鉢文）、脊（雲夢簡）、脊（秦鉢文）、脊（說文）」，字形不一正是當時社會動亂的結果，但均是上「𠦬」（脊、肋骨形）下「肉」（與小篆「月」字形近似）結構。

說文解字卷第十二下

女部

女（女）

【原文】女 nǚ 婦人也。象形。王育說。凡女之屬皆从女。尼呂切

【字源】「女」專指女子、女性。《說文》：「女，婦人也。象形。」甲骨文寫作「女（一期乙 1378）、女（四期粹 720）、女（一期後 272）」。均爲兩手交叉於前的跪姿人形。爲表示女性，或在人胸前加兩點，表示乳房（此字同「母」）。早期金文與甲骨文近似，逐步變化爲「女（子卣）、女（夨尊）、女（盂鼎）、女（南疆鉦）」，漸失形。小篆爲字形結構豐滿和筆劃流暢，寫作「女」，與甲骨文相去甚遠。用「女」作部首的字多與女性有關。

毋部

毋（毋）

【原文】毋 wú 止之也。从女，有奸之者。凡毋之屬皆从毋。武扶切

【字源】「毋」和「母」原是同一字。甲骨文、金文「（前 8.4.7）、（小子母己卣）、（母戊觶）」此時均是突出雙乳的「母」形。「毋」字早期與「母」無別。自春秋戰國的金文寫作「（詛楚文）、（中央勇矛）」後，小篆將乳上的兩點改爲一橫，寫作「」（毋），表示阻攔。此時的「毋」已是對「母」進行了限制，表示禁止，不允許「母」有某種行爲。尤其是「」字，猶如現在的禁行標誌牌，故《說文》稱：「毋，止之也。从女，有奸之者。」隸書以直筆方折取代了小篆的弧筆圓折，寫作「」，從而成爲今文。

民部

（民、氓）

【原文】民 mín 眾萌也。从古文之象。凡民之屬皆从民。，古文民。彌鄰切　氓 méng/máng 民也。从民亡聲。讀若盲。武庚切

【字源】「民」字在商周時本指敵囚（用作奴隸），與「氓」同義。《說文》：「民，眾萌（氓）也。」；「氓，民也。」當時抓來敵虜，先刺瞎左眼，用作奴僕，區別有身份的人和士。甲骨文、金文寫作「（一期乙 455）、（盂鼎）、（王孫鐘）、（中山王壺）、（𡚸蛮壺）」，正是用一銳器直刺眼目的形狀。「說文古文」寫作「」，是用戈從「女」字中刺過的字形。小篆將「民、氓」寫作「」、「」，已不直觀。隸書隨小篆結構寫作「民、氓」，至今無大變化。

丿部

（丿）

【原文】丿 piě 右戾也。象左引之形。凡丿之屬皆从丿。房密切

【字源】「丿」字在甲骨文中偶見一兩例，指某物件的一個、一片、一件。但此後未見金文，直至《說文》作爲部首出現，也只爲「乂」和「弗」兩個字設定。況且「弗」字初文並非從「丿」（弗字甲骨文作「𢎘（乙 7795）」）。此後只不過是字形結構的一個筆劃，即「撇」。在書法中稱作「掠」。（下見「乂、刈」字例）

𠚧 𠚨（乂、刈）

【原文】乂 yì 芟艸也。从丿从乀相交。𠚨，乂或从刀。魚廢切

【字源】「乂」是用工具割鏟雜草。引申消滅、斬除。《說文》：「乂，芟艸也。」甲骨文（1-2）和小篆（1）寫作「乂（前 1.9.7）、乂（一期 168）、乂（說文）」均像剪刀形，表示除草工具。甲骨文（3）另加「𠂈」（兩隻手）像雙手持剪形，明確「乂」是手的勞作。小篆（2）將雙手改成「刀」，強化割殺義，此時爲「𠚨（刈）」字。隸書（漢《劉熊碑》、《校官碑》）分別寫作「乂」和「刈」兩個字。

𠂆部

𠂆（𠂆）

【原文】𠂆 yì 抴也。明也。象抴引之形。凡𠂆之屬皆从𠂆。虒字从此。余制切

【字源】「𠂆」是《說文》爲小篆字形創建的部首。雖釋作「抴也。明也。象抴引之形」，但無甲、金文印證。雖率一「弋」字，僅小篆字形而已。與甲、金文無涉。（下見「弋」字例）

弋（弋）

【原文】弋 yì 橜也。象折木衺銳著形。从𠂆，象物掛之也。與職切

【字源】「弋」本指木橛，後又指帶繩子的箭。《說文》：「弋，橛也。象折木衺銳者形。」甲骨文（1-2）和金文（1）寫作「(一期乙 807)、(一期後下 26.4)、(戜鼎)」，雖字形不一，但均像一頭削尖、一頭有椏杈的木橛形。因多在木橛上栓繩子懸掛物品，形狀與拴繩的箭相似，故這種箭也稱為「弋」。甲骨文（3）、金文（2）及小篆寫作「(五期前 2.27.5)、(農卣)、(說文)」，字形相近，傳承關係一目了然。隸書寫作「弋」，以特有的波磔筆劃將弋從象形字中脫離出來。

乁部

(乁)

【原文】乁 yí 流也。从反厂。讀若移。凡乁之屬皆从乁。弋支切

【字源】「乁」與「厂」相同，都是《說文》為小篆字形創建的部首。釋作「流也。從反厂」。《說文》舉例僅有的小篆「」（也）字的第一筆。非常勉強。其實是隸、楷書法筆劃的「捺」，即「永字八法」中的「磔」，也是「一波三折」的「波」。從這個意義上講《說文》所謂的「流也」倒可以解釋得通。

氏部

(氏、氐)

【原文】氏 shì 巴蜀山名岸脅之旁箸欲落墮者曰氏，氏崩，聞數百里。象形，乁聲。凡氏之屬皆从氏。楊雄賦：響若氏隤。承旨切

【點評】不解不明，愈解愈亂。

【字源】「氏」與「氐」同源。甲骨文寫作「(一期粹 755)」，像以手指地，「」是「土」的象形（參看「土」字釋文）。金文（1-2）寫作「(頌鼎)、(令鼎)」，《侯馬盟書》、小篆寫作「、(說文)」逐漸將甲骨文手指的土塊形省為黑點或一橫，本義是根底。引申了諸多解說：

一說是人提重物（如酒罈），是「提」的初文；二說是山石將崩落。《說文》：「氏，巴蜀山名岸脅之旁箸欲落墮者……」；三說是部落的標誌，xx氏即xx部落的標誌；四、農具耜，以耒臿地……。筆者認爲：造成釋義不一的原因除義隨形變外，古文字的假借用字法是另一個重要原因。隸書（《禮器碑》）等寫作「氏、氐」。

氐部

𠂆（氐）

【原文】氐 dǐ 至也。从氏下箸一。一，地也。凡氐之屬皆从氐。丁禮切

【字源】「氐」是根柢、根本的意思，也是「低、底」的初文。《說文》：「氐，至也。从氏下箸一。一，地也。」甲骨文的「氐」也寫作「𠂆」，一說像人從地上提物的形狀。提物是由最低處提起，物在地上，地是底層，以此表示根底。筆者認爲，此字也像人指土地的形狀。（甲骨文的「土」（地）寫作「Ω（一期菁2）」，且「氐」、「地」同音。金文、石鼓文等將地面畫成一橫，寫作「𠂆（虢金氏孫盤）、𠂆（石鼓）」，成爲「土」字，可參。）小篆爲安排筆劃而寫作「𠂆」，失形。隸書寫作「氐」，將「氐」分成「氏、一」兩部分。

戈部

𢦏（戈）

【原文】戈 gē 平頭戟也。从弋，一橫之。象形。凡戈之屬皆从戈。古禾切

【字源】「戈」是商、周時期常用的一種長柄兵器。《說文》：「戈，平頭戟也。」甲骨文、金文十分象形。分別寫作「𢦏（甲247）、𢦏（前6.38.3）、𢦏（北戰盤）、𢦏（戈卣）、𢦏（宅簋）、𢦏（冬戈簋）、𢦏（宋公欒戈）、𢦏（成

陽戈）、戈（說文）」。特別是金文（1-2），戈鋒、杆、穿、垂纓畢現，猶如一幅戈的兵器圖。後逐步符號化，其中金文（6）加「金」旁，反映了金屬在武器上的普遍使用。小篆在統一文字時，已泯失器形。隸書進一步伸展筆劃，寫作「戈」，跳出象形字藩籬而成爲今文。

戉部

戉 鉞（戉、鉞）

【原文】戉 yuè 斧也。从戈乚聲。《司馬法》曰：「夏執玄戉，殷執白戚，周左杖黃戉，右秉白髦。」凡戉之屬皆从戉。」王伐切

【字源】「戉」是「鉞」的本字。是古代兵器。《說文》：「戉，斧也。」圓刃長柄，多用於儀仗，象徵帝王權威。甲骨文「戉（後上 31.6）、戉（乙 4692）、戉（一期林 2.13.4）」、金文「戉（戉父癸甗）、戉（虢季子白盤）」都是象形字。金文「戉（者滬鐘）」開始變形。小篆也隨之向文字化轉變，並加「金」旁作「鉞」。隸書（漢《白石神君碑》）寫作「鉞」。成爲今文。

我部

我（我）

【原文】我 wǒ　施身自謂也。或說：我，頃頓也。从戈从手。手，或說古垂字。一曰古殺字。凡我之屬皆从我。我，古文我。五可切

【點評】或說種種，盡皆偏失。

【字源】「我」甲骨文寫作「我（一期佚 54）、我（粹 878）」，像有三個戈頭組成的古兵器形，當是儀仗用的「三叉戟」。後借指第一人稱，自己。《說文》：「我，施身自謂也。」金文、《石鼓文》、小篆寫作「我（盂鼎）、我（害夫鐘）、我（石鼓文）、我（說文）」，雖字形略有不同，但均可看出是「戈」類兵器的演轉。即是有了明顯波磔筆劃的隸書「我」也依稀可見「戈」的遺痕。

亅部

ʃ ʅ（亅、𠄌）

【原文】亅 jué 鉤逆者謂之亅。象形。凡亅之屬皆从亅。讀若橜。衢月切。　𠄌 jué 鉤識也。从反亅。讀若捕鳥罬。居月切

【字源】「亅」、「𠄌」系秦漢時期繼篆書之後隸、楷、行、草各種書體相繼出現時產生的結字筆劃。「亅」、「𠄌」二字讀音相同，僅分正反而已。在楷書筆劃中稱「豎勾」或「趯」。

琴部

（琴、珡、瑟）

【原文】珡 qín 禁也。神農所作。洞越。練朱五弦，周加二弦。象形。凡珡之屬皆从珡。𨥈，古文。珡，从金。巨今切

【字源】「珡」即「琴」。《說文》：「珡，禁也。神農所作。洞越。練朱五弦，周加二弦。象形。凡珡之屬皆从珡。𨥈，古文珡，从金。」這裡是說「琴」是用來禁止人心思惡，淨化人的心靈。是由遠古的神農創作出來的，有通達的發音，用朱紅的熟絲做成五根琴弦，到周朝時又增加了兩根。凡是用珡作部首的字都有「珡」的字形。古文「琴」字用「金」作聲符。「說文古文」寫作「𨥈」，上半部由表示彈琴人的「大」和人兩側的琴弦「非」（字形）組成。下邊是聲符「金」；第 232 頁。小篆寫作「」，整體像琴形。用「珡」作部首的字有「瑟」字。《說文》：「瑟，庖犧所作弦樂也。从珡，必聲。，古文瑟。」這裡講的是：比神農更早的庖犧發明了「瑟」。因此「瑟」字寫作「」，是「」的上半部分。據說「瑟」有五十根弦。《史記》：「黃帝使素女鼓五十弦瑟。」

ㄴ部

ㄴ（ㄴ）

【原文】ㄴyǐn 匿也，象迟曲隱蔽形。凡ㄴ之屬皆从ㄴ。讀若隱。於謹切

【字源】「ㄴ」無獨立甲、金文。字形最早見於甲骨文的「𠥔（一期甲584）」（區）字。表示藏放器物的「拐角處」，字義源於「匚」（讀fāng）。「匚」是藏放神像牌位的「佛龕」。「ㄴ」是「匚」省去上邊一橫，取其藏放的「藏」義，稱之爲「匿也」，即藏匿。而「ㄴ」的筆劃是從周時金文和戰國《侯馬盟書》的字形中逐漸確立的。但與所率之字並非均有必然聯繫，如「ㄴ部」所率之「直」字，甲骨文、「說文古文」等不從「ㄴ」。（下見「直」字例）

直（直）

【原文】直zhí 正見也。从ㄴ从十从目。𣓭，古文直。除力切

【字源】「直」本義是正視、直視。甲骨文寫作「[illegible]（乙4678）」，像眼瞄一條直線，如同木工測線時用一隻眼。金文寫作「[illegible]（恒簋）」，像用眼看一個測垂直度的懸錘。小篆寫作「直（說文）」，改爲十字尺，同時均加一豎折曲線（ㄴ），進一步明確「直」是在觀測曲直。「說文古文」寫作「𣓭（說文古文）」，是目視十木形，與「相」字同義。《侯馬盟書》寫作「[illegible]」，與金文結構相同。隸書（《曹全碑》）與秦簡寫作「[illegible]、[illegible]」，均未離開「目」和「十」字形。

亾部

亾（亡）

【原文】亡wáng 逃也。从人从ㄴ。凡亡之屬皆从亡。武方切

【字源】「亡」是死、逃跑、失去。《說文》：「亡，逃也。」甲骨文和金文（1）寫作「𠃊（一期合591）、𠃊（杞伯簋）」，像人被截去手的形狀。是對奴隸逃亡的懲罰，失去手也有亡失義。金文（2）和小篆寫作「亾（害夫鐘）、亾（說文）」，已不如甲骨文直觀。有學者據此字形釋作「人藏於'乚'處。」但與甲骨文字形不符。隸書（《景君碑》）寫作「亡」，完全失去古文字形。

匸部

匸（匸）

【原文】匸 xì 衺徯，有所俠藏也。从乚，上有一覆之。凡匸之屬皆从匸。讀與傒同。胡礼切

【點評】匸、匸一字，化爲二部，徒增繁縟也。

【字源】「匸」是《說文》從「匚」（fāng）字分化出來爲小篆設立的部首字。源自「拐角處」和神龕形。（下見「區」字例）

區（區）

【原文】區 qū 踦區，藏匿也。从品在匸中。品，眾也。豈俱切

【字源】「區」的本義是藏存器物的地方。引申地域、小處所等。《說文》：「區，踦區，藏匿也。从品在匸中。」這裡的「踦區」當爲「崎嶇」，是山洞裡不易找到的凹處。甲骨文寫作「區（乙6404）、區（甲584）」。「乚」是拐角處；「品、品」是眾多的圓口器物（如陶器）形。金文寫作「區（子禾子釜）」，用半圓（匸）形器物將物品攏在一起，字形雖殊，字義不悖；《侯馬盟書》、古鉥文寫作「區、區」，已有筐狀容器「匚」（讀fāng）形。小篆寫作「區（說文）」。隸書（漢《張遷碑》）寫作「區」，雖是今文但結構未變。

匚部

（匚、匡、筐）

【原文】匚 fāng 受物之器。象形。凡匚之屬皆从匚。讀若方。，籀文匚。府良切

【字源】「匚」字源於存放神主的神龕。後引申盛東西的盛器。「匚」也是「匡」和「筐」的初文。甲骨文、金文、「說文籀文」的「匚」寫作：「（鄴初下 40.11）、（存 1770）、（乃孫作且己鼎）、（說文籀文）」。雖然由簡到繁，但都表示凹型盛器。「匡」金文寫作「（尹氏匡）、（禹鼎）」，或在外框線中加飾紋（竹荊編製出的紋路），或在「匚」中加聲符。此時已讀作「kuāng」，字義也有了方正、糾正的含義。小篆在規範字形時寫作「」，《說文》：「匡，飯器，筥也」。又因筐是竹子編制而成，故在「匡」上加「竹」字，寫作「」（筐），專指竹編筐形盛器。

曲部

（曲）

【原文】曲 qū/qǔ　象器曲受物之形。或說曲，蠶薄也。凡曲之屬皆从曲。，古文曲。丘玉切

【字源】「曲」字是由「匚」演化來的。如同繪畫的單線白描和複線雙勾。本義是受物之器，即盛東西的器物。從「曲」字小篆寫作「」，甲骨文、「說文籀文」寫作「（四期粹 120）、（說文籀文）」可以看出字出同源。但「曲」字金文、「說文古文」也寫作「（曲父丁爵）、（說文古文）」就有了彎曲義。

甾部

（甾）

【原文】甾 zī 東楚名缶曰甾。象形。凡甾之屬皆从甾。，古文。側詞切

【字源】「甾」是古代一種盛酒或油的陶器，也稱作「缶」。甲骨文、金文、「說文古文」及小篆字形相似，分別寫作「（五期前 2.38.1）、（甲 3690）、（子使鼎）、（說文古文）、（說文）」。均爲敞口、束頸、隆腹的盛器形。隸變時將上邊的敞口改爲「巛」（讀 chuān，流水形，即川字），下邊改爲「田」，已與古文字風馬牛不相及了。由「甾」組合而成的字有「畚」，小篆寫作「（說文）」，是用竹篾或蒲草編織成盛種子的器皿。《說文》：「畚，䶜屬，蒲器也，所以盛種」。

瓦部

（瓦、甄）

【原文】瓦 wǎ 土器已燒之總名。象形。凡瓦之屬皆从瓦。五寡切

【字源】「瓦」本指由泥土燒製的器物，相當於粗陶。「瓦」字出現在東周。秦簡、小篆寫作「（睡虎地簡）、（說文）」。一釋作屋瓦，一正一反形，又像製陶的轉輪形。後除專指屋瓦外，多作土陶的形符使用。如「甄」字：則是以瓦爲形，以「垔」（讀 yīn，有以土塞堵義）爲聲的形聲字。金文寫作「（牆盤）」，上邊的「宀」（讀 mián）表示房屋；裡邊有表示巢臼器形的「西」和原料「土」，以及手持工具形的「攴」。是一幅完整的製陶作坊圖。小篆寫作「」，省去房屋形，成爲「西土瓦」結構。保留了原始字義。「瓦」字作爲偏旁部首此時才正式出現。

弓部

（弓）

【原文】弓 gōng 以近窮遠。象形。古者揮作弓。《周禮》六弓：王弓、弧弓以射甲革甚質；夾弓、庾弓以射干矦鳥獸；唐弓、大弓以授學射者。凡弓之屬皆从弓。居戎切

【字源】「弓」是射箭或彈丸的武器。甲骨文、金文寫作「弓（前 5.7.2）、弓（後下 3.3.17）、弓（靜卣）」，都是有弦或無弦的弓形。《石鼓文》、小篆寫作「弓（石鼓文）、弓（說文）」，雖不如甲、金文直觀，但仍能看出傳承關係。隸書（漢簡、《禮器碑》）寫作「弓」，雖成今文，仍保留了弓形。

弜部

弜 弼（弜、弼）

【原文】弜 jiàng　彊也。从二弓。凡弜之屬皆从弜。其兩切

【字源】理解「弜」字應先看「弼」字。「弼」本是矯正弓弩的器具，後引申輔佐。《說文》：「弼，輔也，重也。」這裡的「重」是重疊。由甲骨文寫作「弜（一期乙 8857）、弜（甲 644）」（兩個弓的形狀）可知，一個是弓，另一個是矯弓器。故此字又作「弜」（讀 jiàn g，表示強迫，有力）解。金文寫作「弼（毛公鼎）、弼（番生簋）」，是在甲骨文基礎上加一「因」字。「因」是席子的形狀，表示弓矯正後需要在席子上晾乾定型，此時屬會意字。「說文古文」寫作「弼、弼」，前者在兩弓旁加表示手持工具的「攴」字，會意用手和工具矯正弓；後者在弓上加「弗」，「弗」是矯正箭幹，借指矯正弓亦無不可。小篆寫作「弼、弼」，與金文略同。隸書（漢《張遷碑》）寫作「弼」，已成今文。

弦部

弦 彈（弦、彈）

【原文】弦 xián　弓弦也。从弓，象絲軫之形。凡弦之屬皆从弦。胡田切

【字源】「弦」與彈射的「彈」（tán）最初是同一字。本指古時彈弓和彈弓發射的彈丸。《說文》：「彈，行丸也。从弓，單聲。」「彈」字甲骨文寫作「（一期前 5.8.5）」或「（甲 2695）」，前者是弓弦上有一丸形，表示彈丸；後者弓弦呈虛線形，用彈丸射出後弦在顫抖來表示彈（tán）義。造字者雖匠心巧妙，但仍易與弓、弦等混淆。所以小篆在弓旁加一聲符「單」字，寫作「」（彈），組成「從弓，單聲」的形聲字，以示彈射；加一「玄」字作「」（弦）。隸書分別寫作「弦、彈」。

系部

（系、繫）

【原文】系 xì 繫也。从糸丿聲。凡系之屬皆从系。，或从毄處。，籀文系，从爪絲。胡計切

【點評】象形兼會意，非丿聲也

【字源】「系」是聯屬、連接；世系、系統。甲骨文、金文及「說文籀文」寫作「（前 7.4.1）、（鐵 2.2）、（四期粹 398）、（非戈系爵）、（小臣系卣）、（說文籀文）」。字形略異，字義相同。上邊是手（爪），下邊是兩束或三束絲，是古代祭祀活動中與神或先祖維繫的表示，也是遠古「結繩記事」的遺風。小篆（1）簡化了手和絲束，寫作「」（系）；（2）另制一「」（繫）字，實無必要，用法同「系」。隸書寫作「系、繫」，成爲今文。

說文解字卷第十三上

糸部

糸（糸）

【原文】糸 mì 細絲也。象束絲之形。凡糸之屬皆从糸。讀若硯。𢆯，古文系。莫狄切

【字源】「糸」指一束細絲。甲骨文、金文、「說文古文」分別寫作「𢆯（一期甲 3576）、𢆯（二期金 122）、𢆯（系父壬爵）、𢆯（子L父癸鼎）、𢆯（子系爵）、𢆯（說文古文）」，字形雖跨越千年，但均像一束絲的形狀。《說文》：「糸，細絲也。象束絲之形。凡糸之屬皆从糸。」這裡是在肯定「糸」的字形字義後指出「糸」是作爲部首使用的。

素部

素（素）

【原文】素 sù 白緻繒也。从糸𠂹，取其澤也。凡素之屬皆从素。桑故切

【字源】「素」原指本色的生帛。金文、楚簡寫作「素（師克盨）、素（楚簡）」，像兩手觸摸下垂的絲形。小篆省去雙手，寫作「素」（素），成爲「垂絲」結構（上邊是「垂」字，下邊是「糸」字，「糸」讀 mì，是絲的字根）。隸書將「垂」省成三橫一豎寫作「素」，從此成爲今文。

絲部

絲（絲）

【原文】絲 sī 蠶所吐也。从二糸。凡絲之屬皆从絲。息茲切

【字源】「絲」本義是蠶絲。甲骨文、金文、小篆分別寫作「（一期後下 8.6）、（二期通 v3）、（昌鼎）、（守宮盤）、（說文）」，均像兩束絞股的蠶絲的形狀。與金文同期的楚簡乾脆寫成「」（二絲）。引申爲絲線、絲織物以及像絲一樣的東西，特指細微物。

率部

（率）

【原文】率 shuài/l ǜ　捕鳥畢也。象絲罔，上下其竿柄也。凡率之屬皆从率。所律切

【點評】「率」、「索」同源，與畢無關。

【字源】「率」的本義是大麻繩。甲骨文、金文（1）寫作「（粹 23）、（前 1.11.5）、（盂鼎）」。像搓絞成繩的麻束，中間是搓成的繩股，兩側是乍起或飛落的碎麻。金文（2）寫作「（毛公鼎）」，將碎麻寫成動詞行走的「行」，始有率領、牽引的意思。金文（3-4）寫作「（㦰簋）、（中山王鼎）」，將行改爲「辵」（讀 chuò，表示行走，即今文的「走之」）。因繩常用來牽牛拴馬或捆綁奴隸，由此產生了率領、帶動義。小篆寫作「」。因上下像手執兩端的竿柄形。所以才有《說文》稱：「率，捕鳥畢也。象絲網，上下其竿柄也。」其實「畢」另有其字，參看「畢」釋條。

注：在古文字中表示「率領」的「率」寫作「」；表示「帶動、先導」寫作「」。而「率」主義在繩索。後混用「率」。隸書（《辟雍碑》）寫作「率」。

虫部

（虫、蛇）

【原文】虫 huǐ/chóng　一名蝮，博三寸，首大如擘指。象其臥形。物之微細，或行，或毛，或蠃，或介，或鱗，以虫爲象。凡虫之屬皆从虫。許偉切

【字源】「虫」是個部首字，最初指蛇，在古文字中與「它」同形。《說文》：「虫，一名蝮，博三寸，首大如擘指。象其臥形。物之微細，或行，或毛，或蠃，或介，或鱗，以虫為象。」這說明古人的「虫」不僅指蛇，也是對所有動物的混稱。如稱老虎是「大虫」；蛇是「長虫」；魚是「水虫」……。後隨著人類對自然界認識的不斷深入，對動物的分科和名稱也逐漸明細。「虫」（蛇）字甲骨文寫作「𧈧（乙 8718）」或「𧈧（一期合 10065）、𧈧（鐵 46.2）」。都像雙勾或單線畫的虫、蛇形。金文寫作「𧈧（昌鼎）」，簡直是眼鏡蛇的簡筆劃。小篆表示虫的字很多：1.「虫」像省去兩點的眼鏡蛇；2.「䖵」用兩個虫來表示小於、多於蛇的昆虫（此字是「昆」）；3.「蟲」用眾多的虫來專門表示（非蛇）爬虫。隸書（漢帛書）將象形字元化，從而成為今文。以「虫」為部首的字多與虫蛇、昆虫有關。（下見「蟬」字例）

蟬（蟬）

【原文】蟬 chán 以旁鳴者。从蟲單聲。市連切

【字源】「蟬」是昆蟲名，俗稱「知了」。甲骨文的「蟬」是象形字，寫作「蟬（四期粹 1536）」。頭、身、翼、足俱全。小篆是形聲字，寫作「蟬」。左旁是形符「虫」字；右邊是聲符「單」字。單字的甲骨文寫作「單（一期乙 3787）」；金文寫作「單（蔡侯匜）」。本是用樹椏綁成的武器形狀（詳見「單」釋）。但在這裡只表發聲，與「虫」組合成「從虫，單聲」的形聲字。隸書寫作「蟬」，從此脫離了古文字形。

說文解字卷第十三下

䖵部

䖵（䖵、昆）

【原文】䖵 kūn 蟲之總名也。从二虫。凡䖵之屬皆从䖵。讀若昆。古魂切

【字源】「䖵」在古文字中是個部首字，是昆蟲的「昆」的本字（古文字寫作「䖵」），是用二虫表示很多蟲類。甲骨文寫作「（京津 623）、（林 1.7.16）」；金文寫作「（魚鼎匕）」；小篆寫作「」。字形不盡相同，是不同時代的古人對自然界事物觀察和表達的方式不同，但均是用兩個虫蛇形表示昆蟲。《說文》：「䖵，蟲之總名也。」此字形至漢隸時雖有變化，但仍用䖵字者很多。

蟲部

（蟲）

【原文】蟲 chóng 有足謂之蟲，無足謂之豸。从三虫。凡蟲之屬皆从蟲直弓切

【點評】虫䖵蟲皆虫屬，一分爲三

【字源】「蟲」是「虫」的後起繁衍字。最初僅有「虫」字，指蛇類（見「虫」部釋文）。又用兩個虫來表示小於、多於蛇的昆蟲「䖵」（䖵「」。此字是「昆」）；再用三個「虫」來專門表示非蛇類爬蟲「」。《三體石經》寫作「」，仍有三條蟲的形狀。隸書（漢帛書）等寫作「、」，將象形字符號化，從而成爲今文。簡化字回歸「虫」

風部

（風）

【原文】風 fēng 八風也。東方曰明庶風，東南曰清明風，南方曰景風，西南曰涼風，西方曰閶闔風，西北曰不周風，北方曰廣莫風，東北曰融風。風動蟲生。故蟲八日而化。从虫，凡聲。凡風之屬皆从風。，古文風。方戎切

【字源】「風」是空氣流動的現象。《說文》：「風，八風也。」指各方向來的風。因風是無形的，很難具象描繪。甲骨文寫作「（一期鐵 97.1）、

（一期後下 39.10）、（三期粹 839）、（三期粹 830）」，是借用傳說中的鳳凰的「鳳」（或加平凡的「凡」，凡字有學者認爲是「風」的本字）表示風。「說文古文」將風寫作「」，像風刮時太陽被遮蓋起來，另加一斜劃表示風的動態。小篆保留了「凡」，將「鳳」內改爲「虫」（古人習慣將動物混稱蟲）。隸書（《曹全碑》）寫作「」，精簡篆書筆劃，使其平直，保留了「凡虫」結構，成爲今文。簡化字寫作「风」。

它部

（它、蛇）

【原文】它 tā 蟲也。从虫而長，象冤曲垂尾形。上古艸居患它，故相問無它乎……凡它之屬皆从它。，它或从虫。託何切

【字源】「它」本指「蛇」。甲骨文無論單線字還是雙鉤字都像蟲蛇之形，寫作「（一期合 10063）、（一期合 14354））」，十分象形。「蛇」寫作「（乙 8816）」，像蛇在「彳」（chì，行的省文，表示路和行走）旁爬行。上古稱蛇爲「它」。《說文》：「它，蟲也。从虫而長，像冤（彎）曲垂尾形。上古艸居患它，故相問無它乎……蛇，它或从虫。」後小篆寫作「（說文）」，仍有眼鏡蛇的形狀。爲表示蛇是爬蟲，小篆在「它」旁另加「虫」而寫作「（說文）」。而「它」作爲第三稱的代詞一直使用到了近代，至「五四」時，指人時用他，時與它混用。篆文沒有「他」字，「他」是隸變時由小篆「」（佗）轉化而來，而佗的本義是人負載物體。隸書（漢帛書、《張景碑》等）分別寫作「」。

龜部

（龜）

【原文】龜 guī 舊也。外骨內肉者也。从它，龜頭與它頭同。天地之性，廣肩無雄；龜鱉之類，以它爲雄。象足甲尾之形。凡龜之屬皆从龜。[古文字形]，古文龜。居追切

【字源】「龜」是兩棲爬行動物。《說文》：「龜，舊（久）也，外骨內肉者也。」這裡的「舊」是指龜的壽命長久的「久」。甲骨文、金文寫作「[古文字形]（京津 220）、[古文字形]（一期合 8996）、[古文字形]（一期合 10076）、[古文字形]（一期合 7860）、[古文字形]（龜父丙鼎）」，是龜的側視或正視形。頭、爪、甲、尾具顯，如圖似畫，是「書畫同源」的佐證。「說文古文」寫作「[古文字形]（說文古文）」；小篆寫作「[古文字形]（說文）」，雖不如甲、金文直觀，也刻畫出了龜的基本特徵。均屬象形文字。隸書（漢《郭有道碑》）隨小篆結構寫作「[古文字形]」。

黽部

[古文字形]（黽）

【原文】黽 měng 鼃黽也。从它，象形。黽頭與它頭同。凡黽之屬皆从黽。[古文字形]，籀文黽。莫杏切

【字源】「黽」本指蛙。特指巨首、大腹、四肢的「金錢蛙」，也稱「土鴨」。《說文》：「黽，鼃黽也。」甲骨文、金文寫作「[古文字形]（一期前 4.56.2）、[古文字形]（一期掇 2.409）、[古文字形]（父辛卣）、[古文字形]（父丁鼎）、[古文字形]（父丁鼎）」，正像突出大腹和四肢的蛙形。戰國金文寫作「[古文字形]（鄂君車節）」，雖顯字形鬆散，但仍可看出「[古文字形]」是「腹」形；「[古文字形]」是「爪」形。小篆寫作「[古文字形]」；「說文籀文」寫作「[古文字形]」，可見由甲骨文演化來的痕跡。隸書以直筆方折寫作「[古文字形]」。成爲今文。

卵部

[古文字形]（卵）

【原文】卵 luǎn 凡物無乳者卵生。象形。凡卵之屬皆从卵。盧管切

【字源】「卵」指雄性睾丸，隱指卵生動物。故《說文》稱：「凡物無乳者卵生」。甲骨文寫作「[古文字]（一期合 18270）、[古文字]（一期英 1853）、[古文字]（一期合 26894）」，前兩字像有陰毛和陰莖、睾丸的雄性生殖器官；後者省去陰毛。金文和戰國雲夢簡寫作「[古文字]（卵公之子匜）、[古文字]」省去陰莖突出了睾丸的形狀。戰國望山簡、包山簡寫作「[古文字]、[古文字]」，高度概括了卵的形狀。小篆隨金文結構寫作「[古文字]」。隸書寫作「[古文字]」，仍能看到卵的初形。

二部

二（二）

【原文】二 èr 地之數也。从偶一。凡二之屬皆从二。[古文字]，古文。而至切

【字源】「二」是「貳」的初文。這個簡單的數位記號最初只是兩個橫示的手指，後用竹木籌碼代替，表示數字兩個的意思，後來在古文字中竟被用來代表天、地（上邊一橫表示天，下邊一橫表示地）。《說文》：「二，地之數也。」《易經》：「天一，地二。」最初甲骨文、金文、小篆只寫作「[古文字]（菁 3.1）、[古文字]（盂鼎）、[古文字]（說文）」，後期金文和「說文古文」在「二」的上下加入「弋」類木楔類兵器和表示財產的「貝」，寫作「[古文字]（中山王壺）、[古文字]（召伯簋）、[古文字]（說文古文）」。注入了物品標數的含義，是原始「二」的形象回歸和合文。對此，《說文》稱：「貳，副益也。」即第二位的。小篆分別寫作「二、[古文字]」表示兩個義同、字不同的字。

土部

土（土）

【原文】土 tǔ 地之吐生物者也。二象地之下、地之中，物出形也。凡土之屬皆从土。它魯切

【字源】「土」指地上的泥土、土地。先民信仰土地之神。將土堆成祭祀的神台形。甲骨文寫作「[古文字]（前 5.10.2）、[古文字]（一期合 9741）、[古文字]（四期合

34186）、⊥（粹 907）」，下邊的一橫表示地面；上邊的「∩、∩、Ⅰ」是寫實的土塊逐漸向字元轉變。四周的小點是塵土。金文、陶文寫作「●（盂鼎）、●（召卣）、●（走甫盂）、●（古陶文）」，除將甲骨文的空白填實外，漸變痕跡也很明顯。小篆接金文（4）的形狀寫作「土」，從此定形。隸書（《劉熊碑》、《漢帛書》）據此寫作「土、土」。

垚部

垚（垚）

【原文】垚 yáo 土高也。从三土。凡垚之屬皆从垚。吾聊切

【字源】「垚」是《說文》爲解釋「堯」字而設的部首字。造字者摘取「堯」字上邊的三個土而成「垚」。小篆寫作「垚」。即壘土成高丘之義。「垚」部所率正字僅一「堯」字。（下見「堯」字例）

堯（堯）

【原文】堯 yáo 高也。从垚在兀上，高遠也。㚧，古文堯。吾聊切

【字源】「堯」是古帝陶唐氏的號。因其生於叫作堯的黃土高原上而名。故「堯」又表示高地。《說文》：「堯，高也。」甲骨文寫作「●（後下 32.16）」。下邊是跪姿的人形；上邊是兩個土堆，即山丘形。表示人在高丘或高丘之人，符合「堯」的生地和名號由來。「說文古文」寫作「㚧」。下邊是兩個人形；上邊是兩個「土」字，與甲骨文字形的創意異曲同工。小篆將兩個土字變成「垚」寫作「堯」。隸書（漢《樊敏碑》）據此寫作「堯」，成爲今文。

堇部

堇 𡋩（堇、㶣）

【原文】堇 qín/jǐn 黏土也。从土，从黃省。凡堇之屬皆从堇。、，皆古文堇。巨斤切

【點評】誤象形爲形聲，不知字源之故也。

【字源】「堇」和「熯」在甲骨文中是同一字，是古時焚燒活人祭祀求雨。甲骨文寫作「（一期京津 2300）、（二期存 2.155）」，像被縛雙臂在火上焚燒的人形。金文至小篆逐漸寫作「（堇伯鼎）、（召伯簋）、（㝬鐘）、（齊侯壺）、（說文）」。可以清楚地看到字形演變的痕跡。將下邊「火」改爲「土」是祭祀方式發生的變化，由焚燒活人變爲焚燒黏土製成的陶俑。故《說文》稱：「堇，黏土也。」「熯，幹貌。」即將黏土製成的泥人燒幹。隸書（漢帛書等）寫作「」，已是今文。

注：「說文古文」（2）寫作「」，是傳抄筆誤。

里部

（里、裏）

【原文】里 lǐ 居也。从田，从土。凡里之屬皆从里。良止切

【字源】「里」和「裏（裡）」本是完全不同的兩個字。「里」是指有人居住的土地。《說文》：「里，居也。从田，从土。」泛指村落和城鎮的巷弄，胡同。金文、古陶文、《石鼓文》、小篆等字形近似，分別寫作「（史頌簋）、（矢方彝）、（陶文）、（中山王鼎）、（說文）」。都是由「田」（農田）、「土」（土地、地域）組成的會意字。

「裏」本指衣服的裡層。《說文》：「裏，衣內也。」金文、小篆寫作「（番生簋）、（毛公鼎）、（說文）」。均是在「衣」字裡面加一「里」的形聲字。隸書（漢《史晨碑》等）寫作「里、裏」。今簡化字統用「里」。

田部

（田）

【原文】田 tián　陳也。樹穀曰田。象四囗。十，阡陌之制也。凡田之屬皆从田。待秊切

【字源】「田」最初是兩個意思，一指王公貴族狩獵的地塊，用網將四周圍起，即「囗」（讀 wéi）；二指農田，「囗」是田外邊界，裡邊的「十」是縱橫的田壟（阡陌）。甲骨文、金文、小篆直至隸書變化不大，多寫作「田（一期合 6057）、田（傳卣）、田（說文）、田（隸書）」。其中甲骨文也寫作「田（四期粹 1223）」，中間是「井」字，既是多塊田壟形，也是「井田制」的真實寫照（「井田」是八家農戶圍繞王室中間一塊「公田」的形狀）。

畕部

畕（畕）

【原文】畕 jiāng　比田也。从二田。凡畕之屬皆从畕。居良切

【字源】「畕」是「疆」的初文。本指兩塊農田的邊界，引申疆界。甲骨文、金文及小篆字形相同，寫作「畕（庫 492）、畕（車鼎）、畕（滕伯友鼎）、畕（說文）」，均是兩塊比鄰的田形。由「畕」至「疆」的字形變化軌跡是「畕、畕、畕（甲金文畕）▸畺（毛公鼎）▸彊（盂鼎）▸彊（頌鼎）▸疆（說文）。

黃部

黃（黃）

【原文】黃 huáng　地之色也。从田从炗，炗亦聲。炗，古文光。凡黃之屬皆从黃。灸，古文黃。乎光切

【字源】「黃」字一般多釋作「璜」的初文，即半壁形的玉器。《說文》稱：「黃，地之色也。」非本義，是假借指黃土地的顏色。從甲骨文、金文、小篆寫作「黃（前 7.32.3）、黃（京津 636）、黃（召尊）、黃（柞鐘）、黃（說文）」來看釋為佩玉或也很勉強，釋為黃土色尤難指證，特別是「說文古文」寫作「灸」（讀 guāng）就更難圓其說了。筆者認為「黃」是一種黃疸性

傳染病，患者通身皮膚發黃，且腹部膨脹如鼓。甲、金、篆描寫的人腰部成圓球形當指此義。又因此病傳染，常被用火燒死滅菌。一說是爲祈雨而火燒人牲。故「說文古文」的「」上邊是表示腳的「夊」字，下邊有「火」，會意用火從腳下燒起。請參看「難」字釋文。

男部

（男）

【原文】男 nán　丈夫也。从田从力。言男用力於田也。凡男之屬皆从男。那含切

【字源】「男」指男人。《說文》：「男，丈夫也。从田，从力，言男用力于田也。」甲骨文寫作「（前 8.7.1）、（京津 2122）」。其中「田」字一望可知，「」是農具「耒」的形狀，引申力量的「力」字。金文寫作「（矢方彝）、（奐矦簋）」，與甲骨文字素相同。小篆將農具確立爲「力」，寫作「（說文）」，字義可通。秦《睡虎地簡》、隸書（漢《張景碑》）分別寫作「、」，步入今文行列。

力部

（力）

【原文】力 lì　筋也。象人筋之形。治功曰力，能圉大災。凡力之屬皆从力。林直切

【點評】人筋說謬矣。

【字源】「力」是個義隨形變的象形字。最初源自原始農具「耒」的形狀。因耒耕屬粗重勞動，需要強力而引申爲力量。從字形看，甲骨文和早期金文寫作「（一期乙 517）、（一期乙 8893）、（力冊父丁觚）、（中山王鼎）」，確像「耒」；後期金文和小篆寫作「（詛楚文）、（說文）」，

漸像手臂。秦簡、漢帛書等隸書寫作「力、力、力」，使其從象形字中脫離出來。因此《說文》稱：「力，筋也。象人筋之形。」即手臂之肌肉形。

劦部

劦 協（劦、協）

【原文】劦 xié 同力也。从三力。《山海經》曰：「惟號之山，其風若劦。」凡劦之屬皆从劦。胡頰切

【字源】「劦、協」同出一源。甲骨文寫作「𠯈（一期合 3297）、劦（一期合 14295）、劦（四期合 34418）」。（劦）是三個耒（農具）並耕；加口作「𠯈」，三位一體字義相同，也是口喊勞動號子，共同勞作的情景。甲骨文或同金文加「牛」（兩隻或三隻牲畜形）寫作「劦（粹 927）、劦（粹 973）、劦（王協方罍）、劦（秦公鐘）」。用畜力代替人力，是農業生產力提高的表現。小篆統一字形後分爲兩個字：「劦（劦）、協（協）」。《說文》分別稱：「劦，同力也。」「協，眾之同合也。」隸書寫作「協」，今簡化字作「协」。

注：「協」字另有從「叶」系統的字形，另釋。

說文解字卷第十四上

金部

（金、銀）

【原文】金 jīn 五色金也。黃爲之長。久薶不生衣，百鍊不輕，从革不違。西方之行。生於土，从土；左右注，象金在土中形；今聲。凡金之屬皆从金。，古文金。居音切

【字源】「金」原指青銅，後特指黃金，是金屬的總名。《說文》：「金，五色金也。黃爲之長。久薶（埋）不生衣，百煉不輕……」最初的金文寫作「（效父簋）」，像煉成的金屬錠形。後逐漸寫作「（麥鼎）、（豐尊）、（師袁簋）、（鄂君舟節）」。上邊的三角形是冶煉用的坩堝；下邊的「王」形是澆注的凹槽；中間的小點是鑄好的金屬錠。一說上邊的坩堝形是聲符「今」；下邊是「土」；中間的小點是土裡的金沙。「說文古文」寫作「」，與金文無別。小篆規範爲「」。用「金」字作部首的字多與金屬有關：如「銀」，一種貴金屬。《說文》：「銀，白金也。从金，艮聲。」小篆寫作「」，屬典型的形聲字。

幵部

（幵）

【原文】幵 jiān 平也。象二干對構，上平也。凡幵之屬皆从幵。古賢切

【點評】並排之靈台，與干無涉。

【字源】「幵」字僅見於戰國之金文，寫作「（三晉 128）」，像兩個古時祭祀用的靈台牌位。牌位甲骨文有「（後上 1.2）」字形。兩個牌位並列表示被祭祀的人身份地位平等。所以《說文》釋作「上平也」。

注：一說象簪形，待考。

勺部

𠣏（勺）

【原文】勺 zhuó/sháo 挹取也。象形，中有實，與包同意。凡勺之屬皆从勺。之若切

【字源】「勺」是舀東西的用具。柄有長短。古時多用來舀酒。《說文》：「勺，挹取也。象形。」甲骨文、金文、小篆字形雖不盡相同，但都像勺中有物。順序寫作「𠣏（一期佚 887）、𠣏（勺方鼎）、𠣏（說文）」。漢簡、隸書寫作「勺、勺」，雖成今文，但仍能看到象形字的遺痕。

几部

几 丌（几、丌）

【原文】几 jǐ 踞几也。象形。《周禮》五几：玉几、雕几、彤几、鬆几、素几。凡几之屬皆从几。居履切

【字源】「几」（几案）與「丌」同。均爲有足的几座形。《說文》；「丌，下基也。薦物之丌。象形。」金文、《三體石經》寫作「丌（欽罍）、丌（好盗壺）、丌（石經）」；小篆字形近似，分別寫作「丌（說文）、几（說文）」兩個字。隨著人類生活習慣和生活水準的提高，逐步產生了桌、案、檯。

且部

且 俎（且、俎）

【原文】且 qiě/jū 薦也。从几，足有二横，一其下地也。凡且之屬皆从且。子余切。又，千也切

【點評】且爲男根，繁衍器也。夫子所釋不著邊際矣。

【字源】「且」字是男性生殖器的形狀，反映了遠古時期人類對男性生殖器崇拜的現象。先民認爲男性生殖器是繁衍子孫的神秘器官，祭祀祖先時，將男性（死者）生殖器官切成幾段，置於靈臺上，祈求祖先保佑子孫多生、多育。表示此義的字形也作「俎」（參看「俎」字釋條）。後改用石頭雕刻的器形；再後用木頭製成象形的牌位，延續至今。《說文》：「且，薦也。」甲骨文、金文用爲祖先的祖。甲骨文「且」寫作「[illegible]（一期甲 2903）、[illegible]（前 1.36.6）、[illegible]（一期京 3119）」，正是男性生殖器的形狀。「俎」字甲骨文寫作「[illegible]（一期菁 3.1）、[illegible]（二期前 5.37.2）」，金文寫作「[illegible]（三年痶壺）、[illegible]（傳卣）、[illegible]（臧鼎）」，裡邊的「夕」形是「肉」字，側面有刀切符號。

斤部

[illegible]（斤）

【原文】斤 jīn 斫木也。象形。凡斤之屬皆从斤。舉欣切

【字源】「斤」是個部首字。是古代一種橫刃的工具。如木工的錛、農民的鎬。後借作稱重量的單位。《說文》：「斤，斫木也。象形。」甲骨文寫作「[illegible]（坊間 4.204）、[illegible]（前 8.7.1）」，箭頭表示斧刃，有直柄、曲柄之分。金文、秦簡字形近似，寫作「[illegible]（天君鼎）、[illegible]（仕斤戈）、[illegible]（秦簡）」。將箭頭改爲被砍物的凹痕。小篆寫作「[illegible]」，已不直觀。隸書（漢《陽泉銘》）寫作「[illegible]」，成爲今文。

斗部

[illegible]（斗）

【原文】斗 dǒu 十升也。象形，有柄。凡斗之屬皆从斗。當口切

【字源】「斗」在古文字中是酒器，亦量具。《說文》：「斗，十升也。象形，有柄。」甲骨文、金文及秦簡寫作「[illegible]（合 21348）、[illegible]（合 21344）、[illegible]（秦公簋）、[illegible]（秦簡）」。正像有柄之斗勺形。小篆在統一文字時，爲規範

筆劃，便於書寫，將U形容體改爲兩斜劃，寫作「毛」，失去勺形。隸書在此基礎上將兩斜劃改爲兩點，寫作「斗」，完全脫離了古文字的初形。後與爭鬥的「鬥」混同並成其簡化字。

矛部

矛（矛）

【原文】矛 máo 酋矛也。建於兵車，長二丈。象形。凡矛之屬皆从矛。𢦶，古文矛从戈。莫浮切

【字源】「矛」是古代一種直刺長兵器。商周時多用青銅制，漢以後多用鐵制。《說文》：「矛，酋矛也。建于兵車，長二丈。象形。」金文寫作「矛（𢦔簋）、矛（口矛鉦）」，像長柄兵器形。「說文古文」寫作「𢦶（說文古文）」，加「戈」強化兵戰義。小篆寫作「矛」，顯然受「說文古文」矛形的影響，已不直觀。隸書隨小篆結構寫作「矛」，完全失去兵器形狀。

車部

車（車）

【原文】車 chē 輿輪之總名。夏后時奚仲所造。象形。凡車之屬皆从車。𨏥，籀文車。尺遮切

【字源】「車」是陸地上有輪的交通工具，最初主要用於戰爭。傳說是「夏后時奚仲所造」。商周時期的甲骨文、金文寫作「車（一期佚980）、車、車（叔車觚）、車（車且丁爵）、車（師克盨蓋）」，都像車的兩輪、轅、輿、軛等形狀。幾乎是一幅古車的平面結構圖。「說文籀文」寫作「𨏥」，在「車」前加兩個「戈」字，表示刀兵相見。這恰恰反映出車是用於作戰的本義。由於書寫起來比較麻煩，使用中一直在不斷簡化。至秦《石鼓文》、小篆寫作「車、車」，簡化的只剩一個輪子了。

𠂤部

𠂤（𠂤、堆）

【原文】𠂤 duī　小𠂤也。象形。凡𠂤之屬皆从𠂤。都回切

【字源】「𠂤」指高於地面的小土山，即今日所說的土丘。《說文》：「𠂤，小𨸏也。象形。」意思是「𠂤」是小一些的「𨸏」（讀 fù，𨸏指高大的土山，上平。）。甲骨文、金文字形近似，分別寫作「𠂤（前 4.31.5）、𠂤（𢦏鼎）、𠂤（禹鼎）」，是土堆形的豎寫，如橫看則十分明顯。小篆寫作「𠂤」，雖不如甲、金文象形，仍可看出一脈相傳的痕跡。又因軍旅集結多選高地而棲，故「𠂤」字橫向顛倒看成「σσ」，像人的臀部，故也有休止義。殷商卜辭用作軍旅之「師」義，也釋作土堆的「堆」，表示土丘。

說文解字卷第十四下

𨸏部

𨸏（𨸏）

【原文】𨸏 fù　大陸，山無石者。象形。凡𨸏之屬皆从𨸏。𨸏，古文。房九切

【字源】「𨸏」（阜）最初是指遠古人類穴居時，在穴壁上挖有可進出的腳窩（臺階）形。又因穴居必選土層厚的高地（如土丘），故「阜」又指土丘、山。《說文》：「𨸏，大陸也。山無石者，象形。」甲骨文、金文寫作「𨸏（菁 31）、𨸏（甲 3936）、𨸏（散盤字旁）」。豎看是臺階形，橫看「ㅿㅿ、▲▲」是山丘形。小篆寫作「𨸏」，已不如甲、金文直觀。隸書（唐《蔡夫人墓誌》）寫作「阜」，完全脫離了象形字。「說文古文」寫作「𨸏」，屬異形字，上邊三個「O」表示腳窩，下邊是臺階形。或傳寫有誤，存參。

𨸏部

𨸏 隧（𨸏、隧）

【原文】𨸏 fù 兩𠂤之間也。从二𠂤。凡𨸏之屬皆从𨸏。房九切

【字源】「𨸏」指兩座山之間的峽谷，即隧道。「𨸏」是小篆從「隧」（「隧」字另體）字剝離出來作爲部首使用的。「隧」字金文及小篆本來寫作「隧（戰國虎符）、隧（說文）、隧（說文）」，屬「從火，隊聲」的形聲字。從小篆可見：「𨸏」是將「隧」字裏邊的字符去掉，僅留外框（對應的）兩個表示竪立的山「阜」，以此表示「𨸏」是「兩𠂤之間也」。

厽部

厽 壘（厽、垒、壘）

【原文】厽 lěi 絫坺土爲牆壁。象形。凡厽之屬皆从厽。力軌切　垒 lěi 垒墼也。从厽，从土。力軌切　壘 lěi 軍壁也。从土，畾聲。力委切

【點評】示壘之字三五，何須另建部首？

【字源】「厽」是由三個土塊組成的字形，本義是「垒」。表示由土垒堆。此字無獨立字形，《說文》用在小篆中作部首。而「厽」又是「壘」的省筆。金文、簡牘及小篆寫作「壘（口陽令戈）、壘（包山簡）、壘（說文）」，三個或四個「田」均是古「雷」字，這裡除用作聲符外，也表示田土的堆累。下邊是形義符「土」字，和起來是「从土，雷省聲」的形聲兼會意字。

四部

四 泗（四、泗）

【原文】四 sì　陰數也。象四分之形。凡四之屬皆从四。𠃜，古文四。亖，籀文四。息利切

【點評】四非亖，古今字。

【字源】「四」是數詞，三加一的和。甲骨文、金文等均寫作「亖（前4.29.5）、亖（矢方彝）、亖（三體石經）、亖（說文籀文）」，最初是用手指（食指、中指、無名指、小指）橫排表示，後來有了算數，用四枚算籌（竹木棒）擺放成「亖」，屬會意字。至春秋戰國時，借用作涕泗的「泗」。金文、「說文古文」、《石鼓文》、小篆等順序寫作「（郘鐘）、（說文古文）、（石鼓）、（說文）」。其中「說文古文」的「」最像鼻涕形。爲表現泗是鼻液，小篆另加「水」寫作「」。又指河名。後「四、泗」分流。今數詞用「四」。

宁部

宁 貯（宁、貯）

【原文】宁 zhù 辨積物也。象形。凡宁之屬皆从宁。直呂切

【字源】「宁」和「貯」是兩個音同義近的同源字。「宁」字更多表現的是貯存物品的器具。而「貯」字則表現的是物品被貯藏在器具中。「宁」字甲骨文、金文、陶文及小篆寫作「（一期前4.33.6）、（三期甲2692）、（寧未盉）、（貯戈冊鼎）、（殷墟陶文）、（說文）」。字形雖有不一，但均爲貯存物品的藏匣形。因儲藏之物當是貴重財寶，又加一個表示錢財的「貝」字成「貯」。「貯」字甲骨文、金文、簡牘、鉢文、小篆寫作「（後下18.8）、（合1822）、（貯爵）、（五祀衛鼎）、（頌鼎）、（包山簡）、（鉢文）、貯（說文）」。或「貝」在「寧」中間，或在「寧」下邊，均是由「貝、寧」組合的會意兼形聲字。

叕部

叕 綴（叕、綴）

【原文】叕 zhuó 綴聯也。象形。凡叕之屬皆从叕。陟劣切

【字源】「叕」字無甲骨文。是《說文》從「綴」字脫變出來作爲部首使用的。小篆寫作「」，從字形機構看當是四個「又」（又字在甲骨文中是「手」）拉在一起，表示聯手。「綴」字是在「叕」字邊加一表示絲繩的「糸」。增強了聯、合的字義。小篆寫作「（說文）」。

亞部

（亞）

【原文】亞 yà 醜也。象人局背之形。賈侍中說：以爲次弟也。凡亞之屬皆从亞。衣駕切

【點評】何處「象人局背」？賈說「次弟」尚確。

【字源】「亞」的本義是在同族群中處於次一等地位的人和物。甲骨文、金文、《石鼓文》以及小篆分別寫作「（前 7.39.2）、（乙 6400）、（一期合 105）、（四期粹 369）、（四期甲 844）、（四期粹 1271）、（牆盤）、（石鼓文）、（說文）」，像古代部落聚居處的建築平面圖。王和酋長居於中央大屋，王親或從屬臣工居於周圍的小屋。以此會意主次關係，也是次弟，差一等級的本義。隸書《史晨碑》寫作「」。

五部

（五、伍）

【原文】五 wǔ 五行也。从二，陰陽在天地閒交午也。凡五之屬皆从五。，古文五省。疑古切

【字源】「五」是交午、交錯。又古算籌「五」形。甲骨文、金文、《侯馬盟書》、小篆等寫作「（一期鐵 247.2）、（臣辰盉）、（吳王光鑒）、（侯馬盟書）」，上一橫代表天，下一橫代表地，中間有交叉形。甲骨文也省去上下橫寫作「（一期庫 1799）、（三期粹 1149）、（四期後上 22.1）」，「說文古文」直接寫作「」，當是「五」的本字，也是古人用竹木制的碼子

交叉擺放的形狀。隸書（漢《史晨碑》）寫作「亼」。「伍」是古代最小的軍事單位，也指三五個人，如「三五成群」。《說文》：「伍，相參伍也。从人，从五。」或直指五個人。古鉥文、小篆寫作「伍（伍官之鉥）、伍（說文）」。

注：一說是絲股「8」（幺）上下各一橫切齊後僅用交股義。

六部

六（六）

【原文】六 liù《易》之數，陰變於六，正於八。从入从八。凡六之屬皆从六。力竹切

【字源】「六」是由原始的茅草簡易房，草廬的「廬」假借做數字五加一的和。《說文》：「六，《易》之數……」其實，「六」最初是房屋形，與「宀」同源。甲骨文、金文、《石鼓文》寫作「六（一期菁 1.1）、六（戩 24.11）、六（毛畀簋）、六（石鼓文）」。因草廬的「廬」讀音與「六」接近，故借作數詞「六」。小篆寫作「六（說文）」，已無房屋形。隸書（漢《郭有道碑》）寫作「六」，完全脫離了古文字。

七部

七 切（七、切）

【原文】七 qī 陽之正也。从一，微陰从中衺出也。凡七之屬皆从七。親吉切

【字源】「七」是「切」的初文，後分化成兩個字。《說文》：「切，刌也。从刀，七聲。」甲骨文、金文均寫作「十（一期後下 9.1）、十（一期合 102）、十（矢簋）、十（此鼎丙）」。像一橫從中切斷的形狀、借指數字六加一的和。楚簡、小篆寫作「七（信陽楚簡）、七（說文）」，將「丨」（讀

gǔn）彎曲；另加「刀」字寫作「切（小篆）」。從此「七」、「切」分開，各表其義。隸書（漢《曹全碑》等）分別寫作「七、切」，成爲今文。

九部

九（九）

【原文】九 jiǔ 陽之變也。像其屈曲究盡之形。凡九之屬皆从九。舉有切

【字源】「九」字甲骨文、金文均像手臂勾曲之形（一說蛇尾上曲勾形，不確）。分別寫作「九（前 4.40.3）、九（前 2.14.1）、九（戉嗣子鼎）、九（宅簋）」。小篆寫作「九」，手臂、蛇尾均不像。已進入規範文字期。假借爲數字「九」。隸書（《乙瑛碑》）寫作「九」，完全成爲今文。

内部

内（内）（厹）

【原文】内 róu 獸足蹂地也。象形，九聲。《尔疋》曰：「狐貍貛貉醜，其足蹞，其跡厹。」凡厹之屬皆从厹。蹂，篆文。从足，柔聲。人九切

【點評】内爲小篆而設，釋古文無多。

【字源】「内」字無獨立的甲、金文。是《說文》爲率領五六個小篆字頭而設立的部首。其形取自春秋戰國時的字構，如「禹」（禹）、「萬」（萬）、「禽」（禽）等字的下部，是手（臂）抓某物的形狀。

附：春秋戰國時的金文、「說文古文」、「三體石經」及小篆的「禹」字分別寫作「禹（秦公簋）、禹（說文古文）、禹（三體石經）、禹（說文）」，而這些字上推至西周並非此形，分別寫作「禹（叔向簋）、禹（禹鼎）」。認識以上字形有助辨析「内」字的由來。

嘼部

嘼 獸（嘼、獸）

【原文】嘼 chù/xiù 犍也。象耳、頭、足厹地之形。古文嘼，下从厹。凡嘼之屬皆从嘼。許救切

【字源】「嘼」（讀 chù）泛指牲畜。《說文》做了一番很勉強的解釋：「嘼……象耳、頭、足厹地之形。」意思是「嘼」像牲畜形。從甲骨文、金文、小篆分別寫作「嘼（乙 6269）、嘼（盂鼎）、嘼（散盤）、嘼（王母鬲）、嘼（令狐君壺）、嘼（說文）」來看，雖然字形不一，上邊均爲不同時期的「單」字，而「單」是先民捕捉野獸的工具，爲表示牲畜不是野獸，在單下加「內、口」字元，表示牲畜是養在家裡的獸。（下見「獸、狩」字例）

獸 狩（獸、狩）

【原文】獸 shòu 守備者。从嘼，从犬。舒救切

【字源】「獸」和「狩」是同源分流字。最初甲骨文、金文寫作「獸（鐵 36.3）、獸（甲 2299）、獸（拾 6.3）、獸（宰苗簋）」。左邊是捕獵的工具「單」，右邊是不同形狀的獸形（多像犬。犬是幫助人類狩獵的最早助手）。「犬」用作「獸」時是被獵的對象；用作「狩」時是狩獵的工具。後小篆分化爲「獸（獸）」、「狩（狩）」兩個字。戰國時期的《石鼓文》、小篆在「獸」字下加「口」字，寫作「獸（石鼓）、獸（說文）」。

甲部

甲（甲）

【原文】甲 jiǎ 東方之孟，陽氣萌動，从木戴孚甲之象。一曰人頭宜爲甲，甲象人頭。凡甲之屬皆从甲。甲，古文甲，始於十、見於千、成於木之象。古狎切

【字源】「甲」是個較早出現的古字。字形變化很大。造成歧說眾多，至今未能定論。計有「魚鱗說」、「皮裂說」、「藏匣說」、「星宿說」等。但使用最多者有三：一指殷商先公上甲名；二指天干第一位，泛指第一的事物；三指甲殼，包括戰士的盔甲。從甲骨文、金文寫作「十（後上 3.16）、⊞（兮甲盤）、⊞（冬鼎）、甲（詛楚文）」看，「甲」是個義隨形變的字。後爲區別於「十（古同「七」）」、「田」而寫作「甲（戰國秦虎符）、命（說文古文）、甲（說文）」。《說文》進而臆斷爲「从木戴孚甲之象」、「甲象人頭」等。

乙部

乙（乙）

【原文】乙 yǐ 象春艸木冤曲而出，陰氣尚彊，其出乙乙也。與丨同意。乙承甲，象人頭。凡乙之屬皆从乙。於筆切

【字源】「乙」字是個筆劃非常簡單，但釋義極不統一的字。計有：「魚腸說」、「景象說」、「刀形說」、「飛鳥說」、「幼苗說」、「人頸說」、「燕子說」、「絲形說」、「流水說」、「側乳說」……迄今無定論。但借用作天干之一的說法卻十分一致。甲骨文、金文、《侯馬盟書》、小篆分別寫作「乙（甲 3）、乙（菁 5.1）、乙（夨方彝）、乙（侯馬盟書）、乙（說文）」。隸書《韓仁銘》寫作「乙」仍未改變古文字形。

丙部

丙（丙）

【原文】丙 bǐng 位南方，萬物成，炳然。陰气初起，陽气將虧。从一入冂。一者，陽也。丙承乙，象人肩。凡丙之屬皆从丙。兵永切

【點評】謬說如水，覆地難收也。

【字源】「丙」字甲、金、篆、簡寫作「𠕀（甲 2356）、[illegible]（前 3.8.3）、[illegible]（兄日戈）、[illegible]（靜卣）、[illegible]（何尊）、[illegible]（婳父丙觶）、[illegible]（𪊨侯簋）、丙（說文）、[illegible]（漢簡）」，諸體字形近似，但至今諸學者釋說不一。概括起來有七說之多：一、魚尾；二、物之底座；三、几案；四、朱雀七宿（星）；五、人肩形；六、天干的第三位，又指火；七、光明（炳）。筆者認爲從「[illegible]、[illegible]、[illegible]、[illegible]」者是承物的底座；從「[illegible]、[illegible]」的是與「內」字混淆。隸書（漢《乙瑛碑》）寫作「[illegible]」，最終將丙字定爲與小篆最近的字形。而今用處最多的仍是表示序數第三位的代稱。《說文》：「丙，方位南……」是陰陽五行說，對一般讀者而言更是亂上添亂。

丁部

个 釘（丁、釘）

【原文】丁 dīng 夏時萬物皆丁實。象形。丁承丙，象人心。凡丁之屬皆从丁。當經切

【點評】「丁承丙，象人心」夢囈之語耳。

【字源】「丁」字釋義不統一。有「釘帽說」、「窗頂說」、「人心說」。除「人心說」實難苟同外，筆者認爲「丁」是個隨形變義的字：最初甲骨文寫作「口（一期後下 37.5）」，釋爲穴居時窗頂的「頂」並非無據。如甲骨文中方向的「向」寫作「[illegible]（一期乙 5402）」，中間的「口」即向陽的窗口形。當時生產力低下，未見使用「釘子」的記錄；金文寫作「[illegible]（虢季子白盤）」始有釘形；古鉢文和《三體石經》寫作「[illegible]」和「[illegible]」，是最象形的丁（釘）字；小篆作「个」也是有銳角的釘形。另加「金」旁作「釘」（釘，本指金錠，後成鐵釘的「釘」字）。但共同認可「丁」借作天干的第四位。隸書（漢《禮器碑》）以其特有的筆劃寫作「[illegible]」，成爲今文。

戊部

（戊）

【原文】戊 wù 中宮也。象六甲五龍相拘絞也。戊承丁，象人脅。凡戊之屬皆从戊。莫候切

【點評】斧鉞形而已，與「六甲五龍」何干？

【字源】「戊」是斧鉞類古兵器。甲骨文、金文寫作「（乙 8658）、（司母戊鼎）、（戈父戊盉）」。隨著「戈、戉（斧鉞）」等兵器名稱的確立，「戊」則借指天干第五位。又與五方相配，代指中央。《說文》稱：「戊，中宮也。象六甲五龍相拘絞也。戊承丁，象人脅。」這裡顯然是按陰陽五行之理說得過於熱鬧了。小篆寫作「」，仍可見兵器形。

注：「戊」與「戉」字同出一源，均為斧鉞形。

己部

（己）

【原文】己 jǐ 中宮也。象萬物辟藏詘形也。己承戊，象人腹。凡己之屬皆从己。，古文己。居擬切

【點評】繩之曲折耳，離人腹遠矣。

【字源】「己」字初爲繩索形。諸學者說法不一，有「弋隹射之繳說」、「綸索說」、「人腹說」，但均同意後借指天干的第六位。甲骨文、金文、說文古文、小篆分別寫作「（鐵 39.4）、（大鼎）、（說文古文）、（說文）」字形變化不大，一脈相傳。《說文》稱：「己，中宮也……象人腹。」此說顯然十分牽強。筆者認爲是纏繞的繩形，參看「弗」、「弟」等字形可證。

巴部

（巴）

【原文】巴 bā　蟲也。或曰：食象蛇。象形。凡巴之屬皆从巴。伯加切

【字源】「巴」本是大蟒蛇。《山海經》載：「巴蛇食象，三歲而出其骨。」當來自對遠古巨獸的傳說。《漢簡》的「巴」字寫作「」，像一條張著大口的蛇形；小篆寫作「」，雖不如《漢簡》真實生動，但仍可辨別出蛇的形狀。「巴」也是古代國名，在今四川一帶，當地多大蛇，故對大蟒蛇也稱「巴」。後借作詞尾，如尾巴、乾巴等。隸書（漢《馬王堆帛書》、《樊敏碑》）在變革篆書時，努力使筆劃趨於平直，失去了蛇的形態。自然脫離了古文字而成爲今文。也有學者認爲「巴」是「扒、爬」之初文。甲骨文寫作「（合集 6476）、（合集 6474）、（合集 8413）」。像人以手臂作扒、爬狀。四周的小點是被扒物的碎屑。

庚部

（庚）

【原文】庚 gēng　位西方，象秋時萬物庚庚有實也。庚承己，象人齎　。凡庚之屬皆从庚。古行切

【點評】雙手舉樹杈形器物示意耳。人臍何在？

【字源】「庚」一說象有雙耳可搖動的樂器，相當後來的「撥浪鼓」。後借作天干的第七位。甲骨文、金文分別寫作「（三期京 4085）、（一期京 3073）、（史獸鼎）、（曾伯簠）」，雖字形略異，但均像豎有長柄，頂端有飾物的「撥浪鼓」形。小篆繼承金文字形寫作「」。《說文》或因字形繁多無法準確解釋字義，故稱：「庚，位西方，象秋時萬物庚庚有實也。庚承已，象人齎。」此釋顯然在顧左右而言他。筆者認爲：「庚」作爲樂器當起源於祭祀或慶典。先人爲祈求上天降給一個好的收成而高舉某帶長柄的杈

形物體（如植物秧稞幹或有裝飾的兵器「干」）禱告。帛書、隸書寫作「庚、庚」，更無形可象。

辛部

辛（辛）

【原文】辛 xīn 秋時萬物成而孰；金剛，味辛，辛痛即泣出。从一从䇂。䇂，辠也。辛承庚，象人股。凡辛之屬皆从辛。息鄰切

【字源】「辛」與「䇂」（讀 qiān）最初是同一字，後雖分不同讀音，但字義仍很接近。甲骨文寫作「辛（後上 18.3）」。金文分作「辛（司母辛鼎）、辛（利簋）、辛（錄簋）」。此字釋義頗多：一、「倒立之人形」；二、「新生枝葉形」；三、「曲刀形」……以第三說者居多。甲骨文、金文確像柄如圓鑿、銳如尖刀的古代刑具，用以割戰俘（或罪人）耳鼻，於面頰刺字。並由此轉指罪犯之「罪」義。後來金文、古陶文、小篆等分別寫作「辛（古陶文）、辛（蔡侯尊）、辛（說文）」，可以看出古文字向今文演變的痕跡。

辡部

辡 辨 辦（辡、辨、辦）

【原文】辡 biǎn/biàn 辠人相與訟也。从二辛。凡辡之屬皆从辡。方免切

【字源】「辡」是組成「辯、辨」等字的字根。「辡」，讀 biàn，在甲骨文中寫作「辡（一期乙 868）」。用兩個「辛」（古刑具，表示與刑、罪有關的人和事）來會意兩人在爭辯。下有兩個橫道表示公平。為說明用語言爭辯，秦《睡虎地簡》在「辡」字中間加一「言」字而成「辯」（辯）；金文加「刀」字表示將爭辯雙方分開，判定而寫作「辨（辨簋）、辨（辨簋）」（辨）。由於金文的「辨」字中間的字元寫作「刀」（刀），小篆分別用「刀」（刀）和「力」（力）兩個字元與「辡」組成「辨」（辨）、「辦」（辦）兩個字。《說

文》分別釋作：「辧，判也。从刀，辡聲。」「辦」（辧）是努力辦事的辦。《說文》：「辦（辧），致力也。」「辦」今簡化字作「办」。隸書將小篆的弧筆圓折變成平直方折，分別寫作「辨、辦、辯」。

壬部

壬 任 妊（壬、任、妊）

【原文】壬 rén 位北方也。陰極陽生，故《易》曰：「龍戰于野。」戰者，接也。象人褱妊之形。承亥壬以子，生之敘也。與巫同意。壬承辛，象人脛。脛，任體也。凡壬之屬皆从壬。如林切

【字源】「壬」字雖岐說不一，但並非無源可尋。筆者認爲：「壬」字是紡線的工具「線軸」，故兼有「工」和「紝」的意思。甲骨文寫作「I（前 3.19.3）」；金文寫作「工（鬲攸從鼎）、I（虢簋）」；古陶文（1）寫作「I」；「I」字中間由一點逐漸加粗，至小篆寫作「壬」。確像工具形（參看「工」字釋條）；金文像纏線的線軸上纏繞著線穗的形狀，線軸也是紡織用的工具，爲強調線軸義，後另加表示絲線的「糸」成「紝」字。又因做「工」是人的責任，甲骨文另加一「亻」（人）成任務的「任（乙 8132）」（任）；同時，因線軸成中間粗凸狀，極像婦女妊娠時的身材，甲骨文加「女」寫作「妊（乙 1329）」（妊）。

癸部

癸（癸）

【原文】癸 guǐ 冬時，水土平，可揆度也。象水从四方流入地中之形。癸承壬，象人足。凡癸之數皆从癸。癸，籀文从癶，从矢。居誄切

【字源】「癸」字諸家釋義歧出，計有「紡車說」、「四葉對生說」、「雙箭交叉兵器說」、「飛行器說」、「星宿說」……，《說文》稱：「癸，冬時水土平可揆度也。象水从四方流入之形。癸承壬，象人足……」云云。更

加使人撲朔迷離。無論何說，好在都認可借指天干的最後一位，用以紀年、月、日。筆者認爲像「X」形有刃的拋擲兵器「飛去來兮」。甲骨文（1-2）、金文（1-2）和小篆寫作「癸（四期後上26.15）、癸（周甲探13）、癸（矢方彝）、癸（戍嗣子鼎）、癸（說文）」，「石鼓文」和「說文籀文」將上邊半部分改作「癶」（癶，讀bō。雙腳形，有行進義）；下邊改作「矢」（箭矢，武器）。這或是對筆者「飛去來兮」者的一種佐證。

子部

子（子）

【原文】子 zǐ 十一月，陽气動，萬物滋，人以爲偁。象形。凡子之屬皆从子。孚，古文子，从巛，象髮也。𢀈，籀文子。囟有髮，臂脛在几上也。即里切

【字源】「子」最初是幼兒的意思，後借作地支的第一位。甲骨文、金文及「說文古文、籀文」寫法很多，字形不一：「子（一期佚134）、子（一期乙4504）、子（一期甲2908）、子（一期甲2907）、子（三期甲1861）、子（一期前4.2.7）、子（戍甬鼎）、子（利簋）、子（說文籀文）、子（說文古文）」。但仔細觀察僅爲兩大類：一、「全身類」，像繈褓中的嬰兒。大頭，小臂搖動，因不能行走而省雙足；二、「頭部特寫類」。因小兒的頭部比例比成人大的多，故突出頭部及頭上軟髮（俗稱胎毛），造字者十分聰明。字形駁雜是秦未統一文字前的必然現象。小篆據「全身類」定形寫作「子」。隸書（漢《孔彪碑》）將小兒兩臂拉直，寫作「子」脫離了象形字，而成爲今文。

了部

了 尥（了、尥）

【原文】了 liǎo 尥也。从子無臂。象形。凡了之屬皆从了。盧鳥切

【字源】「了」字未見甲、金文。《說文》用作部首。筆者認爲「了」的小篆寫作「」，當是甲、金文的「巳」字「（前 4.43）、（毛公鼎）、（吳王光鑒）」的反寫。而「巳」也指腹中未出生的胎兒，即今人所謂的精子形狀。《三體石經》寫作「」，如同顯微鏡下游動的精子。小篆反寫作「」（反了）並釋爲「從子無臂」（沒長成型的孩子）。同時又釋爲「尥」，即騾馬揚後腿竄跳，俗稱「尥蹶子」。顯現的是騾馬的雄性生殖器官，北方民間稱作「屪」，與「了」同音。

孨部

（孨、孱）

【原文】孨 zhuǎn 謹也。从三子。凡孨之屬皆从孨。讀若翦。旨兗切　孱 chán 迮也。一曰呻吟也。从孨在尸下。七連切

【字源】「孨」在古文字中是個部首字。甲骨文、古陶文、小篆寫作「（一期懷特 0845）、（陶三 226）、（說文）」，均爲三個小子組成。《說文》：「孨，謹也。从三子。」意思是生養三胞胎須謹慎小心。「孱」是會意字。用女人多產來表示狹窄、虛弱、懦弱等義。金文寫作「（廟仔鼎）」上邊是「尸」字。尸是古代祭祀時用臣下或晚輩代表死者接受供奉（詳見「尸」釋），是人體形。尸的甲骨文寫作「（一期粹 1187）」，金文寫作「（夫簋）」，都是屈身的人形。在這裡表示女人。尸的下邊是三個「子」。子是小兒形，三子表示多子。與「尸」（女人）組合在一起，表示女人生很多孩子。女人多產自然身體虛弱。字義十分明顯。《說文》：「孱，窄也。一曰呻吟也。」這裡講的是產婦的感受。小篆將「」字分爲「」（孱）和「」兩個字，並稱「，具也。从人，孨聲。」實無必要。

注：「孱」字古鉩文寫作「」，上邊是人兩腿分開的形狀，也是表示人下身的字形。參看「冥」釋條可知，隸書寫作「」。

𠫓部

𠫓（𠫓）

【原文】𠫓 tū 不順忽出也。从到子。《易》曰：「突如其來如。」不孝子突出，不容於內也。凡𠫓之屬皆从𠫓。𠫓，或从到古文子，卽《易》突字。他骨切

【字源】「𠫓」字是《說文》爲小篆「育」、「疏」兩個字特設的部首字。是用 「子」的倒寫表示孩子頭朝下出生。甲、金文及小篆的「子」寫作「子（一期前 4.2.7）、子（牆盤）、子（說文）」。倒過來正是「𠫓」（𠫓）的形狀。所以《說文》稱：「不順忽出也。从到子」。參看「育」字釋文。

丑部

丑（丑）

【原文】丑 chǒu 紐也。十二月，萬物動，用事。象手之形。時加丑，亦舉手時也。 凡丑之屬皆从丑。敕九切

【字源】「丑」的本義是手指扭動。甲骨文、金文借用爲地支名（第二位）。從「丑」字的字形看 ，甲骨文寫作「丑（一期佚 156.4）、丑（一期菁 1）」，正是「手」（甲骨文的「手」寫作「又」）指的彎曲形；金文寫作「丑（作冊大鼎）」，也是在指間加指事符，表示手指的動作；小篆表現的更爲聰明，在手中加一豎畫，「丑（說文）」如把手，表示手握把手而扭動。「丑」借指十二生肖中的「牛」，又指傳統戲劇中的滑稽演員「小花臉」。

寅部

寅（寅）

【原文】寅 yín 髕也。正月，陽气動，去黃泉，欲上出，陰尚彊，象宀不達，髕寅於下也。凡寅之屬皆从寅。，古文寅。弋真切

【點評】無依、無據、無形、無義，僅可「去黃泉」矣。

【字源】「寅」的本義歧說不一。《說文》：「寅，髕也。……」亦無據。但用於地支第三位均無異議。早期甲骨文寫作「（後上 31.10）」，即「矢」（箭）字，說明源於箭矢。晚期寫作「（前 3.5.3）、（前 3.7.2）」，與金文（1）相同。像在箭杆部位加矯正器的形狀。金文、「說文古文」寫作「（戊寅鼎）、（禦鬲）、（鄆孝子鼎）、（師施簋）、（說文古文）」。主要字形仍是在箭杆兩側加雙手或限制符，表達矯正義。因矯正需認真精細，故「寅」有敬義。小篆規範筆劃後寫作「」，已無初形。隸書（漢《曹全碑》）據此寫作「」，成爲今文。

卯部

（卯）

【原文】卯 mǎo 冒也。二月，萬物冒地而出。象開門之形。故二月爲天門。凡卯之屬皆从卯。，古文卯。莫飽切

【點評】形義皆誤。

【字源】「卯」字有多說，一、象開門之形；二、鎧甲形；三、以力斷物等等。最不貼題的是《說文》稱：「卯，冒也。二月萬物冒地而出。」筆者認爲此字當是剖開義，用刀將牲剖腹，分爲兩片。甲骨文寫作「（一期佚 543）、（前 6.23.5）」，金文寫作「（讉卣）、（此簋乙）」，「說文古文」與《三體石經》寫作「、」；小篆寫作「」，仔細觀察，儘管字形不盡相同，但將物體一分爲二，中間剖開的形狀十分明確。借指地支第四位。

注：古文字中另有一個「卯」字，讀 qīng。有賓客相向之義，是「卿」的初文。極易與本「卯」字混淆。見「卿」字釋文。

辰部

（辰）

【原文】辰 chén 震也。三月，陽气動，靁電振，民農時也。物皆生，从乙、匕，象芒達；厂，聲也。辰，房星，天時也。从二，二，古文上字。凡辰之屬皆从辰。，古文辰。植鄰切

【字源】「辰」字反映的是商周時，銅鐵等金屬未普遍使用時，農民用蜃殼（蛤蚌貝殼）作鐮刀，在蜃殼背部穿孔紮繩縛在拇指上，用來採集植物果實或掐斷禾穗。「辰」字的甲骨文寫作「（一期佚 383）、（甲 2380）、（後上 18.7）」，正像蚌鐮縛於手指的形狀。蜃殼本應呈圓弧形，因甲骨文是用刀刻筆劃的，轉折不便，故作方折，如同甲骨文刻「日」字成方不成圓一樣。金文寫作「（矢方彝）、（伯仲父簋）」，不僅將蜃殼畫圓，且加「手」表示動詞。此字經《秦簡》至小篆寫作「、」，已無象形字特徵。隸書以平直的筆劃寫作「」，徹底改變了古字形。

巳部

（巳）

【原文】巳 sì 巳也。四月，陽气巳出，陰气巳藏，萬物見，成文章，故巳爲蛇，象形。凡巳之屬皆从巳。詳里切

【字源】「巳」與「子」同源，本指未出生的胎兒。甲骨文寫作「（一粹 113）、（前 4.17.5）、（後上 18.3），初與「蛇」字近似。故借作地支的第六位，在十二生肖中屬蛇。金文、小篆的字形與甲骨文變化不大，寫作「（毛公鼎）、（盂鼎）、（說文）」。或直接寫作「（大作大仲簋）、（叔上匜）」（子）。《三體石經》寫作「」，形如游動的精子，尤爲奇妙。隸書（漢《朝侯小子殘石》）寫作「」，已失胎兒形狀。參看「子」釋文。

午部

午 杵（午、杵）

【原文】午 wǔ 啎也。五月，陰气午逆陽。冒地而出。此予矢同意。凡午之屬皆从午。疑古切

【點評】夫子未見早期古文，以可見文字釋同「矢」焉能不「失」。

【字源】「午」字由交午（上下交叉換位）的意思演變爲舂杵（以木棒在臼中舂米）。甲骨文（1）寫作「[illegible]（一期前 7.29.3）」，用絲之交股表示交午。甲骨文（2-3）、金文、矦馬盟書等寫作「[illegible]（鐵 258.1）、[illegible]（後下 38.8）、[illegible]（效卣）、[illegible]（召卣二）、[illegible]（師旋簋）、[illegible]（矦馬盟書）」，字形不一，但因絲股塡實而產生「舂杵說」。《說文》見金文字形象箭矢而有「此予矢同意」之說。不過諸說均認可借作地支之第七位。小篆將其分作「午」（午）、「杵」（杵）兩個字。隸書（漢《石門頌》）寫作「午」，以平直的筆劃結束了象形字的歷史，從此進入今文時代。

未部

未 味（未、味）

【原文】未 wèi 味也。六月，滋味也。五行，木老於未。象木重枝葉也。凡未之屬皆从未。無沸切

【字源】「未」本指（未有）滋味，與「味」同。《說文》：「未，味也。」甲骨文、金文、小篆寫作「[illegible]（存 2734）、[illegible]（利簋）、[illegible]（守簋）、[illegible]（中山王鼎）、[illegible]（說文）」，像枝繁葉茂的樹木形。是（樹果）未成熟，未有滋味。爲強化滋味義，後加「口」成「味」。而「未」則借指地支的第八位。隸書（漢《孔彪碑》等）寫作「未、味」，成爲今文。

申部

（申、神）

【原文】申 shēn 神也。七月，陰气成，體自申束。从臼，自持也。吏臣餔時聽事，申旦政也。凡申之屬皆从申。，古文申。，籀文申。失人切

【點評】旁徵博引，唯不著邊際也。

【字源】「申」本指天空釋放閃電，引申伸展。甲骨文、金文、《石鼓文》、「說文籀文」字形近似，順序寫作「（一期京 476）、（存 2733）、（即簋）、（堇鼎）、（石鼓文）、（說文籀文）」，均像雷電閃爍光歧形。古人對閃電不理解，以爲是神的行爲。後金文加祭祀用的牌位「示」，寫作「（詛楚文）」（神）。小篆據此寫作「（申）、（神）」兩個字。故《說文》稱：「申，神也。」「神，天神。」隸書（漢《禮器碑》、《華山廟碑》等）寫作「申、神」，成爲今文。

注：「說文古文」寫作「」，是「玄」字的誤寫。

酉部

（酉、酒）

【原文】酉 yǒu 就也。八月，黍成，可爲酎酒。象古文酉之形。凡酉之屬皆从酉。，古文酉。从卯，卯爲春門，萬物已出。酉为秋門，萬物已入，一，閉門象也。與久切

【點評】自「，古文酉。」後皆續貂之言。

【字源】「酉」本是酒壺、尊，也是「酒」字初文。《說文》對「酉、酒」均釋「就也。」這裡的「就」當是「酒」字的筆誤。從「酉」的實物和字形變化看，經歷了由尖底長筒向平底大腹變化的過程。商甲骨文寫作「（一期京 749）、（乙 6718）」，與早期的陶尊器形吻合；周金文寫作「（臣辰盉）、（師酉簋）」，與當時的青銅尊形似。秦小篆寫作「」，已是概念性符號。古人造字時想到「酒」與其它飲料在表現上不易區分，便用盛酒

的酒罈作聲符，既便於讀音，也可直觀聯想，實是高明至極。爲強調酒是液體，甲骨文另加「氵」寫作「(甲 2121）、(三期人 1932）」。小篆據此寫作「」。隸書（漢《乙瑛碑》）以直筆方折寫作「」，跳出古文字窠臼，成爲今文。

酋部

（酋）

【原文】酋 qiú 繹酒也。从酉，水半見於上。《禮》有「大酋」，掌酒官也。凡酋之屬皆从酋。字秋切

【字源】「酋」本指古代祭祀時由部落首領掌管祭酒，所以指部落首領、酋長。甲骨文、金文寫作「(一期佚 400）、(一期龜 2.11.2）、(夷簋)」。小篆寫作「」。下邊是酒罈形狀，表示酒；上邊的「八」有分出的意思，表示從酒罈中將酒分出祭神，也指溢出的酒香氣。古時釀酒有「沉澱法」，經發酵酒渣下沉，酒液上浮，溢出容器者爲陳酒。隸書寫作「、」。雖成今文，依稀可見古文字痕跡。

戌部

（戌）

【原文】戌 xū 滅也。九月，陽气微，萬物畢成，陽下入地也。五行，土生於戊，盛於戌。从戊含一。凡戌之屬皆从戌。辛聿切

【字源】「戌」和「戊」、「戚」、「戉」等都是從斧鉞類古兵器演化而來的字形。由於此類字形出現較早，演化過程中字義變化很大。現在能看到的「戌」字已經借作地支第十一位，「戌」在五行中屬土，在十二生肖屬狗，原形義泯失。甲骨文寫作「(京津 3071）、(遮續 174）、(京津 4158）」確像斧鉞形兵器；金文、簡牘寫作「(康鼎）、(頌鼎）」已

不如甲骨文造型精準。小篆寫作「」斧形已失。隸書(《張景碑》)寫作「」，完全成爲今文。

亥部

（亥）

【原文】亥 hái/hài 荄也。十月，微陽起，接盛陰。从二，二，古文上字。一人男，一人女也。从乙，象裹子咳咳之形。《春秋傳》曰：「亥有二首六身。」凡亥之屬皆从亥。，古文亥，爲豕，與豕同。亥而生子，復从一起。胡改切

【點評】指東打西，提南就北，夫子釋字之熟路也。

【字源】「亥」字《說文》所釋贅言甚多，或以陰陽鋪墊，或旁徵博引文典。實有顧左右而言他之嫌。尤令後學茫然不知其所云。故歷來學者釋義不一。或隨《說文》二首六身說釋作怪獸者；或因《說文》荄字說釋爲草根者……。惟「古文亥，爲豕，與豕同」切中字義。其實，「亥」本義是豬，也是「豕」字的變異。甲骨文、金文、小篆分別寫作「（京津 4034）、（鐵 258.3）、（虢季子白盤）、（虘鐘）、（昌壺）、（國差罈）、（說文）」，明顯與甲骨文、金文、石鼓文的豕、豭（豬，公豬）字「（二期菁 10.2）、（圅皇父簋）、（石鼓）」同源。雖諸學者對此其說不一，但假借爲地支的第十二位均無異議。如《史族簋》：「隹三月既望乙亥。」

參考文獻及說明

一、書中引用甲骨文字頭均以（）將其出處表明，識別符號是：

（甲xx）即《殷墟文字甲編》（1948年商務印書館珂羅版影印本）

（乙xx）即《殷墟文字乙編》上、中集（1949年商務印書館珂羅版影印本）下集（1953年科學出版社珂羅版影印本）

（河xx）即《甲骨文錄一卷》孫海波（1937年珂羅版影印本）

（前xx）即《殷墟書契前編》八卷（1913年第一版；1932年重印）

（菁xx）即《殷墟書契菁華》一卷（1914年影印本●富晉書社出版）

（後xx）即《殷墟書契後編》二卷（1916年珂羅版影印本●藝術叢編第一集本）

（摭xx）即《殷墟摭佚》一卷（李旦丘1941年來薰閣書店珂羅版影印本）

（續xx）即《殷墟書契續編》六卷（1936年珂羅版影印本）

（鐵xx）即《鐵雲藏龜》六冊（劉鶚1904年石印本；1931年蟫隱廬書店重印）

（餘xx）即《鐵雲藏龜之餘》一卷（1915年珂羅版影印本；1927年翻印本；1931年蟫隱廬書店石印本）

（戩xx）即《戩壽堂所藏殷墟文字》一卷（王國維編釋 1917年藝術業編第三集石印本）

（拾xx）即《鐵雲藏龜拾遺》一卷（葉玉森1925年影印本）

（零xx）即《鐵雲藏龜零拾》一卷（李旦丘1939年珂羅版影印本）

（天xx）即《天壤閣甲骨文存》一卷（唐蘭1939年珂羅版影印本）

（簠xx）即《簠室殷契徵文十二編》（王襄1925年石印本）

（燕xx）即《殷契卜辭》一卷（容庚、瞿潤緡合編1933年哈佛燕京學社石印本）

（粹xx）即《殷契粹編》二卷（郭沫若1937年日本文求堂金屬版）

（佚xx）即《殷契佚存》一卷（商承祚1933年珂羅版影印本）

（鄴xx）即《鄴中片羽》共三集（1935、1937、1942 年珂羅版影印本）
（掇xx）即《殷契拾綴》二卷（郭若愚 1951、1953 年來薰閣書店珂羅版影印本）
（摭續xx）即《殷契摭拾續編》一卷（李亞農 1950 年中國科學院珂羅版影印本）
（明xx）即《殷墟卜辭》一冊（明義士摹 1917 年石印本）
（寧滬xx）即《戰後寧滬新獲甲骨集》三卷（胡厚宣摹 1951 年來薰閣書店石印本）
（京津xx）即《戰後京津新獲甲骨集》四卷（胡厚宣摹 1954 年群聯出版社珂羅版影印本）
（存xx）即《甲骨續存》三卷（胡厚宣 1955 年群聯出版社金屬版）
（陳xx）即《甲骨文零拾》一卷（陳邦懷 1959 年天津人民出版社石印本）
（林xx）即《龜甲獸骨文字》二卷（林泰輔 1917 年日本三省堂石印本 富晉書社翻印本）
（安xx）即《河南安陽遺寶》梅原末治（1940 年日本影印本）
（京都xx）即《京都大學人文科學研究所藏甲骨文字》二冊（貝塚茂樹 1959 年日本珂羅版影印本）
（珠xx）即《殷契遺珠》二冊（1939 年珂羅版影印本）
（庫xx）即《庫方二氏所藏甲骨卜辭》（方法斂摹、白瑞華校 1935 年商務印書館石印本）
（金xx）即《金璋所藏甲骨卜辭》（方法斂摹、白瑞華校 1939 年金屬版）
（合xx）即《甲骨文合集》共十三冊（郭沫若、胡厚宣 1978-1983 年中華書局）
（南xx）即《小屯南地甲骨》（中國社會科學院考古研究所編 1980 年中華書局）
（英xx）即《英國所藏甲骨集》（李學勤、齊文心、艾蘭 1985 年中華書局）
（甲xx）即《甲骨文字典》（徐中舒主編四川辭書出版社 1989 年 5 月出版）
（新xx）即《新編甲骨文字典》（劉興隆國際文化出版公司 2005 年版）
（山xx）即《中山王昔器文字編》（張守中 中華書局 1985 年版）

二、五期斷代法標注：

第一期爲盤庚、小辛、小乙、武丁時期，簡稱（一期）
第二期爲祖庚、祖甲時期，簡稱（二期）
第三期爲廩辛、康丁、武乙、文丁時期，簡稱（三期）
第四期爲武乙、文丁時期，簡稱（四期）
第五期爲帝乙、帝辛時期，簡稱（五期）

三、因金文字頭多在甲骨文典籍中提及，單獨論述不多。因此只標注了銘文所在的器形名稱。如「盂鼎」、「毛公鼎」、「散氏盤」、「中山王x器」等。參閱的主要文獻有：

《金文編》（容庚 中華書局 1985 年版）
《甲金篆隸大字典》（徐無聞等 四川辭書出版社 1996 年版）
《古璽彙編》（羅福頤 文物出版社 1981 年版）
《漢印文字徵》（羅福頤 文物出版社 1978 年版）
《古陶文字徵》（高明 中華書局 1991 年版）
《鐘鼎篆籀大觀》（吳大徵 中國書店 1987 年版）
《漢字文化大觀》（北京大學出版社 1995 年版）
《說文解字考證》（董蓮池 作家出版社 2005 年版）

此外參閱近現代學者著作百餘本，篇幅所限未能一一列出。在此一併致謝。

編後語

《說文部首字源考》是象形文字專業委員會系列叢書中的一部文稿。編者本著尊賢敬道，大膽探索，謹慎考證，略加點評，以期達到繼承傳統，弘揚國學的目的。

《說文部首字源考》的編輯出版，仰仗蘭臺出版社的鼎力相助，並得到資深學者、歷史學家南炳文先生揮毫作序，及諸多師友爲本書的出版給予了大力支持，在此致以誠摯的謝意！

《說文部首字源考》依託古先賢的智慧典籍，借鑒當今古文字專家、學者的巨作和成說凡數百部，因篇幅所限，不能一一列名致謝，僅以「參考文獻」附於後以示敬意。遺漏或不妥之處，恭祈海涵。

本門弟子褚英、熊飛參與了本書的編務工作，僅此提點，勵其奮進。

編者

二〇一四年甲午中日戰爭一百二十周年紀年

國家圖書館出版品預行編目資料

說文部首字源考／李正中主編　熊國英執行主編
員會編輯——初版——臺北市：蘭臺，民 103.8
冊：19*26 公分
ISBN 978-986-6231-89-6（平裝）
1.說文解字　2. 研究考訂
802.27　103015218

蘭臺國學研究叢刊 第二輯 1

說文部首字源考

主　　編：李正中
執行主編：熊國英
責任編輯：高雅婷
校　　對：盧俊方
美編設計：古佳雯
封面設計：謝杰融
出 版 者：蘭臺出版社
行政院新聞局出版事業登記臺業字第六二六七號
地　　址：台北市中正區重慶南路一段 121 號 8 樓 14
電話：(02)2331-1675　傳真：(02)2382-6225
E-mail：books5w@gmail.com 或 books5w@yahoo.com.tw
網路書店：http://www.bookstv.com.tw
博客來網路書店、華文網路書店、三民書局
劃撥戶名：蘭臺出版社　帳 號：18995335
總 經 銷：成信文化事業股份有限公司
地　　址：新北市新店區中正路四維巷 2 弄 2 號 4 樓
電話：(02)2219-2080　傳真：(02)2219-2180
香港總代理：香港聯合零售有限公司
地　　址：香港新界大蒲大麗路 36 號中華商務印書館大樓
電　　話：(852)2150-2100　傳真：(852)2356-0735
總 經 銷：廈門外圖集團有限公司
地　　址：廈門市湖裡區悅華路 8 號 4 樓
電　　話：86-592-2230177　傳真：86-592-5365089
出版日期：2014 年 8 月初版
定　　價：新臺幣 880 元整

ISBN 978-986-6231-89-6